Hotel Arcadia

Muneo Ishikawa

SHUEISHA

ホテル・アルカディア――目次

1.

愛のアトラス

7.

世界のアトラス

311

アトラス・プルデンシア

324

それにしても、
なんと多くの皇帝であったことか、私は！
——フェルナンド・ペソア

ホテル・アルカディア

1.

Atlas of Love

愛のアトラス

プルデンシア

春の陽差しが花々の暖色とたわむれはじめたころ、ホテル〈アルカディア〉支配人ロレンソ・バルドビノスのひとり娘が閉じこもったという噂が広まりだした。

名はプルデンシア。二年前から首都の国立大学でホテル経営学を学んでおり、大学近くのシェアハウスで暮らしていたが、一ヶ月前、学期中にもかかわらず突然帰郷した。周囲が驚いたことに、彼女は言葉をまったく話せなくなっていた。話しかけられたときは首を縦横に振るのみで、顔には始終憂いの色が染みつき、ある日の黄昏時《たそがれどき》には裏山の頂きでひとり泣きくずれているところを従業員に目撃された。ついにはあからさまに人目を避けるようになり、二週間ほど前から、敷地のはずれにあるコテージに閉じこもっているという。

この噂に敏感に反応したのは、〈アルカディア〉に投宿していた七名の芸術家たちだった。

「この前見かけた、木の下で本を読んでいた女の子かもしれないな」

「あたしも見た気がする。ホテルの食堂よ」

「思い詰めたみたいにノートになにか書き殴っていたあの娘じゃないかしら」

などと言い合い、どうして口をきけなくなったのか、閉じこもった原因はなんなのか、ホテルスタッフにそれとなく尋ねもしたのだが、古参のソムリエはありもしないワイン銘柄を訊かれたかのように「申し訳ございませんが存じかねます」と慇懃《いんぎん》に答えるばかり。渾身の勇を振るって支配人に尋ねても「それはきみが知る必要のないことだろう」とすげなく言われてしまった。

　これには閉口するほかなかったが、同情の念といたずらな好奇心にすっかり陶酔していた芸術家一同は、もうしらふには戻れなかった。都会の重圧に押しつぶされたのではないか、恋に破れたのではないかと迎え酒のように夢想を飲み込んでゆき、めいめい示し合わせるわけでもなくプルデンシア像の構成要素をかき集めだしたのである。

ホテル・アルカディア

〈アルカディア〉はゆるやかで愛らしい小山に囲まれた、スペイン建築風の宏壮なホテルだった。緑深い敷地はこの世をすっぽり収められそうなほど広大で、本館裏手には従業員用の寮と、芸術家用の住居兼アトリエが建っている。〈アルカディア〉は行政の助成金を受けながら、芸術家に制作場所を無償提供しているのだ。周辺には美しい果実のみのる庭園や菜園、薔薇の木や花が植わった芝生が気持ち良さそうに諸手を広げ、過去に〈アルカディア〉に逗留していた芸術家たちの作品が屋外展示されている。

楕円と長方形のステンレス製の平板が風向きによって回転する「政治家」。無作為に配置された一から九までの数字の石像が、三六〇度見る角度によっていろいろに組み合わさり、複数桁の数字を浮かび上がらせる「ロッタリー」。

ぜい肉を弾ませながら疾駆する太っちょウサギのブロンズ像「遅刻」。

そのウサギが跳躍する方角のずっと先に、鳶《とび》色のコテージがひっそりたたずんでいた。芝生とこんもり茂った林のちょうど境目に位置し、葉叢《はむら》の天蓋に濾《こ》された淡い陽の光が、しとやかに咲くアスフォデルを優美に照らしている。明かり窓はグレーの遮光カーテンで閉めきられ、玄関ポーチの木椅子には置き手紙のように数枚の木の葉がちょこんとのっている。

もともとは庭師が住んでいたらしく、従業員用の寮が新しく建て替えられ、庭師がそちらに移ってからはずっと空き家になっていたそうだが、これをプルデンシアがたいそう気に入り、一五歳のころから自室として使いだした（それまではホテル最上階の支配人部屋のとなりに自室を構えていた）。簡易キッチン、トイレ、バスタブつきの浴室が備わり、ほかの施設とは距離があるため無色透明の静寂にくるまれている。

コテージのドアにはちょっとしたからくりがあって、プルデンシアが以前飼っていたイリスに関連していた。ある日〈アルカディア〉に迷い込んできた白毛の大型犬で、門番に追い払われようとしていたところをプルデンシアが保護し、イリスと名づけ、コテージで飼いだした。大工仕事に長《た》けた庭師に頼み、コテージのドアの下部にイリスが自由に出入りするための小さなドアを取りつけてもらったのだ。

　イリスはプルデンシアが大学にあがる前に老衰で死んでしまったそうだが、このイリス用のドアが現在、食事トレイの出し入れのために使われていた。八時、一二時、一八時に若い給仕が食事を運んできて、イリスのドアから差し入れるのだ。まれに支配人みずからトレイを運んでくることもあって、その際はドアに向かってなにやらずっと語りかけていたという。

「ずいぶんさみしそうだったわよ」とその場面を目撃した芸術家のひとり、エリカがしみじみと語っている。「ドアを開けるための魔法の呪文を忘れちゃって、思いつくまま当てずっぽうに言ってるみたいな、そのくせ絶対に当たりっこないって思ってるみたいな、そんな感じ」

フリアの風景画

　プルデンシアを語る上で欠かせない要素のひとつ、それがホテル館内のロビー、大食堂、廊下の壁に飾られた母フリアの風景画だ。色とりどりの仮面のパレード、雲と波とかもめによる白の競演が目を引く波止場、切り立った懸崖が細流を見下ろすワニだらけの渓谷……。

筆遣いは吸って、吐く、見て、描く、そんなただ生きるためのような実直さに彩られている。

　フリアは若いころ世界各地を放浪し、何百枚もの風景画を描いた。幾度となく個展を開いたが、正当な評価は得られなかった。ただ、支配人だけはべつだった。フリアがこの地方の優美な自然を絵に収めようと〈アルカディア〉を訪れた際、彼女の風景画に、そして彼女自身にいたく惚れ込んだのだ。ふたりは〈アルカディア〉で挙式し、一年後にプルデンシアを授かった。が、幸せは長続きしなかった。フリアは三三歳という若さで他界した。死因は心臓発作。朝、目覚めたときには風景画の一部になったかのように気高く、美しく、動きを止めていた。

　当時七歳だったプルデンシアは、母の死に際しても涙を見せなかったが、以後、風景画をひとり頻繁に眺めるようになった。鑑賞の仕方は一種独特で、一枚一枚とっくり吟味することもあれば、小走りに駆けて何枚もの絵を連続的に観ることもあった。

「ありゃ、ソーマトロープのつもりだったんじゃないかな」と古参のハウスキーパーは述懐している。「あの娘《こ》はよく、フリアさんと一緒に天使だとか星空をちっちゃいまるい紙に描いて、くるくる回して遊んでたからね」

サロンの本棚

　ロビーに隣接したサロン。本棚がひしめき、古紙のにおいが充満している。絶え間なく宿泊客が本を借り、交換し、不要な本を寄贈していく。チェックアウト後の清掃時、ハウスキーパーが部屋で見つけた本をおさめていく。宿泊客が持ち去ることもしばしば。ただ存在するだけで、本棚は風景を造り替えてゆく。

フリアは幼いプルデンシアにクレヨンやパステルの絵描き、十八番《おはこ》のバンジョーを教え、サロンにあった本を読み聞かせた。子供向けの童話や絵本だけではなく、旅行ガイドブック、歴史書、戯曲まで。プルデンシアはそうした雑食嗜好を確実に受け継ぎ、同年代の子供とはろくに遊ぼうともせず、母の死後もむさぼるようにサロンの本を読みあさった。木陰で本を片手にぼんやりたたずんでいるかと思いきや、突然、いつも持ち歩いていたてのひら大の紙切れになにか書き殴り、澄みわたった蒼天《そうてん》をオフェリア、雨後の泥の水たまりをサロメ、ザクロの樹をドゥルシネーアなどと呼んだ。

古いイトスギの大樹にはプルデンシアが刻みつけたという一言が残っている。

リンゴの鐘、ごぉん、ごぉん、ごぉん!

アトリエの芸術

フリアの死後、支配人はかつて貯蔵庫として使われていた納屋をアトリエに改造し、芸術家を招きだした。二階は宿泊施設で、一階がアトリエ。種々の制作道具に加え、過去に滞在した芸術家たちが残していった楽器や音楽レコードが散在している。芸術家たちの逗留期間は一週間から半年ほど、その時々の顔ぶれによって風景も造り替えられてゆく。

プルデンシアも一〇歳ごろからアトリエに顔を出すようになり、はんだごての使い方を教えてもらったり、粘土でヴィーナス像を塑造したりした。ときには芸術家たちと食卓を囲み、彼らが夜な夜な催した演奏会に自前のバンジョーで参加したという。

しかしそれも一〇代半ばまでのこと。コテージに移り住んだころを境に引きこもりがちになり、アトリエ通いも途絶えた。

プロジェクト・プルデンシア

芸術家七名はプルデンシアの声の喪失と閉じこもった原因を探る過程で、自然、彼女を主題とした油彩画を描き、楽曲を作り、リンゴの樹をベアトリーチェと呼び出して、おのがプルデンシア芸術を制作した。

・旅するプルデンシア（ラジャイオ・マフディー作）

フリアの風景画を模写し、想像上のプルデンシアを小さく描き込んだ連作。プルデンシアが旅する土地の数は二七におよぶ。

・ガラスのエシャロット（ロバート・コーネル作）
クリムトの少女メーダ、ブグローのヴィーナス、ルノワールのロメーヌ・ラコー嬢と、一〇〇人以上の乙女の肖像写真の切り抜きを白綿を敷き詰めたクッキーのカンカンに収めたもの。くじの要素も兼ねているそうで、ロバートは「当たりはプルデンシアだよ、うっひひひ」と笑い、女性芸術家たちをぞっとさせた。

・プルデンシア・アトラス（ローダ・ボードリヤール作）
サロンの本棚の本に挟まれていた花柄の刺繡の布製しおり、ピンクのふせん、「訳者謹呈」の紙片、地元塗装会社代表の名刺、デニム地の端切れ、ぜんまい、オルセー美術館の半券、「夜一一時、三〇一号室で」という走り書きのメモ用紙をたがいの端が重なるように貼り合わせ、架空の大陸を形成した。

のちに想像上のプルデンシアが描き込まれ、『旅するプルデンシア』の一作に加えられた。

・嘘（エリカ・ヴィッカーリ作）
バンジョーの多重録音で構成されたバラード曲で（ドラムの代わりにバンジョーのボディが打ち鳴らされた）、歌詞は、プルデンシアは芸術家一同の創作意欲を掻き立てるために支配人がホテルスタッフと共謀してでっちあげた架空の少女であるという内容だった。

「だからもう、彼女のことで嘆き悲しむ必要なんてないの！」エリカは歌いおわるやわっと泣きだし、芸術家一同はグラス一杯のウィスキーでなぐさめた。

・あたしの悦びは宇宙ジェット（ヨウコ・イシカワ作）
　宇宙ドラキュラたるプルデンシアが天の川銀河の重水素を吸いまわり、果ては時空間を突き破って天国や地獄をも荒らしまわるというスラップスティック宇宙活劇とのことだったが、物語の壮大さに作者の技量が追いつかず、構想段階で頓挫した。

・プルデンシア物語（オーランドー・レノン／ポール・ラブ作）
　プルデンシアの愛読書のひとつ『デカメロン』にならい、おかしみと不思議さにあふれた物語をたくさんつくり、彼女に語り聞かせるというもの。あわよくば元気を取り戻して外に出てきてほしい、それがかなわぬならせめて束の間でいいから楽しんでほしい、そんな願いをこめてオーランドーとポールが立ち上げた夢想的な共同プロジェクトだったが、プルデンシアになにかしてあげたいと気炎を吐いていたエリカを筆頭に周囲も同調し、全員で取り組むことになった。

「どうせなら、プルデンシアとゆかりの深いものをモチーフにしよう」

「それはいいけど、閉じこもった原因もはっきりしてないのに、いきなり語り聞かせるなんてちょっと無謀じゃないかな。彼女はおれらのことをなんにも知らないんだぞ」

「ちょっと離れたところで勝手に音読してるような体《てい》で語るってのはどう？　ＢＧＭみたいに、耳を澄ませば聞こえるぐらいの声量でじょうずに語るのよ」

　方向性を見定めるや、芸術家たちは寝る間も惜しんで物語をつくりだした。見るもの聞くものすべてに甚大な詩情を催し、オーランドーはペットのミドリガメを愛撫しながらちぎれ雲をプルデンシアのため息と呼び、ポールはやわらかな甘い雨をあの娘の涙と呼んで全身で受け止めた。ヨウコはミツバチの羽音に「プルデンシア」の響きを見出し、ロバートはうつろな目でアトリエをさまよっては「エウレーカ！」と飛び跳ねる。ローダはありもしないメモ用紙を求めて胸ポケットやズボンのポケットをリズミカルにはたき、ラジャイオは「この空白め、今に征服してやるからな！」と黒鉛をまき散らし、エリカは卓上に並んだトランプをぼやぼや眺めながら言葉のモザイクをつくる。

かくて一同、用意万端を整えると、コテージからすこし離れたベアトリーチェの樹の下で車座になり、期待と不安に声を震わせ、ときに心の憂さを目に滲ませながら物語を語りはじめたのである。

タイピスト〈I〉

「あそこは素晴らしいタイピストがそろってるわ。どれを選んでも大方外れはないと思う。あとは相性の問題ね。一度味わったら映画も音楽も、ボーイフレンドだって要らなくなるわよ。読書さえもね」

面白い小説となかなか巡り合えずやきもきしていたおり、読書好きの友人Hに教えてもらったタイピング店に足を運んだ。

タイピングは初体験だったのですこぶる緊張していたが、いざ店内に入ってみると、どこか親しみのある雰囲気に拍子抜けしてしまった。赤いカーペット、背の高い観葉植物、壁にはシャガールなど有名絵画の複製が掛かっている。照明は手元が見えるぐらいの明るさ。BGMはバディ・ホリーやクリス・モンテスの類いで、静寂に紗を掛けた程度の音量。そう、さながら喫茶店のような。

カウンターの奥から出てきた黒ベストに蝶ネクタイの青年にテーブルに案内され、メニューを渡された。

一ページ目はタイピング時間と料金。二ページ以降にA、B、Cとアルファベットが割り当てられた各タイピストの手元の写真と、使用タイプライター、得意分野、好きな本が記載されていた。たとえば薬指が心持ち内側に曲がったタイピスト〈O〉の場合、使用タイプライターは「Underwood 5」、得意分野はファンタジー、好きな本は『ベーオウルフ』、『鏡の国のアリス』、『黄金時代』……。

どれが良いのか見当がつかなかったので蝶ネクタイの青年を呼び出し、この手の店に来るのは初めてであることを正直に伝え、助言を請うた。

「そうですね……」青年は慇懃な調子で口を開いた。「やはり得意分野や好きな本をタイピングしてもらうのが賢明だと思います。タイピングというのはピアノ演奏にも通ずるところがあるので。その作品を心の底から慈しみ、自分なりの解釈であっても理解しているタイピストこそ、感情豊かにタイプできると言われています。ただ、長編だとどうしても時間が掛かってしまうので、初めての方はお試し感覚で短編を選ぶのが良いかもしれませんね」

悩んだ末、幻想文学を得手とするタイピスト〈I〉を選んだ。作品は〈I〉の好みだという短編『ママ・グランデの葬儀』。まだ読んだことのないものだ。

「それでは、こちらへどうぞ」

青年について、店の奥の階段を上がった。二階の赤カーペットの廊下には、アルファベットが割り振られた扉が等間隔に続いていた。

通された〈I〉は縦長の小部屋で、右手には革張りの椅子、書斎机、ボックス状の機械があり、左手は白い無地のカーテンで仕切られていた。カーテンの隙間には白いカプセル型のベッドが覗いており、下部から伸びるケーブルはボックス状の機械を介し、卓上のタイプライター「Smith-Corona 250」に連結されている。

「ここでお客様にはお休みになっていただき、そのあいだにタイピスト〈I〉にタイプしてもらいます」

青年はタイピングの仕組みを手短に説明しはじめた。
(一)体験者はカプセル型ベッド「タイピング・コクーン」に密封されたあと、電子膜に全身を包まれ、健康に害が出ないレベルで強制的に半覚醒状態になる。(二)「タイピング・マシン」が体験者の意識および五感情報を仮想空間内に再現する。(三)タイピストが文学作品をタイピングする。(四)「タイピング・マシン」がタイプされた文学作品の物理情報を仮想化し、仮想空間内の体験者の心身に打ち込む。(五)そのデータを物理的刺激に変換処理し、「タイピング・コクーン」を通して体験者にフィードバックして五感的な読書体験を構築する(ステップ(三)―(五)は同時並行で行われる)。
これも読書が飽和状態に陥った昨今、読み手の体験そのものを変えようという新たな試みから発明された新興サービスなのだという。

「なお、お客様にはタイピングのみを純粋に体験していただきたいので、タイピストはお客様が半覚醒状態になられたあとこの部屋に入り、お客様が目を覚まされる前に出ていく決まりになっています。このタイピング・サービスにおいてはタイピストの性別、容姿、声といった外部要素も不純物になりかねないので」

それから青年は慎ましやかな微笑とともにカーテンを開き、わたしをなかへと導いた。カーテンが閉められたあと、青年の指示に従ってパンプス、ブラウス、ロングスカートを脱ぎ、足下のかごに入れて、コクーンに寝そべった。背中や腿の裏に伝ってくる感触は思いのほか生温かく、絹のようにすべすべとしている。

すこしのち、コクーンのふたがかすかな震動とともに閉まりはじめた。密封されたあともなお、薄暮のようなほの白い明るさが立ちこめている。

「それでは、どうぞごゆるりとご堪能ください」

青年の声がどこか遠くのほうから聞こえてきたかと思うと、内壁一面に張り巡らされていた純白の薄膜が圧縮され、全身を一分の隙なく包み込んだ。口も鼻もふさがれたのに、まったく苦しくない。

と、次の瞬間、真夏の陽差しめいた激烈な感覚が二の腕を、鎖骨を、小指の先端を射貫《いぬ》いた。「S」に「O」に「B」、取り留めない文字群に眩惑されている間にも、新たな文字群がのべつ撃ち込まれる。肘の鈍痛、きぃんという耳鳴り、舌のしびれが文字をたぐり寄せ、数珠つなぎとなる。数多《あまた》の文字が蠢動《しゅんどう》し、軋轢《あつれき》からママ・グランデの喪失感が熱気のごとく立ちのぼる。漏れ出る恍惚の吐息。それすら内外を巡る奔流に呑み込まれ、先に、新たに撃ち込まれた文字に融解し、流れそのものが漠々たる多幸感となって沸き立つ。

それが約三時間後、がらんとした小部屋で目覚めたときに残っていた読後感。

「でしょう？　映画の決まったイメージとはまた違った、端っこのない広がりに満ちた体験よ。感情そのものを打ち込まれてるみたいで、思わず声を上げたくなる。作品のなかにいるみたいなのに、もやもやした非現実感はぬぐえない。でも、その微妙な距離感がまた良いのよ」

タイピング店をすすめてきた友人Hに電話で感想を伝えたとき、彼女は嬉しそうに語ってきた。さらにおすすめのタイピング店を教えてくれたので、わたしもそちこちに足を延ばし、さまざまなタイピストと作品の組み合わせを試した。

どこの店もお世辞にも安いとは言えなかったが、毎回いろいろに変化する心身の陶酔感に、ささやかながら喜ばしい発見の数々にやみつきになってしまった。たとえばタイピスト〈Q〉なら「A」と「S」の感圧が決まって強く、〈W〉は『神は死んだ』にかぎって「NIGHT」がこと克明に感ぜられる。他作品ではタイピングがどこか幼げな、しかしそれがまた愛おしくもある〈T〉、〈G〉も、なぜか『豊饒の海』であれば一様に煽情《せんじょう》的になる。その無限にも近い組み合わせはわたしの幼気《いたいけ》な冒険心を呼び覚まし、さらなる恍惚の境地へと駆り立てた。

それでも初体験の巡り合わせゆえか、仕事帰りの夜道、シャワーに打たれているとき、ベッドでまぶたを閉じたとき、ふと思い出すのはタイピスト〈I〉の手触りなのだった。

わたしはいろんな店をまわりながらも、息を継ぐようにしてはじめのタイピング店に立ち寄り、〈I〉にタイプしてもらった。未読はもちろん、既読作品でも〈I〉の手にかかれば容易に物語の地平が切り拓かれた。ランボーの詩編なら肉の焼けるにおいが漂ってきそうなほどの灼熱に身を焦がされたし、『夜のみだらな鳥』を打ち込んでもらったときにはいくつもの重畳した夢幻を垣間見、目が覚めたあともなお奇妙な非現実感の囚人になったかのように身体が打ち震えていた。

何より〈I〉が要所要所で織りなす間合いがわたしの気に入った。ときおり美しいものを前にしてはっと息を呑むかのようにタイプが止み、「X」を「Z」を「F」を丁寧にはめ込んで、間隙を埋めてゆくのだ。

「たしかに、相性というのはあるかもしれません」わたしがため息まじりに〈I〉への賛辞を漏らすと、給仕の青年が微笑んだ。「リズムと呼吸。ある文字、単語、文章、比喩に対して抱く質感や角度。そういった要素は打ち手だけでなく、受け手の経験や感性によるところも大きいので」

日に日に他店から足が遠のいてゆき、週日も仕事が終わりしだい〈I〉のいるタイピング店に直行するようになった。

大勢の客で混雑しているときなどは、青年に案内されるまでのあいだメニューに載った〈I〉の指先の写真を眺め、感慨にふけった。よく手入れされた艶やかな爪、ややふっくらした指先。女性の手のようにも見えたが、それが異性であれ同性であれ、この気持ちは揺らぐまいという確信すら抱いた。

タイピング体験後にはよく、濃密な静けさに沈んだ小部屋のなか「Smith-Corona 250」のキーにそっと指先を重ね合わせた。椅子の座面や背もたれに指を這わせ、〈I〉のぬくもりを求めた。けれど、いつだってキーは新品同様の光沢を放ったまま、椅子の座面にはしわひとつ寄っていなかった。〈I〉の感触はわたしのうちにしかなかったのだ。唇の湿り気に、まぶたの裏に焼きついた残像のいびつさに。指先で触れたらインクでもつきそうな全身の火照りに。

ただ、この素晴らしい体験に理解を示してくれる人はいなかった。「本の虫の次はタイピングの虫だなんて物好きだよね」友人Jは言った。「そんな訳の分からないものにはまってないで、そろそろ恋人でも作りなさいよ」友人Kは言った。

唯一の分かち合える相手はタイピング店をすすめてくれた友人Hだけだったが、最近は連絡が取れなくなっていた。ともするとタイピングにのめり込み、電話代すら払えなくなっていたのかもしれない。後続のわたしですら、貯金が底をつこうとしていたのだから。

一ヶ月、二ヶ月と通い詰めるうちに〈I〉の好きな本も、わたしの読みたい本もすべて消化してしまった。そこで、給仕の青年に面白い作品はないか尋ねてみた。返ってきたのは〈I〉の物語という思いもよらない答えだった。

「当店で働くタイピストのなかには、筆耕家を志した、あるいは志している者が大勢います。〈I〉もそのひとりで、〈I〉にしか書けない〈I〉だけの話を持っているんです。これは常連のお客様だけに特別にご提供している裏メニューですよ」

またとない提案にわたしは飛びついた。

あるとき〈わたし〉は世界を旅するネイリストとなり、行く先々で地元民や旅行者の爪を色とりどりに染め上げた。

あるとき〈わたし〉はまっぷたつに割れた家に住む一家の娘となり、興味深げに覗いてくる近隣住民をもてあそぼうと、男を連れ込んだりすがたをくらましたりしてみせた。あるとき〈わたし〉は売れない筆耕家となり、ミニシアターでバイトをするかたわら知名度の低い映画を自分の小説として改ざんし、文芸誌に寄稿し続けた。

一人称で打ち込まれる〈I〉の物語は、これまでにタイプしてもらったどの作品よりずっと生温かな息づかいにみなぎっていた。そのぬめり気ある舌を舌で絡ませ、ふくよかな頰に頰をすり寄せ、全身あますことなく重ね合わせることができた。それに、物語以上の喜びもあった。内容を問わず、わたしは〈わたし〉自身と言の葉を共有し、そこでもひとつになれたのだ。ただ、幸福感がいや増すだけ、ベッドに横たわる我が身に戻されたあと、孤独感がいっそう浮き彫りになりもした。

それだからわたしは家財を売り払ったお金で「Smith-Corona 250」を購入し、部屋にこもって日夜わたしの物語をタイプした。そして完成するが早いかタイピング店に駆けつけ、給仕の青年に渡したのだ。

彼はためらいがちに小さく笑ったあと、前屈みになって耳元にささやいた。「お客様だけの特別サービスですよ」

その物語は、わたしがタイピスト〈I〉に小説をタイプしてもらうところから始まる。タイピング店に通い続けるうちに〈I〉にひそやかな想いを抱くようになり、〈I〉のタイピングそのものになりたいと切望しはじめる。給仕に頼み込み、心身をタイプライターに残してもらう。そのときになって〈I〉は実在せず、「タイピング・マシン」が創り出した仮想上の集合意識に過ぎないことを知る。

それでも、わたしは気にしない。わたしが愛してやまないのは〈I〉ではなく〈I〉のタイピングなのだから。

そうしてわたしはいくつもの〈わたし〉と重畳しながら、数々の顧客に文学作品をタイプしていく。熱心なリピーターにわたしの物語を注文されたときには、わたしがタイプライターになった物語をタイプする。リピーターの持ち込んだわたしの物語もタイプする。またひとり新たな〈わたし〉と巡り合えた悦びに打ち震えながらカタカタと「I」をタイプし、またいくつもの〈I〉と折り重なってゆく。ここで、そこで、あらゆる物語のなかで。

代理戦争

　ベッドランプの薄明かりのなか、ぼくとエレナは長い愛の営みの果てに横たわった。愛の言葉をささやき、どこどこが良かったとくすくす伝え合っていたとき、ぐぉーっと腹が鳴る。

「なかなか盛大な祝砲ね」

「なんにもお腹に入ってないから、空砲だ」

　そうやって笑い合っている合間にも、またもやぐぉーっ。

「どれどれ」エレナがふわふわのソバージュを耳のうしろに掻きあげ、ぼくの下腹部に耳をあてる。「すごい」と目をひと回り大きくして、「大砲っていうよりライオンみたい。一頭だけじゃなくて、数十頭が指揮棒に合わせて吠えてる感じ。いったいなに食べたの？」

「なんにも。食べる前にきみがうちに来て、そのままベッドに入ったんだから」

「でも、こんなすごい音がするなんて、なにか悪いものでもつまみ食いしたとしか思えないな」

そのときは笑い話ですませたけど、明くる日の朝、地下鉄駅に向かう道すがらも、エレナに放屁と誤解されるぐらい腹は鳴り続けた。おまけに鼻がむずむずして、くしゃみも止まらない。

エレナが小さく笑う。「ライオンじゃなくて、たんなる風邪の引きはじめならいいんだけど」

「風邪だったら、ライオンのほうがまだいいな」

地下鉄に乗る前につないでいた手を離し、駅を降りたところで最後のキスを交わした。ふたりして会社のエントランスホールに入り、スーツひしめくエレベーターに乗る。エレナの所属する経理部は八階、ぼくの営業部は七階なので目配せをしてさきに降りた。

営業部のオフィス。

デスクに坐り、背もたれにもたれかかる。ようやくお腹の音は収まったけど、今度は鼻のかゆみが気になって仕方がない。くしゃみを繰り返していたら、となりのデスクのパリスが「出てるぞ」と言ってきた。「なにが？」と訊くと、彼はにこっと笑って自分の鼻の穴を指さす。なんて遠慮のないやつだろうと呆れつつ、鼻の穴のあたりに指をあててみた。なにも出ていない。からかわれているのではないかとパリスをにらんだが、彼はまたもや屈託ない笑みで「まだ出てるぞ」

きりがないので、トイレに入って鏡に顔を近づけた。目を凝らすと、たしかに出ている。毛ではなく、微小なキリンの首が。潜望鏡のように左右を見渡している。指でつまもうとしたら、即座に引っ込んだ。キリン離れした尋常ならざる敏捷《びんしょう》さで……。いや、実際のキリンがどれだけ敏捷なのかはよく知らないが。

オフィスに戻ったあとも鼻の穴に人差し指を突っ込み、クリネックスをこよりにして突っ込んだが、出てくるのはくしゃみと鼻水だけだった。見間違いだったのかと思いもしたけど、あとあとになってやはりあれはキリンだったのだと確信せざるをえなくなった。日を追うごとに、極小の動物たちが身体の随所に現れはじめたのだ。

二の腕にほくろができていると思ったらシマウマ。皮膚にぴりっとした感覚が走ったら、チーターが気持ちよさそうに駆けていた。冗談から出た実《まこと》というか、腹まわりではたくさんのライオンがハーレムをなしていた。いずれも実際の動物たちよりもすばしっこく、手をのばしたさきから一目散に逃げ出し、すがたをくらましてしまう。唯一ナマケモノだけは捕獲できたが、力加減が分からず指と指を開いたときにはすでに潰れていた。

つらつら考えれば、人体というのは口、鼻、耳、目、ペニス、肛門と相当数の穴があるし、極小の動物なら毛穴にだって入り込めるのかもしれない。背中は目も手も届かないし、右足の甲を見ながら左肩を見ることもかなわないので、逃げ場だっていくらでもあるのだろう。

こと頭部は楽園らしく、動物図鑑片手に鏡で注意深く観察してみると、オランウータンやキツネザルが髪の毛から毛に飛び移り、オオノガン、フラミンゴ、トキコウが舞っていた。フケのような粒はヘビクイワシの巣で、極小の卵がふたつ入っていた。ヘビクイワシがいる以上、まだ見かけていないがヘビやトカゲもいるはずだ。

陰部や腋《わき》の下はワニやカバやビーバーの棲息域。シロナガスクジラは小指の先ぐらいのサイズで、尿に混じって出てきたときには激痛が走った。以前おなじような痛みに襲われた覚えがあるが、あのときすでにマッコウクジラやザトウクジラぐらいは存在していたのかもしれない。

動物を殲滅《せんめつ》するべく、毎日念入りにシャワーを浴び、全身くまなくタオルで摩擦した。そのときこそ動物のすがたは見えなくなったが、数十分も経つとまたうじゃうじゃ出てきた。動物の大半は、シャワーやタオルを雨期や乾期程度にしか捉えていないのではないだろうか。

問題は外出時だった。不幸中の幸いというべきか、動物は衣服には移らなかったので、通勤時はスーツに加え、少々時期は早いがニット帽と手袋をつけた。

オフィスでは、同僚に資料を渡すときはテーブルクロス引きのように手をさっと引き、定例会議では注目を浴びないようとかく沈黙を決め込んだ。ただ、パソコン作業は手元が気になるがあまりタッチタイピングができないし、こまめに手鏡で顔や頭をチェックせずにはいられない。たまにパリスがこちらを珍しそうに見てきたが、この際ナルシシストと誤解されたほうが増しだと思い、きりっと目を細めてみせた。

商談ではかなり神経をすり減らした。なにしろ契約書をさす指先でゾウがパオーンと鳴いたり、契約成立の瞬間にゴリラがドラミングしたりしたら恰好がつかない。だから一刻も早く商談を成立させるため情熱的に話を進めたのだが、思いあまってふりかざした右のてのひらで、ヌーの群れが大移動をしていることに気がついた。さっと右手を引っ込め、その場はどうにか取り繕ったものの、商談相手がときおりぼくの頭のほうに好奇のまなざしを向けてきたことから、ヌーは見ていなくともコウノトリの一羽ぐらいは見かけたのかもしれない。


次の週末、エレナがマンションにやって来たとき、ぼくは洗いざらい事情を説明した。飛び跳ねるかと思いきや案外あっけなく受け入れ、「やっぱりあのお腹の音はライオンの楽団だったんだ」と面白がっている趣すらあった。「で、動物王国になった原因はなんなわけ?」

「ネットとか本で調べても、なにも分からないんだ。対処法どころか、前例もなし」

「病院は……? この場合はふつうの病院と動物病院、どっちかな」

「むしろ軍事病院じゃないかな」

「ていうか、行くべきところはそもそも病院なのかしら?」

実りのない議論を交わしたあと、ぼくは動物退治をエレナに頼んだ。裸で仁王立ちになり、エレナが身体のあちこちを品定めするような目つきで見ていく。

「すごい……、こんな下にジャッカルがうようよいる。あはは、こんなところにサイチョウまで隠れてるよ、ここってそんなに居心地が良いのかな……。あぁ、とくに背中がひどいわね。ガゼルにインパラにバッファロー、ハイエナ、ライオン……。なんか産毛が良いサバンナ感を演出してる」

刷毛《はけ》、ピンセット、ライター、コロコロクリーナー、東洋の箸まで使ってみたが、あまり効果はないようで、エレナは始終「あぁっ!」「こいつっ!」「最悪!」などと叫び声を上げていた。最後には「頼れるのは自分の手だけ」と指でまさぐりはじめる。

「なんだかつがいのサルになった気分ね。こうやってよくシラミ取りとかしてるじゃない」

かくいうサルはちょうどぼくのすね毛のあたりを跳ねていた。目が合った瞬間、甲高い声を上げ、おちょくるように走りまわる。すねをぴしゃりと叩くと、サルは指と指のあいだをするりと抜け、腿の裏へ行方をくらました。

「もう疲れた」

エレナが音を上げたのはおよそ三〇分後。捕獲用に用意したブルーベリージャムの空き瓶には、肉食、草食、雑食動物が一緒くたに混ざっていた。すし詰め状態で、一部はすでに息絶えている模様。一匹すら捕獲できなかったぼくと比べれば、凄腕と認めざるをえない。

「どうやってこんなに捕まえられるんだ？　コツは？」

「べつになにも。ただ素早くつまみ取るだけよ」そう言いながらぼくの乳首のあたりに手を伸ばし、キツネを一匹難なく捕まえる。「これでも氷山の一角ね」

「労力には見合わないな」

「これ、どうするの？」ジャムの空き瓶を指さす。

「トイレにでも流すか」

「動物愛護団体とかに訴えられそう」

「それより問題は、動物たちとの共同生活だよ。毎日、となりのデスクのパリスにばれないかひやひやしてるんだ」

「あぁ。でも彼って、何度か顔合わせてるから分かるけど、けっこう鈍感じゃない。きっと大丈夫よ」

ふたりでビールをたらふく飲み、パリスの陰口と諦念まじりの動物談義に花を咲かせ、ベッドに入った。

しばらくのち、汗の染み込んだシーツに横たわったあと、エレナがぽつりと口にする。

「移ったりしないよね……」


残念ながら、エレナの不安は的中した。三日後、「カンガルーがおっぱいのうえをトランポリンみたいに跳ねてる」というメールが送られてきたのだ。

移しておいてなんだが、そんなのぼくに言わせればまだかわいいほうだった。こちらは、おそろしく小さな人間たちがぞろぞろ出てくるようになったのだ。毛皮じみた腰巻きを身につけ、先の尖った棒でゾウやシカを狩っている。二手に分かれ、一方が網状に広がって獲物を追い込み、待ち伏せしていたもう一方が仕留めるという追い込み猟。逃げ足の速さはほかの動物たち並みで、指を伸ばすとすさまじい速さですがたをくらました。

次の週末、エレナはマンションにやって来るなり「ほら見てよ」と長い髪の毛を上げ、極小の動物たちを見せてきた。ふわふわのソバージュは絶好の隠れ家のようで、ぼくの視線に気づいたのか、アライグマやヒョウが瞬く間に暗い奥地へと逃げ込んでいく。

今度はぼくの番。エレナの前で服を脱ぐと、こびとたちがクモの子を散らすように四散した。

「こいつらは知性が高いんだ」あっけに取られたエレナに説明した。「すばしっこくて、動物より用心深い」

「どうしてこびとなんかが生まれたの？」

「さぁ……。ただ、ひとつ気づいたんだけど、サルがいないんだ」

「サル？」

「これまではたまに見かけてたんだけど、こびとたちが出てきてから、めっきり」

「こびとが狩ったんじゃ……」

エレナは開きかけた口をはたと閉じ、ぼくの首元におもむろに手を伸ばすと、ハエでも叩くような早業でこびとを仕留めた。そのまま腋、股下、足の小指と薬指のあいだまで目を配り、次々とこびとを捕獲していく。ジャムの空き瓶に入れられたこびとたちはなぜか毛皮ではなく、グレーがかった服に身を包んでいた。

サルのシラミ取りのように、ぼくも彼女の動物を捕ってあげた。客観的に見られるからか、他人の身体に棲息する動物は比較的簡単に捕獲できた。大半はぼくの身体に棲む動物とおなじ種類だったが、なかにはフンボルトペンギンとケープペンギンのように種が微妙に異なるものも混ざっていた。

この興味深い発見についてじっくり考えを巡らせたいところだったが、ぼくらはたがいの身体をまさぐっているうちに火がついてしまう。

動物が移って吹っ切れたのか、彼女はこびとが乗り移ってくる可能性をさして恐れていないようだった。むしろ大地の震動によってこびとたちが右往左往する様を目の当たりにして、楽しんでさえいるように見えた。

数日経つと、野生動物は目に見えて減少し、ウシ、ヒツジ、ヤギなどの家畜動物が散見されるようになった。しかも、家畜はウマに乗ったこびととイヌに率いられている。

肩にできていた発疹は実のところ小さな建造物で、粗末な家屋から立派な屋敷まで建っていた。これらの不法建築物を破壊し、入念に調べてみたところ、材料には動物たちの皮や骨のほか、ぼくの皮膚や体毛や体液が使われているようだった。環境問題でも懸念しているのか、髪の毛は毛根ではなく先端から均等に採取しているようだったし、また、肌はあかすりでもしたようにすべすべになり、かかとの角質も取れたほか、腹まわりのぜい肉が減るなど、とりわけ女性に喜ばれそうな効果も随所に認められた。

こびとの良いところはもうひとつあった。用心深いがゆえに、活動時間は夜が主で、日中は服の外に出てこようとしなかったのだ。おかげで外出時の不安が和らぎ、びくびくすることも少なくなった。

余裕が生まれて、はじめて見えてくるものがある。

となりのデスクのパリス。

ときおり横目でうかがっていると、挙動不審ぶりが目につきだした。恋する乙女のように手鏡を取り出してため息をついたり、頻繁にトイレに立ったり、普段の清潔な七三分けとはほど遠い無造作ヘアになっていたり。

ぼくはそれだけでぴんときた。

「パリスと、いつのまにそういう関係になったんだ」

その日の晩、エレナをマンションに呼び寄せて問い詰めた。はじめこそしらを切っていたが、「あいつの頭にちっちゃいウマがいるのを見たんだ」と鎌をかけると、うつむき加減に言い訳をならべはじめた。食事に誘われて、つい魔が差して、ごめんなさい、ごめんなさい、ごめんなさい……。

人というのは不思議なもので、ぼくは許すでもとがめるでもなく、そのままベッドになだれ込んでしまった。エレナのいつになくしおらしい様に、透きとおった涙に情をほだされて。それになにより、かつてないほど磨きのかかった美しさに魅了されて。

見ものだったのは手と手の、脚と脚の絡み合いを通じて、ぼくのこびとたちが彼女の身体に一気呵成に移っていったことだ。

棲息時間、新陳代謝、体質などが関係しているのか、こびとの文化レベルの差は歴然だった。陣を敷いたぼくのこびとの騎馬隊と鉄砲隊が、槍《やり》を構えて無秩序に群れなすエレナのこびとたちをこともなげになぎ払っていった。彼女が目をつむり、大きな悦楽の声を上げ、無数の小さな悲鳴に気がつかずにすんだのは幸いだったかもしれない。

薄闇のなか、荒野と化したエレナの身体の上でぼくのこびとたちが住処《すみか》を建てていく光景を目にしたときには、えも言われぬ満足感に包まれた。

結論からいえば、エレナは口先だけの嘘つき女だった。

その後もぼくとの付き合いを続けながら、裏ではパリスと、いや、ひょっとするとほかの男とも肉体関係を持ち続けた。それが証拠に、ベッドに入るたび、エレナの身体にはぼくのものとは異なるこびとと文明が築かれていたのだ。だがぼくはすべてを黙過した。かわりにこびとにエレナへの支配を託し、妖艶な肉体を舞台に幾度となく戦争を仕掛け、異文化を破壊しぼくの文明を移植した。ときにはエレナのこびとと交わることもあり、幾多の争いと混淆《こんこう》を経て、徐々にビル群が迫《せ》り上がり、近代兵器が開発されていった。

パリスとは最近目もろくに合わせていないが、考えていることは多かれ少なかれ同じだろう。いやきっと、ひっそりとこびとを飼い慣らしているその他大勢の人々だってそうに違いない。今にして思えば、はじめぼくの身体に棲み着いた動物たちは、エレナがべつの男から移されたものだったのかもしれないのだ。

可能性なんて数え上げればきりがないし、憶測にはもう興味がない。今思うのはただひとつ、最強のこびとと軍隊を組織し、エレナの肉体に棲まう数知れぬ男たちのこびとを完膚なきまでに駆逐してやることだ。

すべてはダニエラとファックするために

ダニエラとファックしたい。

サウザは最近そのことばかり考えている。ほかの男子だってそうに違いない。高校の全男子生徒を対象に秘密裏にとられたアンケート「学校でいちばんファックしたい女子」で、ダニエラは二位のパディに桁違いの差をつけてチャンピオンの座に輝いたのだ。

でも、彼女とどうやったらファックできるだろう。

彼女には現在、恋人がいないという噂だ。学校中の男子生徒が牽制し合っているおかげで奇跡的に均衡が保たれている上、ダニエラ自身もめっぽうお堅く、求愛者をことごとく突き放しているらしい。学年の人気者のジョンやバーリー、コーンでさえ素っ気なくあしらわれたという話なのに、サウザは恋愛経験がからっきしなく、容姿は平均以下で、口べた。真っ正面から愛の告白をしても、望みはかぎりなく薄そうだ。

そこで、三軒となりの家に住むジャックに助言を仰ぐことにした。七つ年上の兄貴分で、気立てが良く、ハーレー乗りで、ギターがうまくて、不思議と博識で……、つまるところモテ男の要素がだいたい備わっており、実際、たくさんの女の子と日ごと夜ごとファックしている。

ジャックの居場所であるガレージに行ったときも、彼のとなりにはすけすけ下着の女の子がいた。「よぉ！　どうした、兄弟！」とジャックが素っ頓狂な声を上げても、彼女はサウザどころかこの世すら眼中にない様子で、天井を見上げながらシーシャを吸い、青臭い煙をぽっぽと吐き出している。

サウザが恋愛作法について相談すると、ジャックは毛むくじゃらの太い腕を彼の肩にかけ、耳打ちをしてきた。

「そりゃもう、たくさんの女とファックしまくるしかないな。落とし方なんて、一〇〇遍ファックしてるうちに自然と身についてくるさ！」

顔をあげ、かっかっかと大声で笑う。ジャックの欠点をあえて挙げるなら、笑い方がとんでもなく下品だということだろうか。

ジャックが伝授した恋愛のいろはをまとめると、誰彼かまわず手を出せ、とことんファックしろ、叶わぬ恋をしろ、よりを戻せ、別れた女ともファックしろ、という具合だった。教えに則《のっと》り、サウザはまずオリビアと自宅デートをした。

幼なじみだし、手始めには良い塩梅《あんばい》だと思ったのだが、いざ女の子として意識したとたん話題に窮した。口がかわき、息のにおいが気になってくる。

　サウザは深呼吸し、みずからに言い聞かせた。オリビアなんて身体じゅう角張っているし、おっぱいもおしりも真っ平らだ。こんな娘に緊張するなんてどうかしている。ジャックだって言ってたじゃないか。「重要なのは女をティッシュだと思うことだ。くしゃくしゃに丸めても、まだまだ掃いて捨てるほどあるんだよ！」

　だからサウザはティッシュで洟《はな》をかむぐらいのカジュアルさで、オリビアにめっぽう話しかけた。「昔はよく一緒にお城をつくったよね」「きみっていつも身体をこわばらせてるけど、べつに緊張する必要なんてないんだよ」「ぜんぜんお茶に手をつけてないけど、さすがに大きすぎたかな、アハハハハ」

　でも、オリビアは終始浮かない顔をしていた。目も合わせず、「そうね」「うん」「まぁ」とうなずくばかり。

　そこで彼は「アイ・ラブ・ユー」と連呼した。その手のストレートな表現が実はいちばん効き目があるのだと、これまたジャックが教えてくれたのだ。

　するとオリビアが奥行きのない黒目を向けてきた。「なんでとつぜん？　あたしたちもう何年もずっと一緒にいたじゃない。しかもここ最近は見向きもしてくれなかった」

「……いや、あの、久しぶりにきみの顔を見たら、とんでもなくすてきだってことに気がついちゃったんだよ」

　沈黙。

　サウザはこれを映画でよく目にするキスのための沈黙だと解釈し、オリビアの手をとった。

唇にあてると、彼女が小さな悲鳴をあげる。

「ひゃっ」

サウザはびくっと身体を震わせ、うっかりオリビアを口のなかに入れてしまった。くぐもった叫び声が頭のなかにこだまし、硬い手足が歯の裏側にこつこつぶつかる。ファーストキスはABS樹脂の味だった。

てのひらにぺっと吐き出すと、よだれにまみれたオリビアが声を荒らげた。「いきなりこんなことするなんて、あんまりよ……!」

そっぽを向き、完全に口を閉ざしてしまう。

サウザも深追いするのはやめた。初恋は得てしてほろ苦いというし、「大事なのはふられてもいちいち気にしないことだ、ティッシュならいくらでもあるんだ」とジャックも言っていたから。


次に声をかけたのはアルティーダだ。何年も前からサウザのことをちらちら流し目で見ていたし、近頃は「はぁい、坊や」と親しげに声をかけてくるようになっていたので脈ありと踏んだのだ。

機微に聡《さと》い彼女は、サウザが口べたであることをすぐと察し、積極的にいろんな話をしてくれた。モントリオール交響楽団やオルフェウス室内管弦楽団のこと、ウィーン・ブルク劇場の眩《まばゆ》いばかりに美しいクリムトの天井画のこと、パリ・ガルニエ宮殿のしんしんと降り注ぐ夜の雪めいた音響のこと。

「坊や、あなた、将来とってももてる男性になるわよ」アルティーダは鼻にかかった甘い声で言った。「あなたの相づちはシャトレ座のエコーみたいにかぐわしくて、旋律的だもの。わたしの魂を秘めやかに軽くしてくれる。そのお目々も、グローブ座のシャンデリアみたいにきらきらしていてとってもチャーミング。ずっと見つめていてほしいって思うぐらい」

気分が良くなってきたサウザが、あなたもすごく魅力的な声と身体をしていると褒めたたえると、しめりを帯びた笑みを浮かべた。「坊や、触りたいなら触ってもいいのよ。ほら、指先でここをそっとなぞってみて」

ぴんと張り詰めていた部分をこすってみると、びぃびぃという艶っぽい声を漏らしはじめた。

「そう、その調子。そっと撫でるように、優しくね。そのまま、そのまま……、そんなに横に引っ張っちゃだめよ、あ、あぁ、あぁぁぁぁぁ……！」

ぶちんと切れてしまった。

「大丈夫？」と声をかけるも、返事はない。

サウザは彼女をセロハンテープで補修し、元の位置にそっと戻した。

夜半、ガレージに行くと、ジャックは赤髪《あかげ》のグラマラスな女の子と酒盛りをしていた。

「いいとこに来たな、兄弟！　ちょうどおまえの話をしてたんだよ。近所に最高にいかす男が住んでるってな。まぁ、ここに坐って酒でも飲めよ」

サウザはよれよれのフェイクレザーソファに坐り、渡されたウィスキーのグラスを一息に干した。オリビアとアルティーダとの経緯を報告すると、ジャックはかっかっかと大笑いした。

「こんな短いあいだにふたりもちょっかい出すなんてたいしたもんだ、もう一息じゃないか！」

すっかり上機嫌になり、ウィスキーとシーシャを交互に口にしながら、恋愛講座の続きをはじめた。ベッドへの誘い方やら女の子の押し倒し方やらで、ハニーという名の赤髪の女の子も一緒に実演してみせた。ジャックはその間、「ファック」という単語を四〇回も口にした。サウザも傾聴するがあまり「ファック、ファック」と相づちを打った。

六杯目のグラスを干したころ、ジャックとハニーが本番の実演をはじめたので、サウザはひとりガレージから出た。

酩酊《めいてい》のせいで、数十メートルの帰り道が大海のように波打っていた。

ルビーを見つけたのはそのときだった。まっぷたつに割られ、皮だけのすがたで道ばたにうち捨てられている。なにがあったんだと抱き起こすと、「捨てられたのよ」と消え入りそうな声で答えた。「さんざんなぶられて、吸い尽くされて、それでべつの女ができたからって……」わっと泣きだし、サウザの胸のなかに飛び込んできた。

こころが痛んだけど、彼はこれを好機ととらえた。酒のいきおいで一夜をともに過ごす、そういうのはままあることだとジャックも言っていたのだ。

さっそくルビーを自室に持ち帰り、ベッドの縁に並んで腰掛けた。脳裏をよぎったのはジヤックのもうひとつの謂《いい》だ。

「いいか、女にしゃべりかけるときは一語だって無駄にするな、早撃ちの弾丸だと思え。全身全霊ありったけの想像力で褒めちぎるんだ。なんせ男の想像力ってのは、女の服の下を想像するために、口説きおとすために発達したんだからな。詩人はその極みだ。ご大層なこと言ってるようだけど、ただ女にもてたいだけなんだよ！　ホラティウス、マーロー、ペトラルカ、ブレイク、あの手の大詩人さまたちは、おべんちゃらばっか言って女を取っかえ引っかえしてた乱交好きのど変態野郎だったんだ。詩歌や戯曲は、わたし、こういう大それたことやってますっていう、女を落とすための必殺の名刺がわりだったのさ」

　だからサウザは詩をものするように、全身全霊ありったけの想像力をこめて賛辞を唱えた。

「ああ、ルビー！　きみは真夏の太陽のしずくだよ。未来をいだく空中楼閣。秋空の優しいため息。もしくは、その名のとおりの紅き宝石？——それもちょっと違うか。愛の仕立屋？いたいけな鳥と蜂の王冠？　この世に美しい色を添える愛の筆先！　ああ駄目だ駄目だ、まるで言葉が追いつかない！　きみの前じゃ、言葉なんて切手の貼られていないはがき同然、なしのつぶてだ！　きみは幾千のイメージなんだよ、ルビー。こんなにも近いのに、果てしなく遠い。そのものずばり、夢幻の無限。井戸の底から移ろう空を見上げているようだ。届かない、とらえどころもなく、ただ見ているだけで干からびてしまいそうだ！　そうだよ、それもそのはずだ。なぜならきみはもう、筆舌に尽くしがたい形而上学的な美しさにまで達しているんだから。やわらかな内側は開かれた外側で、かたい外側は閉じられた内側。そのあいだにきみがいるんだ！　おお、ぼくのこよなき愛の口、噴出岩の裂け目に咲いた情熱の薔薇よ！」

するとルビーもまんざらでもない様子で、「なんか、うれしい……、そんなこと言われたのはじめて」と果肉色に頰を染めた。

これを見たサウザはかっと熱くなり、ルビーを押し倒して覆いかぶさった。皮のぬめりけが気持ちよくて、ほんの数回腰を動かしただけでイッてしまう。「ごめん、つい興奮しすぎちゃって……」

「ううん、気にしないで。焦ることなんてないわ。これからだんだん良くなっていくはずだから、ね」

そんな優しさに彼はまたもや興奮してしまい、ルビーに覆いかぶさった。そのようなことを夜通し繰り返していたらだんだん持続するようになってきて「やみつきになっちゃいそう」とささやかれもう有頂天。

だが翌朝、サウザはルビーをティッシュにくるんでゴミ箱に捨てた。陽の光の下で見たらうっすら黒ずんでおり、饐《す》えたにおいがしたのだ。

一度勝手が分かったあとは、とかくいろんな女の子とファックした。愛に痛みと過激さを求めるがあまり「蹴って！　蹴って！」と要求してくるじゃじゃ馬娘ディアドラ。語彙《ごい》力豊かな優等生タイプと思いきや言葉責めに弱かったオックスフォード。淫靡な花びらを広げるアネモネたちとは連日しおれるまで乱交パーティーを繰り広げた。ただ、場数を踏むごとに女の子の落とし方や扱いは要を得てきたけど、快楽のあとには決まってメランコリーに陥り、むなしい自省にふけった。すべてはダニエラとファックするための予行練習だったはずなのに、いつしか目先の快楽に溺れてばかりいたのだ。

そんなおりに出会ったのがガイアだった。

いや、出会ったというより、気がついたときにはすでにそこにいたのだ。通学路にできた水たまり、手すりに引っかかったビニール袋、舞い落ちるポプラの葉、ありとあらゆるところに。

「あなたが以前、たくさんのものたちと戯れていたときから、わたしはあなたのことを知っていたの。そのときから、わたしはあなたのことを愛していたのよ」

はじめは庭先の地面に掘った穴を通じてガイアと交わっていたけど、そんなことをせずとも、彼女とはもっと深遠なところで結びついていることに気がついた。頬をなでる風にも、肺に浸透する空気にも存在し、水となり、鉄となり、ナトリウムとなって、サウザの内外をめぐっていたのだ。

「わたしたちは別々の存在でありながら、まったきひとつの存在でもあるの。有という結び目でもって永久につながっていられるのよ」

ガイアとの関係はすばらしく心地がよかった。授業中、鉛筆を指でくるくるまわしているときも、スプリンクラーのきらめきに目を細めているときも、たえまなく睦み合うことができた。はなから同棲しているも同然だから、背伸びをする必要もなく自然体でいられた。

ダニエラのことも忘れてこのまま付き合っていこうかとも考えたけど、でもひとつだけ、どうしても慣れないことがあった。ガイアは決して、彼ひとりのものにはなってくれなかったのだ。大地となってサウザの両足を支えているときも、陽の光がありあまるほどたっぷり染み込んだ午後の芝生を同時に愛していた。コール音となってサウザに受話器を取らせたときも、車のタイヤ跡がべっとりついた犬の糞を同時に愛していた。大いなる矛盾を孕《はら》んだ彼女は、万物でありながら万物を愛し、究極の自己愛をも体現していたのだ。

「きみはいったい、どれだけの数と関係を持ってるんだ？」

「わたしの認識の仕方によって異なるけど、数万、数億。星の数ぐらいかしら」

「それはちょっと……、あんまりじゃないかな」

「ごめんなさい。でも、どうしようもないのよ。わたしが愛するのをやめたら、この世はこの世でなくなってしまうから」

　サウザは悶《もだ》え苦しんだ。ガイアが愛を降り注ぐすべてのものに嫉妬し、ひいてはガイアに、彼女が内包するサウザ自身にも嫉妬した。このまま彼女を愛し続けたらばらばらになってしまいそうな気がしてたまらなくこわくなった。

　だから彼は決死の思いで別れを告げた。

　理由は価値観の違いだった。

「それがあなたの出した答えなら、しょうがないわね」と天気雨がぽつぽつとサウザの頬を濡らした。「また以前みたいな良い関係でいましょう。いつまでもあなたのことを見守っているから。ね、そんな顔しないで」

夜、サウザは枕に顔をうずめ忍び泣き、輾転《てんてん》反側し、身体中から湧き溢れる哀情に溺れた。さんざ泣き暮れたあげく、生温かな暗闇から浮かび上がってきたのはダニエラとファックしたいという強い想いだった。哀傷が広がれば広がるだけ、ふしぎとその気持ちは膨れあがっていくのだった。

朝まだき、サウザは初一念を貫き通すべく家を出た。

ジャックが教授した恋愛のいろはをひとつずつ着実にこなしてきたことで、ダニエラの家を目指す足どりは自信にみなぎっていた。晴れ空の下、悲哀の霧は払われ、これまでの成果を試したいという大胆さでもって前へ前へと突き進んだ。

ところが、数十メートルと進まないうちに歩みは止まった。折しも、ハーレーに乗ったジャックがガレージから出てきたのだ。

「よぉ、兄弟！」

サウザの視線はジャックの背後に注がれた。後部座席にダニエラがまたがっていたのだ。ジャックの分厚い胸板に腕をまわし、サウザのことをふしぎそうに見つめている。胸元に〈ＯＬＤ №.７〉というワッペンのついたライダースジャケットを着ていた。

「これからこいつとドライブに出かけるところなんだ。悪いけど、用があるんならまたあとにしてくんねぇかな。おまえの武勇伝聞くの楽しみにしてっからよ」

かっかっかと笑うと、いきおいよくスロットルをまわし走り去っていった。

サウザは自分でも意外なことに、しごく穏やかな気持ちでうしろすがたを見送ることができた。ジャックが教えてくれた恋愛のいろはのひとつに、叶わぬ恋をしろというのがあったから。男は経験を重ねれば重ねるほど熟成する、と言っていたから。

沈思数分、どこともない青天に向かって話しかけた。「なぁ、もし良かったら、また会えないかな？」

愛のテスト

「本当のことを打ち明けると、わたしは昔シリアルキラーだったの」

シェードランプの明かりをたよりにベッドで日課の読書をしていたとき、エヴァの沈んだ声がした。いつのまにか本を置き、淡青色の目をこちらに向けている。

またたか。

はじめは約一ヶ月前、「わたしが万引き犯だったとしても、わたしを愛してくれる？」だった。それから徐々にエスカレートしてゆき、ポルノスターとなり、隣国のスパイとなった。そして今度はシリアルキラー。

プロポーズをしてからというもの、ずっとこの調子だ。ドライブ、食事中、就寝前、唐突に馬鹿げた嘘を語っては、味見するように愛を確かめてくる。こんなの尋常一様ではないけれど、彼女はただ不安なだけなのだ。きっとそのうち収まる。そう信じて、ぼくは今日もさりげなく目を丸くする。「シリアルキラー?」

「……あなたには以前、こう言ったわよね?」エヴァは薄い笑みを見せ、ぼくの二の腕に手を添える。「わたしは大学でエネルギー工学を専攻して、天然資源を扱う大企業に就職した。三年目にこの国の支社に転勤になって、いまの仕事をするようになったって」

「あぁ。きみとはじめて会ったのも、大使館で開かれた天然資源ビジネス関連のパーティーのときだった」

「でもこの前、その話には嘘がだいぶまざってるとも言ったわよね」

「実は大学には行ってなくて、ずっとポルノ女優をしていた。この国に来たのも、いまの会社にいるのも、スパイとして送り込まれたから」

「そう」と重々しくうなずき、前方の薄暗い壁に目を向ける。「シリアルキラーだったのは、ポルノをやってたときのこと。はじめて殺したのは、当時付き合っていたミュージシャンだった」

「……なんでそんなことを」

「よくある話。彼がシャワーに入ってるあいだにケータイを盗み見したの。何十人もの女とのやりとりの履歴が残っていて、しかもわたしは、数あるエヴァのなかでも三番目のエヴァだった……。目の前が真っ暗になって、次に気がついたときには、シャワーから出てきた彼をエレキギターで殴ってた。知ってる? 人って意外とあっけなく死ぬのよ。頭のてっぺんから血と脳漿《のうしょう》を流して、すぐに絶命した。いまでもありありと思い出せる」と目を閉じて、「ロックのポスターだらけの壁。モノクロの家具で統一された悪趣味な部屋。歪んだ死に顔。

びぃぃぃんという残響……」

「こうしてここにいるってことは、捕まらなかった？」

「そう」とうっすら目を開けて、「車のトランクに遺体を詰め込んで、郊外の山に埋めたの。それから彼の部屋に戻って、痕跡を徹底的に消した。指紋も、髪の毛も、ケータイの履歴も。あとになって彼の失踪は警察沙汰になったし、ニュースにもなったけど、嫌疑をかけられたのはほかの女たちだった。完全犯罪ってけっこう簡単にできるのね。推理小説を読むのがバカバカしくなるぐらいに」

エヴァはうつむき、土ぼこりのような影が口元を覆い隠した。淡青色の目はワックスで仕上げたような光沢をまとっている。「でも、それだけじゃ憎悪は鎮まらなかった。そのあともいろんな音楽を聴いているうちに、ミュージシャンっていう人種全般に対する憎しみが燃えあがってきたの。だから気持ちを鎮めるために、ほかのミュージシャンも殺すことにした。ついでに、選別も手伝ってあげようと思って」

「選別？」

「ミュージシャンっていくらでも勝手に湧いて出てくるでしょ。だから音楽業界のために、有望な人の選別を手伝ってあげてもいいと思ったの」

「……あぁ」

「ポルノのかたわら、各地のクラブやライブハウスを転々として、ありとあらゆる音楽を聴いた。徹底的にやったわ。何度も通い詰めて、リストを作成して、ＡからＦの六段階でミュージシャンを評価した。Ａはおめでとう、成功間違いなし。Ｂは合格、ＣとＤは様子見、Ｅ

はもうチャンスは一回きり。で、Fにはライブが終わったらいの一番に声をかけた。ミュージシャンっておつむの弱い人が多いし、気取り屋とか自惚《うぬぼ》れ屋ばかりだから。ちょっとおだてたりセックスをにおわせたりすれば、簡単に引っかかるのね」

エヴァはのどの奥でちいさな笑い声をあげ、唇を引きつらせる。「あとは簡単。ホテルでも、彼らの家でも、睡眠薬で眠らせて、縄で縛って、勝手放題。ギタリストはギターの弦で首を絞めてやったし、ドラマーはスティックで頭をたたき割ってやった。苦しみや断末魔のうめき声を聞くのは、もう最高だった。断末魔の音色ってね、みんな微妙に違うのよ。世界中のガラスがいっぺんに砕け散ったみたいなものもあれば、うっとりするほど官能的なものもあって。どんな音楽よりもずっと味わい深くて、全身がしびれた。こうやって思い出すだけでも、鳥肌が立っちゃうぐらい……。そしてあるとき気づいたの。自分がいつしか最期の旋律を聴きたいためだけに人を殺していることに。ミュージシャン以外の人はどんな音色をしてるんだろうって想像するようにもなった。それから程なくして、ほかの職種の人も殺すようになったの」

栓が抜かれすべての音が流れ出たかのように、森閑と静まりかえっていた。

エヴァは目を細め、つるんとした顔つきで続けた。「わたしは昔、スパイだったとも言ったでしょ」

「あぁ」

「スパイになった経緯も殺しに関係してるの。証拠を残さないようにいつも細心の注意を払ってたんだけど、さすがに数が多すぎたからかとうとう尻尾をつかまれて、秘密裏に逮捕されたのね。なぜ秘密裏かっていうと、殺人鬼としての冷徹さと殺しの腕を買われて、スパイとして雇われたから。実はいまでもスパイをやっていて、今回のミッションは、この国の情報機関に勤めるあなたに近づき、極秘データを入手して本国に送ることだった。もう目標も達成したし、用済みになったあなたを始末する指令も受け取っている。あなたと大使館のパーティーで出会ってデートを重ねたのも、こうしていま一緒にベッドに入っていることも、すべて仕組まれたことだったのよ」

エヴァはひっそりと笑い、淡青色の目をこちらに向けた。「それでもあなたは、本当にわたしを愛してくれる？」

「……もちろんだよ」

「でもあなたは、わたしが語ったことぜんぶを嘘だと思ってる」

「……そんなことない」

「そしてあなたは、本当にこんな人と結婚していいのか悩んでる。怖がってる。彼女の話はどれも支離滅裂だけど、支離滅裂なだけに恐怖を感じてる。どうにかこの場をやり過ごそうと適当に相づちを打って……。万が一にも本当だったら、とも考えてる」

エヴァはぼくの顔をまじまじと覗き込んだ。「ごめんなさい」ふっと破顔する。「悪ふざけが過ぎたわね。単なる作り話よ」

そうしておもむろにベッドから出ると、月明かりに照らされた部屋を渡り、卓上のハンドバッグに右手を入れた。「でも、ほんのちょっとだけ、本当のことも混ざってるの」

本の挿絵

ある夜、本の挿絵がやってきた。

「ちょっと悪いね、上がらせてもらうよ」

玄関を上がり、ソファに腰を下ろすと目を閉じた。

香草とキノコのパスタを調理していたわたしは、うしろを振り返ったままの姿勢でその一挙一動を見つめた。たしかに本の挿絵はいろんな物語に出てくるし、ある種の気まぐれさも兼ね備えているけれど、無断で上がり込まれるというのはあまり気分が良いものではなかった。

「申し訳ないんだけど、出ていってくれないかしら」わたしはしずしずと言った。「ここはアパートだから、大家さんに見つかったら大騒ぎになってしまうのよ」

本の挿絵はつぶらな目を開いた。「べつにお邪魔はしないさ」

すこし考えてみたけど、あまり答えになっていなかった。

その後も根気強く出ていってほしいと頼み込んだけど、返ってくるのはそんな答えにならない答えばかりだった。

夜も遅かったので、わたしは本の挿絵を横目にパスタを食べ、シャワーを浴びた。明日の授業の予習を済ませ、日課の編みものをした。その間、本の挿絵はソファに寝そべっていた。その静謐《せいひつ》なたたずまいを見て、一晩ぐらい大目に見てもいいかと思い、ベッドに入った。

でも、それがいけなかった。


翌日の夕刻、大学から帰ってきたあとも本の挿絵はまだ部屋にいた。しかもソファではなく、ベッドに寝転んでいる。

「申し訳ないんだけど」わたしはまたしずしずと言った。「そこはわたしのベッドだし、そもそもここから出ていってもらわないと困るのよ」

「べつにお邪魔はしないさ」

わたしはきっとにらんだ。「今夜はボーイフレンドが来るの」

「おれはべつにかまわないよ」

「そういう話じゃないの。あなたがいたら、わたしも彼も困るでしょ」

「べつに何をするってわけでもないさ」

「ただいるだけで困るのよ。さっさと出ていってちょうだい」

「べつにお邪魔はしないさ」

そんな調子で都合が悪くなると、すぐ答えにならない答えを返してくる。この挿絵はずるい挿絵なのだ。

腹が立ったので背中を揺さぶった。でも本の挿絵はびくともせず、ただベッドがみしみしときしんだだけだった。

仕方なくボーイフレンドに電話をかけ、風邪を引いてしまったので今晩は会えそうにないと断りを入れた。彼はひどく心配して、看病しにいくと言ってきた。寝てればよくなるから、大丈夫だから心配しないでと断ったが、よけい後ろめたさが募った。

「必ず今晩中に出ていってもらいますからね」

電話を切ったあと、また本の挿絵に声を荒立てたが、やはり目をつむったままずるい答えばかり返してきた。

すこし頭を冷やそうとソファで編みものをしていると、しばらくして玄関扉がたたかれた。すこしだけ開けると、隙間にボーイフレンドの顔が覗いた。

「なに、どうしたの？」

「風邪だっていうから、お見舞いに来たんだけど……」彼は戸惑い気味に言った。「なんだか元気そうじゃないか」

「まぁ、ちょっとね」

「……開けてくれないのか？」

「あの、風邪がうつるといけないし」

「長居はしないよ。すぐ帰るから」

「いまはちょっと、部屋が散らかってるから」

「もしかして誰かなかにいるのか？」

「まさか、誰も……」

彼の手が隙間に入って、いきおいよく扉が開かれた。わたしは尻もちをついた。ちょうどそのとき本の挿絵はベッドの上であぐらを搔き、大きなあくびをしていた。

「本の挿絵じゃないか」彼は肩をいからせた。「どうしてここにいるんだ」

「勝手に上がり込んできたのよ」

「ベッドにか？」

「独占されたの」

「なるほど。本の挿絵がいるから、おれに会いたくなくなったってわけか。そんな趣味があるとは思わなかったよ」

吐き捨てるように言うと、きびすを返し大またで去っていった。わたしはあとを追いかけ、本の挿絵とのあいだにはなにもないのだと弁解したけど、彼は聞く耳を持たなかった。わたしのほうを見向きもせず自動車に乗り込み、走り去った。

わたしはうなだれアパートに戻った。本の挿絵はまだぶてぶてしくベッドに寝転んでいた。

「大変だったな」右ほほをたるませ、つぶらな瞳を向けてくる。

「……ぜんぶあなたのせいでしょ」

「おれはただ、寝てただけだ」

わたしはベッドに詰め寄り、二本のしっぽをまとめて引っ張った。「これ、はさみでちょん切っちゃうわよ」

「いいとも。すてきな紙細工になるんじゃないかな」わたしがそんなことするはずがないと、すっかり分かりきっているような口調だった。

「ほんとに切るからね」

「いいとも。すてきな切り絵にだってなるさ」

わたしは本の挿絵をにらみつけた。そしてきびすを返しソファに倒れ込むと、編みものもせずに目をつむった。

翌日から大学の授業が終わったあと、売店で買ったサンドイッチを食べ、閉館時間ぎりぎりまで図書館で勉強するようになった。勉強の合間にボーイフレンドに電話をかけてもまったくつながらなかった。

本の挿絵と顔を合わせたくなかったけど、行く当てもないし、お金もあまりないからアパートに帰らざるをえなかった。いつ玄関扉を開けても、本の挿絵はペーパーウェイトのようにベッドに留《とど》まっていた。週末、掃除機をかけ、洗濯物をほしているあいだも気持ちよさそうに目をつむっていた。

夜半のことだった。新しい寝床となったソファで本を読んでいたとき、本の挿絵が珍しくベッドからすっくと立ち上がり、四本の指でドアノブをひねりユニットバスに入った。水の流れる音がして、一〇分ほどで扉が開かれると、何事もなかったかのようにベッドに横たわった。毛先がところどころ湿って束になっている。

「ねぇ」とわたしは声をかけた。

「もしかしてシャワーでも浴びたわけ?」

「そうだ」

「人には気を遣わないのに、自分のことはけっこう気を遣うのね」

「きれい好きなんでね」本の挿絵は目をうっすら開けた。「バスタオルも使わせてもらったよ」

「どのタオルを」

「青いやつだ」

「……青はボーイフレンドのなのよ。彼が持ってきたものなの。ついでに言っておくと、その枕も彼が買ってくれたものだし、シーツもあなたじゃなくて彼のために取り替えたばかりだったの」

「べつにお邪魔はしないさ」

わたしは本を閉じた。腕を組み、足を組んだ。「そういえば、あなたってどうやってごはんを食べてるの?」

「狩りをしてる」

「いつ?」

「おまえさんが寝てるあいだに」

「でも、どこで」

「森だ」

「……大学の裏の?」

「そうだ」

「なにを狩るの？」

「シカとかキツネとか」

「へぇ、いいわね。お肉なんて最近ぜんぜん食べてないし、お腹いっぱい食べてみたいものだわ」

「ついでにおれが獲ってきてやるよ」

ちょっとした皮肉を言ったつもりだったのに、予想外の答えが返ってきてわたしのほうが口をつぐむことになった。

わたしの返事も待たず、本の挿絵はベッドからさっと降り、目の前をすたすた歩いていった。

玄関扉が閉まってから三〇分と経たないうちに、大きな肉片をくわえて戻ってきた。肉片からはまだ赤い血が滴っていた。本の挿絵は本の挿絵なりに気をきかせてくれたのか、室内に上がろうとせず、玄関先に突っ立ったままこちらを見つめていた。わたしはキッチンペーパーを何枚も重ねて、肉を受け取った。

「これはなんの肉？」

「シカだ」

「ほかの部分はどうしたの？」

「食べた」

「食べたって、シカ一頭をぜんぶ？」

「あぁ、だからもう動けそうにない」

それだけ言うと、わたしの横を通り過ぎ、ベッドの上で丸まった。

明くる日の午後、大学のキャンパスでボーイフレンドがほかの女の子と手をつないでいるところを見た。わたしは図書館に駆け込み、机に突っ伏して泣いた。

「つまりは、ふられたんだろ」

晩、シカ肉のクリームシチューを煮込んでいたとき、本の挿絵に言われた。本の挿絵なんかに愚痴をこぼした自分が悪いのだけど、あらためて言われると腹が立った。ただ、腹が立ったといっても不思議なことにすこしだけ。

「……つい一ヶ月前まで、このアパートにはルームメイトがひとりいたの」わたしは淡々と言った。「わたしと違ってとっても元気な、話の面白い女の子だった。でも、彼女はわたしといると息が詰まるといって出ていってしまったの。わたしが遊びもせず、勉強ばかりしているから、話がぜんぜん合わないからって」

「そうか」

「でもそのかわりに、ボーイフレンドが、自分が越してくるよって言ってくれたの。シェアハウスに住んでるんだけど、ルームメイトとうまくいっていないから、ちょうど引っ越しを考えてたとこなんだって。だからわたしもそのうち彼が越してくるのを楽しみに待ってたんだけど、結局、彼もいなくなってしまった……。そしていまは、あなたがいる。家賃も払わない、寝てばかりのあなたが」

「べつにお邪魔はしないさ」

わたしは静かに笑った。「でも、現実はすこし残酷よ。ここの家賃は高いし、わたしひとりだと払い続けられないから、そのうち出ていかないといけない。わたしも、あなたもね」

「ドライブにでも連れていってやるよ」

それはいつもの答えになっていない答えだろうか。

返答に困っていると、本の挿絵はベッドからひょいと飛び降り、わたしのまたしたに大きな頭を入れ、軽々と持ち上げた。もこもこした毛がこそばゆくて、エプロンの裾が本の挿絵の顔にかぶさったのを見て、大きな笑い声をあげてしまった。

本の挿絵はわたしを背中に乗せたままアパートを出ると、街灯の明かりに照らされた公道を疾駆した。徐々に速度をあげてゆき、ひと気ない裏路地を抜け、影深い森に飛び込んだ。すさまじい速さなのに、枝葉にかすりもしなかった。ブナもシラカバもカエデも王様の行進に合わせ、通り道を作ってくれているかのようだった。

森の奥まできたところで本の挿絵は速度を落とし、止まった。あたりはしんと静まりかえっている。

「なにかいるの？」ぴんと立った耳のなかに、ささやきを吹き込んだ。

「いいものをみせてやるよ」

本の挿絵は小声で言うと、わたしをハリエニシダの茂みのそばに下ろした。それから身をかがめ、黄昏に伸びゆく影のようにゆっくりと慎重に進んでいった。

本の挿絵の視線のさき、厚い枝葉の天蓋から漏れるやわらかな月明かりのなかで、一匹の野ウサギが跳ねていた。本の挿絵は瞬く間に距離を縮めると、矢のような鋭さで獲物に襲いかかった。ベッドで寝てばかりいた本の挿絵とはまるで別人で、ひと思いに首ねっこに嚙みつき息の根を止めてしまった。

「お見事」

わたしがつぶやくと、本の挿絵はほんのり首をかしげてみせた。

毎晩のように、本の挿絵に誘われるがまま森をドライブした。

声をかけられるタイミングはばらばらで、真夜中のときは夢か現《うつつ》かもはっきりしないまま星月夜に繰りだした。大地を蹴るたびに鋭い風がうなり、幾重もの闇のベールが開かれていった。目に見えるものが現と分かるころには、見慣れた世界ははるか後方に置き去りにされ、本の挿絵とふたり鬱蒼《うっそう》とした森の奥にたたずんでいるのだった。

たびたび動物も狩った。あるときは野ネズミを、あるときはガンを。またあるときは、巨大なカリブーをも大格闘のすえに沈めた。もっとも百発百中ではなく、あと一歩のところで逃してしまったり、爪が空を切ったりすることもままあった。わたしの存在が狩りの邪魔になっているのではないかと不安になり、尋ねもしたが、本の挿絵は相も変わらずの調子で答えてくれるのだった。

「べつにお邪魔はしないさ」

そう、彼はわたしを邪険に扱うどころか、わたしが興味をもって尋ねさえすれば、多くのことを教えてくれたのだ。闇を駆ける方法、夜目を利かせる方法、木々の並びを読む方法、獲物に近づく方法、飛びつき方……。森での彼はふだん以上に寡黙で、静寂に染み入るような小声でぽつりぽつりと指南してくれた。要領の悪いわたしに呆れることなく繰り返し、丁寧に。無骨に思えた態度は、実は優しさにあふれていた。無関心そうに見えた目つきは、思いやりに満ちていた。ただ、今のいままでわたしがそういう目で見ていなかっただけの話なのだ。

わたしも一生懸命に吸収しようと努めた。本の挿絵が駆ける様を目に焼きつけ、見よう見まねに野ネズミに飛びかかった。昼日中、授業でうつらうつらしているときも闇を切り裂く夢を見た。夜、ソファで横になったときもいまださめやらぬ狩りのイメージを抱きながら目を閉じた。

そして三週間と経たないうちに森を全力で駆け、野ウサギをひとりで仕留められるようになった。生温かい獲物を口にくわえ戻ってくると、彼は歓喜の雄叫《おたけ》びをあげ、大きな顔をわたしの頰にこすりつけてきた。わたしもせめてものお礼に、芥子《からし》色のポンチョを背中にかけてあげた。前のボーイフレンドにあげるために編んでいたものを、彼のために編み直したのだ。

「悪くないね」彼は悦に入ったように首をかしげた。「まったくもって悪くない」

わたしの寝床がベッドに戻ったのは、その夜のことだった。もこもこの毛並みにすっかり慣れていたからか、彼と横になることよりも、冷たいシーツの感触のほうがずっと新鮮に感じられた。

それからしばらくして、彼はアパートにやってきたときとおなじように、何の前触れもなくすがたをくらましてしまった。波打つシーツのあとだけを残して。

わたしもほどなくして、家賃の安いシェアハウスに引っ越した。ルームメイトとすこしずつ仲良くなり、いくつもの試験を受けて、また幾年月が過ぎた。

けれど、わたしはいまでも勉強に疲れたとき、寝つけないとき、ルームメイトを起こさないようそっと部屋を出て、風になる。

奥深い森のなか、ひやりとした夜気に神経を研ぎ澄ませ、木々のあいだを駆け抜ける。ウサギを、ネズミを、ネズミを狙って滑空してきたフクロウを仕留める。皮膚を引き裂き、生温かな生き血でのどを潤して、恍惚の咆哮《ほうこう》をしじまに響かせる。こだまにはっと我に返り、耳を澄ます。目を凝らし、笑う。笑う、凜《りん》とした闇夜に向かって。そしてまた大地を蹴り上げ、真っ白な朝が迎えにくるまで夢と現のあいだを幾度となく駆ける。

それが、彼が残してくれたもの。

アンジェリカの園

地元の名士ロレンツォ・グエディン氏の園には万華鏡の世界が広がっている。ワックス・フラワー、スコエニア、セルリア、同氏みずから手入れしている草花が爛漫《らんまん》と咲き乱れ、オオルリアゲハやベダリアテントウが飛びまわる。かわたれどきからオウギバトやクロウタドリが飛来し、園の黒門が開かれるや、わたしたちも飛ぶようにして二階のウッドデッキにやって来る。

お目当ては植物でも虫でも鳥でもない。

アンジェリカだ。

わたしたちが今かいまかと待ちわびていると、孤独な突風のように前触れもなく滑空してくる。もう諦めようと重い腰を持ち上げた瞬間、雲の切れ間から射し込む光にくるまれて舞い降りてくる。

ある者は、アンジェリカは美の権化だという。またある者は、見る者の美しき思い出を映す鏡だという。

あえて「美」という言葉を借りずに描写すれば、色白の四肢はしなやかでほっそりしている。陽の光をちりばめたような白みがかった長い髪、背中には身体よりもひと回り大きい乳白色の翼が生えている。瞳は草花たちが色褪せて見えるほど深いモカ色。控えめな薄い唇はトレニアの花びらを思わせる。

それでもある者は、美の比喩はなべてアンジェリカのために発明されたという。またある者は、アンジェリカを表現するには新しい言語の開発が必要だという。グエディン氏はなにも思いつかないと言って、嘆息を漏らす。

アンジェリカはいつも中央の円形広場に着地する。翼を折りたたみ、白いオーク材の丸テーブルに目を留める。卓上にはコルクのコースター、アイスコーヒーと氷の入った硝子《ガラス》のグラス。白と青のストライプのストローはすでに先端が折れ曲がり、飲み手を迎え入れる準備が整っている。

アンジェリカは音を立てずに椅子を引く。背もたれは使わず、浅く腰掛ける。戸惑いとも喜びとも取れる表情を浮かべながら、小池に揺らめく月明かりのように目だけを動かしてあたりの様子を窺う。

アンジェリカの装い。ロングスカートやロングブラウスの類いが多い。よく見かけるのは、青空を切り取って仕立てたかのような淡い青色のワンピース。布製のクリーム色のトートバッグを提げていることもある。全体の色調は淡いパステルカラーが多めで、その日の服装に合わせて靴の色も替えている。

陽差しの強い日にはチョコレート色のサングラスをかけてくる。高い鼻柱にはよく似合うが、あの艶やかな目が見えないだけで、太陽が雲に隠れてしまったかのようにグエディン氏の表情も陰る。

細い指先がグラスの表面についた水滴をなぞる。しずくとしずくが合わさって、つーっと流れる。きらめき。グラスを手に取り、ストローを口元に運ぶ。飲んでいることをゆめ感じさせない不動の姿勢で、真向かいのスイセンに目を向ける。スイセンはアンジェリカの肌の白さに萎縮しているかのように項垂《うなだ》れている。視線はアスクレピアス、ダリア、ビリーボタンへと移り、やがてどこでもない緑の生け垣の一点に漂着する。

時が凍りついてしまったかのように思えたそのとき、ゆるやかに吹き渡ってきた風が髪の毛をそっと揺らす。

グラスが空になると、アンジェリカは音を立てずに椅子を引き、翼を広げる。とんと大地を蹴り上げ、飛翔する。あとには白い羽根が落ちてきて、天高く舞い上がるわたしたちのころとすれ違う。

はじまりは初夏の朝。

グエディン氏が園の丸テーブルにアイスコーヒーを用意し、トイレから戻ったところ、いつのまにかアンジェリカが椅子に坐り、アイスコーヒーを飲んでいた。その清純なすがたに魅せられた同氏は、それから常に切らさずアイスコーヒーを用意し、二階のウッドデッキから眺めるようになった。さらにはこんなにも可憐なアンジェリカを独り占めするのはもったいない、ぜひ皆々にも一目見てもらおうと思い立ち、この園を一般開放したのだそうだ。

はじめは誰もが半信半疑でウッドデッキに足を運んだが、去るころには誰もが疑心を抱いたことを恥じていた。

アンジェリカの来園頻度はまちまちだ。日に二、三回来ることもあれば、数日間すがたを見せないこともある。天候に左右される印象で、晴れの日は期待大、小雨なら脈あり、大雨は望み薄。

土砂降りの日でも、グエディン氏は丸テーブルのわきに大きなビーチパラソルを設置し、ウッドデッキで傘を差しながら待つ。するとごくまれに、パステルカラーの傘をパラシュートのように広げ、ふんわり降りてくる彼女のすがたを拝めたりもする。

最近のグエディン氏。こまめにテーブルの位置を変える。ある朝は夾竹桃のそばに、ある夕暮れにはヘリクリサムのとなりに。

アンジェリカはその都度近くの植物に目をやりながら、ストローを唇に添える。アイスコーヒーを飲むだけの日もあれば、その後、園をまわる日もある。滞在時間は数分から一五分程度。日によってアイスコーヒーを半分ほど残すこともあるし、気持ち程度に飲んでいくこともある。

残ったアイスコーヒーはグエディン氏があまさずいただいている。

最近のグエディン氏。アンジェリカがグラスに触らない日が増えてきたのでアイスカプチーノを用意する。これまでと同様、ぬるくなったら冷蔵庫に入れ、冷やしておいたものに取り替える。

アンジェリカが飛来する。テーブルの前で立ち止まる。ミルクフォームを見つめる。心持ち眉をひそめ、周囲に目を配る。椅子を引き、ミルクフォームを掻き混ぜ、ストローに口をつける。ほころぶトレニアの唇。白い泡がグラスを縁取り、白い翼が広がる。からんと弾ける氷。

アンジェリカは安穏とした雰囲気を身にまとっているが、ときおり周囲に向けられる視線からいつ何時も警戒を怠っていないことが分かる。ほぼ間違いなく、わたしたちの視線にも気づいている。大きな物音を立てたり、近づいたりすればぱつと飛び立ってしまうだろう。

実のところ、わたしたちの立てる物音のなかではグエディン氏の嘆息の音がもっとも大きい。瞬間、アンジェリカはこちらに目を向けるや、翼をさっと広げて飛び立っていってしまった。

　一度ならず二度までも。

　最近のグエディン氏。エスプレッソ、カフェラテ、カフェモカ、チョコレートマキアートと日ごとに種類を変える。アンジェリカはほとんどを飲みほす。コーヒー系であればホットもよく飲むが、アイスのほうが好みの様子。チョコレート系はあまりお気に召さないのか、半分ほど。


　アンジェリカの正体に関する有力な説は天使だ。わたしたちのあいだではテリエル、ラハミエル、ドンクエルといった名が臆面もなく叫ばれている。

　だが実際には誰も本物の天使を見たことがないので、たしかなところはなにも言えない。翼を持った人間の女性とも言えるし、人間の女性の恰好をした天使とも言える。美女が翼を生やしているだけで天使と呼ぶのは早合点かもしれないし、見ようによっては悪魔ともハルピュイアとも、女性の肉体を持った不死鳥とも竜ともとれる。翼は飾りであって実は未知の反重力装置で飛行しているのかもしれず、そも人間の女性に翼が生えていないほうがおかしいとも言える。

　グエディン氏は、アンジェリカはアンジェリカだと言う。


　最近のグエディン氏。コーヒー豆はもちろん、ミルクの割合も変える。角砂糖、白砂糖、スティックシュガー、ダイエットシュガー、ミルク、ハチミツ、練乳まで用意するが、アンジェリカは手をつけない。手をつけるのは、ビスケットやクッキーの類い。

アンジェリカは常としてもの静かだが、その振る舞いはむしろ堂々としたものだ。足を組み、頬杖をつく（わたしたちはため息をつく）。椅子の背もたれに寄りかかり、しだれ柳を見上げる（わたしたちは空を仰ぐ）。トートバッグから手鏡を取り出し、化粧を薄く塗る（大天使とのデート、はたまた堕天使との情事か）。携帯電話でメッセージらしきものを打ち込み、ひそひそ声で電話をする（お相手は翼を持った上司か、女性の身体をしたペガサスか）。ランに鼻を近づけ、バラの棘《とげ》をつんつん触る（つんつん触られたいと異口同音）。ヒナギクの花びらを愛撫し、二羽のチョウチョウの戯れを見て、微笑む（グエディン氏も微笑む）。

最近のグエディン氏。紅茶、緑茶、マテ茶まで手広く用意するが、アンジェリカは見向きもしない。

園に飛来するアンジェリカはおなじように見えるが、その実、毎回べつのアンジェリカが飛来している可能性もある。間近で見ればほくろの数や位置、髪の毛の縮れ具合が異なる可能性も考えられるし、そういったささやかな違いの一つひとつが門アンジェリカ・綱アンジェリカ・目アンジェリカ・科アンジェリカ・属アンジェリカ・種アンジェリカとなるのかもしれない。女性のような見た目の男性ということも考えられるし、若く見えても一万歳かもしれない。

グエディン氏は、アンジェリカはアンジェリカだと言う。


アンジェリカはときに澄み切った歌声を響かせる。

ルルラララ。

あるいは、ラララルルル。


なんとも言えないしなんとでも言えるので、グエディン氏がアンジェリカと呼ぶ以上はわたしたちもアンジェリカと呼ぶことにしている。いまではもうアンジェリカ以外の名は考えられないし、グエディン氏はアンジェリカ以外なにも考えられない。

同氏がアンジェリカをアンジェリカと呼ぶのは、大昔に別れた恋人に目鼻立ちや雰囲気や仕草が、つまりすべてが似ているからなのだという。


晩夏、空が灰色の染みのようにかげる。雨が降りしきるなか、アンジェリカが傘も差さずせわしげに園に舞い降りる。パラソルの下に入り、濡れた髪の毛を両手でしぼる。しとどに濡れたロングスカート。椅子に坐り、頬杖をつく。毛先からぽたぽた水滴が落ちる。まぶたを閉じる。パラソルを打つ雨音に耳を傾けるかのように。

やがてわたしたちは気がつく。目尻からしずくが流れ落ちていることに、それが雨粒ではないことに。

最近のグエディン氏。丸テーブルにアイロンのかけられた白いハンカチを用意する。種々の書籍を置く。

アンジェリカが飛来する。卓上に並べられた本をまじまじと見つめる。椅子に坐り、ファッション雑誌をためらいがちに手に取り、めくる。旅行雑誌をめくる。料理雑誌を手に取り、めくることなく置く。『無垢《むく》の歌』の表紙と背表紙を交互に眺め、めくる。一枚、二枚、三枚……、滞在時間が三〇分におよぶ。

最近のグエディン氏。三台の本棚を丸テーブルのとなりに置く。巨大な天幕を張る。

アンジェリカは椅子に坐り、ウィンナーコーヒーを飲みながら『無垢の歌』を読む。卓上に読みさしを置く。本棚の前に立ち、目を動かす。一冊ずつ抜き取っては背表紙を眺め、ぱらぱらめくり、棚に戻す。リヴィエールの画集を手に取る。卓上に広げ、コーヒーカップ片手に時間をかけて目を通していく。

最近のグエディン氏。リヴィエールの複製画を何枚も木の枝に吊り下げる。

遠雷が轟《とどろ》き、横殴りの豪雨が降りだすと、アンジェリカが慌ただしく飛び立っていく。わたしたちもグエディン邸の広々とした居間に避難する。飾り棚に並んだいくつもの写真に魅入られる。

アンジェリカ、アンジェリカ、アンジェリカ。

そのなかに見知らぬ女の子の写真が一枚混ざっている。これは誰なのかと問うと、グエディン氏は答える。アンジェリカだ。

だが写真の女の子はアンジェリカとは似ても似つかない。黒の巻き髪につぶらな瞳、頬にちりばめられたそばかす。園に咲くブーゲンビリアを背景に内気そうに微笑んでいる。翼はない。


最近のグエディン氏。日ごとに絵画を掛け替え、カウチを置く。最近のグエディン氏。ダブルベッド、ベッドテーブル、ライトスタンドを置く。最近のグエディン氏。ステレオとレコードプレーヤーを置く。大型液晶テレビとＤＶＤプレーヤーを置く。最近のグエディン氏。豪華な料理を用意する。最近のグエディン氏。紅きルビー、黄色のトパーズ、緑のエメラルド、黄金色のジャスパー、青のサファイア、白銀のダイヤモンドを用意する。最近のグエディン氏。家財一式を園に出す。

アンジェリカはルーベンスとヤン・ブリューゲルの複製画を鑑賞する。アンジェリカは色とりどりの指輪を一〇本の指にはめる。金無垢のネックレスをじゃらじゃら鳴らす。アンジエリカは『平均律クラヴィーア曲集』のレコードをかける。アンジェリカは車エビのソテーを食べ、シャンパンを飲む。ブルーベリーマフィンをほおばり、アップルサイダーを飲む。白いハンカチで口をぬぐう。アンジェリカはベッドで跳ねる。ベッドランプをつけたり消したりする。アンジェリカは『めぐりあう時間たち』を観る。三度も観る。笑う。跳ねる。歌う。ラララルル。

最近のグエディン氏。上等なスーツを着て、深紅のネクタイを締める。髪にポマードを塗り、念入りに櫛《くし》を通して、ひげをそる。園のコスモスの花を一本摘み、白妙《しろたえ》の陶製の花瓶に挿す。卓上にアイスコーヒーのグラスと『無垢の歌』を置き、『平均律クラヴィーア曲集』のレコードをかける。椅子に坐り、晴れ空を見上げる。

グラスの氷が融《と》け、コーヒーの褐色が薄まる。広がりだす。わたしたちはいなくなる、だんだんと。だんだんと褐色のあわいがグラスの外に染み出してゆく。蒸発。ひとり、またひとり。コスモスが褐色に染まる。枯れる。散る。閉じられた園で椅子にもたれ、晴れ空を眺め続ける。それがわたしたちの見た最後のグエディン氏。

性《さが》のアトラス

2.

Atlas of Human Nature

グエディン氏の園生《そのう》をあとにした一行は鉛色の沈黙のなかを進んだ。一様にこうべを垂れ、土をならすようにして視線を足下に滑らせる。夕闇が刻一刻と折りたたまれ厚みを増し、ひとりまたひとりと左右の小径《こみち》に消えてゆく。

ここはどこだろう、と青年オルランドは訝《いぶか》しげにあたりを見まわした。町なかにいたはずなのに、いつしかひとり田舎道を歩いている。星の光がちろちろとしばたたき、ほのかな街灯の明かりと闇に沈んだ人家が夜道をふちどっている。ひと気も、物音もない。天と地がくっついてすべての音が押しつぶされたかのようだ。

すこしのち、どこからかひゅーひゅーというすきま風めいた声が聞こえてきた。オルランドの足はそちらに向かった。いくつもの曲がり角を折れ、人家の塀に沿って進み続けると開けた場所に出た。たくさんの蠟燭《ろうそく》の灯が、整然と並んだ大きな石たちをぼんやり照らしている。墓地のようだが、ずいぶんにぎやかだ。そそり立つイトスギの根元で、骸骨のフェイスペインティングをした一団が輪舞し、陽気な歌をうたっている。白と黄色の花冠をのっけた年若い娘たちが笑いさざめきながらオルランドの横を駆け抜け、背後の暗がりに吸い込まれていく。

と、一発の花火が上がり、闇夜にこまやかな色彩の亀裂が走って、墓石の端に腰掛けていたひとりの女の子を浮かび上がらせた。

白いレース地のワンピース、暗闇と調和した深い黒の巻き髪。うつむき加減の青白い顔は、写真にうつっていたあの娘にも似ている。

ぼうっと見つめていると、彼女がやにわに顔をあげた。目と目が合い、「こんにちは」と夢見るような微笑を投げかけてくる。

「やあ」とオルランドもおずおずと微笑み返した。「ここは、なにをやってるのかな」

「知らない？」と彼の反応を見てから、「死者の日の祭りよ。亡くなった人たちを祝うの」

「悼むんじゃなくて？」

「悼むんじゃなくて」とちいさくうなずいた。「今日は死者に会えるから、むしろ喜ばしいことなのよ」

オルランドはなんて答えたらいいのか分からず、からかわれているのかも分からず、曖昧にうなずいた。

彼女がおもむろに立ち上がり、ワンピースの裾をちいさな手ではたいた。「これからイベントがあるんだけど、良かったらあなたも来る？」と伏し目がちに言う。

「なんのイベント？」

「朗読会よ。いろんな物語を語るの。どうかしら」

オルランドはまたしても黙ったまま、しかし今度は瞭然とうなずいた。家路を見つけることより、彼女に惹かれて。

手招きする彼女について墓地の奥へ進んだ。

光と影の森が広がっていた。

蠟燭の火が眠たげに輝き、きらめきとやわらかな幻影を散らしている。墓石は十字架や楕円や長方形のほか、ピラミッド、コテージ、イルカ、バンジョー、砂時計、地下階段、薔薇のブーケとさまざまな形をしていた。

「朗読会のことを簡単に説明すると」とオルランドがとなりに並んだところで、彼女が口を開いた。「名前を『プリズマ』といって、アルゼンチンの作家ボルヘスが大昔に創刊した壁雑誌に由来しているの」

「壁雑誌？」

「わたしも話でしか聞いたことがないけど、ボルヘスは大きな一枚の厚紙に詩や掌編を印刷して、ブエノスアイレスの街なかの壁に貼りつけていたそうなの」

「へぇ。でも、それがなんでまた朗読会の名前に」

「理由はいくつかあるけど、いちばんはやっぱり、ボルヘスが建てた天国の図書館に由来してるかな。彼は生前、天国とは図書館のことだと信じていたんだけど、じっさい天国に行ってみたら図書館なんてどこにもなかった。で、落胆した彼はいろんな関係者に掛け合って、自分で図書館を建てて、館長をつとめることになったの。肝心の本は寄付で集めた。死んだとき、餞別《せんべつ》として棺に本を入れてもらった人が大勢いたからそれを寄贈してもらったのね。これは結果的に好循環を生んだ。本が増えれば増えるだけ、利用者の数も増えて、もっとたくさんの本が集まってきた」

オルランドは曖昧にうなずいた。

彼女は彼の顔を一瞥《いちべつ》してから続けた。「みんな、見境なく本を読んだわ。大盛況で、なんで今までなかったんだって怒りの声が上がったぐらい。そしてそのうち、自分で本を書いて、みんなに読んでもらいたいという人たちが出てきた。生前小説家を志していた人もたくさんいたし、読んで、書く、吸って、吐くという自然な循環が始まったのね。いちばん多かったのは人生記の類いだけど、数が多い分、飛び抜けて面白いものでないかぎり埋もれてしまった。それから主題は細分化していって、『ユリシーズ』もどきのニューデリーでの一日を有名な叙事詩に照らし合わせて描いた日常劇や、ヨーロッパや南米を絵を描きながらめぐる『カンディード』もどきの冒険譚。繁殖期のキジの鳴き声の変化を記録した観察記や、チベットの香辛料を使ったエスカルゴ料理の作り方まで書かれた。あの世からすれば現世の出来事はフィクションに等しいから、天国の図書館では大半の本が〝小説〟に位置づけられた。逆に、あの世を題材にした『失楽園』だとか『神曲』はノンフィクションに相当したのね。じっさいノンフィクション作家も出てきて、いろんな天国を放浪して『失楽園：再探訪』や『神曲：再探訪』を書いてるわ」

「いろんなって、天国はひとつじゃない?」

「文化、信仰、思想の数だけある。無宗教者のための天国だってたくさんある。あの世は無数の層に連なった無数の天国で構成されているの。天国間は形而上学的に、観念的に行き来もできる。知覚できれば存在し、行けるということね」

「えーと、天国の一つひとつはこの世でいう国のようなものってことかな」

「まぁ、そんなところ」と彼女はうなずいた。「話を戻すと、図書館の本を読み、本を書いて図書館に寄贈し、それを読んだ人がまた新たな本を書くという健全な循環が確立されて、人気作家が続々誕生した。なかには現世だと別分野で有名だった人もいた。例を挙げると、画家のエルンスト。チェーホフの『かもめ』をベースに登場人物が著者を造形するというひっくり返った不条理劇を書いて、舞台化もされた。初公演はさんざんだったらしいけど。それと、ショーペンハウアー。あの哲学者が小説を書いたというだけでとびきり注目を浴びたけど、ふたを開けてみたら、ある図書館に勤める老齢の司書が、カウンターの裏や本棚の陰で大勢の女性利用者とセックスをするというポルノ小説だった。でもこれがノスタルジックで、あんがい面白いと評判になった。死んだ身となってはもう感じられない仕事の疲労感、肉体の衰えや苦痛、老いの憂いを克明に捉えていて、抑えきれないどろどろした肉欲すら新鮮で愛おしく思えたのよ。天国の至福にどっぷり浸かってはじめて、生は労苦と憂鬱と欲望の連続であり、それが蜜の味でもあったことに気がつかされたというわけ。この成功を受けてショーペンハウアーは、司書が休暇を利用して世界中を旅してまわり、レイキャビクのブルーラグーンの洞窟、マチュピチュの登山路脇の草むら、レーのチベット寺院の床下でほかの女性旅行者とこっそりセックスするといった続編も出してるの」

奥に進むにつれ、墓地は影深くなっていった。闇夜というより深く濃密な霧のなかを歩いているようだ。蠟燭の明かりがもやもやした長い舌となり、墓石にまとわりついた闇の滴をなめまわしている。彼女が墓石と墓石のあいだをジグザグに進むものだから方向感覚が狂い、ふしぎと落下しているような感さえあった。

「作家同士のつながりも生まれた」と彼女は小暗い足下に視線を落としながら続けた。「作品を読んでもらったり、校正を頼んだり、共作したり。ある若手作家のグループは、図書館の利用者以外にも自著を知ってもらおうと広報活動をはじめた。それは純粋な名誉欲に基づいた行為だった。死後は欲の多くが消えるか、かぎりなく弱まってしまうけど、人間関係がある以上、名誉欲は枯れることがなかったのね。文学史的に見ても、バルザックみたいに日銭を稼ぐために書くといった根源的な要求はすさまじい原動力になるし、現に彼らほど精力的なグループはほかになかった。広報活動の一環として、ボルヘスの許可を取った上で『プリズマ』を復刊させて、天国のあちこちに壁雑誌を貼り出したの。それが思いのほか好評だったから朗読会もしようということになった」

「それが今から行く朗読会ということでいいのかな」

「その原型ね。はじめは天国のあちこちで開いていたけど、生者にも読んでもらいたいという欲が芽生えて、現世でも行うようになった。現世からあの世に文学作品が流れることはあってもその逆はなかったから、双方向の流れをつくろうと思って、年一回、地球上のどこかで、その土地土地の死者儀礼の日に朗読会を開くことにした。その日を選んだのは、だいたいどこの国にも死者儀礼の日はあるから」

「今回がはじめてじゃないんだ」

「はじまって十数年かしら。朗読の合間にパネルディスカッションを挟んだり、演劇や音楽演奏をしたり、まだ試行錯誤の段階だけど、少しずつ認知されるようになってきて、『プリズマ』のメンバーも聴衆も増えてきた。今じゃ『プリズマ』の面々だけじゃなく、開催地出身の著名人がホストをつとめるようにもなってきてる。そのほうが話題になるという、至極明快なマーケティング上の理由でね。さぁ、着いたわよ」

その言葉が合図だったかのように墓石の連なりが忽然《こつぜん》と途切れ、視界が晴れ渡った。

光り輝く満月の下、美しい芝生の広場で数百人もの人々が談笑していた。

話し声はどれも陽気で物語的な抑揚に富んでおり、派手なフリルつきの中世風のドレスを着た貴婦人、バンジョーを奏でる白ウサギの着ぐるみ、マスケット銃を構えた馬上の警官と、半数近くがなんらかの仮装をしている。大気は香気に満ち、色調豊かな花びらが浮遊して、月明かりが粉雪のようにまぶされた広場は、一幅の完成された絵画のような調和を実現していた。

「今は一回目のセッションが終わって、休憩中。あそこにいるのが今回のホストのカルロス・フエンテスよ」彼女はずっと遠くのほう、リンゴの樹の下でワイングラスを傾けている黒い燕尾服の男を指さした。「となりにいるのが妻のシルビアね。ヘップバーンみたいに美しい人でしょう？　すぐそばにルルフォとパチェーコもいる。シケイロスとリベラ、フリーダ・カーロも。やっぱり彼女、すごく目立つわね。ずっと前、VOGUE誌の表紙をかざったドレスで来てる」

　オルランドが驚嘆の声をあげると、彼女は「ああいう有名人だったら、もっとたくさんいるわよ」ときらきらした笑い声のしぶきを散らした。

「ほら、あのイトスギの木陰からこっそり広場の様子を窺ってるのがオーウェル。いつもああいう浮浪者の恰好で朗読会に来るの。変装のつもりかしらないけど、周囲はただ気を遣って話しかけないだけで、じっさいはばればれなのよね……。タブッキもいる、カクテルサーバーの前にいる男よ。黒ずくめの男と熱心そうに話し込んでるでしょう、あれがペソア。彼は生前旅行嫌いで知られていたのに、死後はあちこちを旅行してるの。実はお金ときっかけがなかっただけで、内心はずっと海外旅行に憧れていたんだって。つい最近も、タブッキとふたりでインドや日本を旅行してきたらしいわ。タブッキはごますりが過ぎるぐらいペソアの大ファンだから、ほとんど接待旅行だったんでしょうけど……。カクテルグラスを手に大勢に囲まれてるのがヘミングウェイね。知り合いに聞いた話だと、あの人は釣りとお酒とおしゃべりができればそれでいい人らしいの。良くも悪くもマッチョなのよ」

「……あれは誰だっけ、どこかで見たことがあるんだけど」とオルランドはイラクサの茂みのそばで笑い合っているふたりの口ひげの男を指さした。

「フォークナーとマルケス。マルケスは数年前から顔を出すようになったんだけど、フォークナーとすっかり意気投合して、恋人みたいにぴったりくっついて離れないの。ふたりのあいだには友情以上のなにかがあるんじゃないかともささやかれてるわ。今も背中の裏でこっそり手をつないでるんじゃないかしら。ちなみにマルケスの前だと『百年の孤独』は禁句だからね。本人はべつの作品のほうが気に入っているのに、みんなそればかり口にするものだから辟易《へきえき》してるのよ。あとは、そうね……」

　と、彼女はオルランドの手を取り、人混みのなかを歩きだした。「あそこの柳の木の下でかたまっているのは日本の作家よ。シルクハットをかぶってるのがナツメ、日本の妖怪のコスプレをしてるのがアクタガワ。とくにアクタガワはひょうきんでね、酔っぱらうとよく腹踊りを披露してくれるの。あんまり受けは良くないけど。それに半裸の若い男と腕を組んでるのがアレナス、あの栗毛の馬に話しかけてるおどけた帽子をかぶった男がブローティガン……、ゴーリキーとチェーホフもいるわね。トルストイの追っかけのチェーホフがいるということは、そのうちトルストイがすがたを見せるというサイン。で、ゴーリキーはチェーホフの追っかけだからここにいるというわけ。日本とロシアの作家はなぜだか同胞同士で固まる傾向があるのよね」

「ここには生きてる人もいるんだよね？」

「もちろん」と彼の手をぐいと引っ張って、「有名どころだと、あそこにいるのがムラカミよ、カクテルグラス片手にフィッツジェラルドとカーヴァーとおしゃべりをしてる。ミュージシャンだけどミック・ジャガーもいるわ。あの人は毎年、自家用ジェットを飛ばしてこの集まりに駆けつけてるの……。それにビョーク、マリオ・バルガス＝リョサ、ミハル・アイヴァス、ロバート・プラント、ダン・ローズ、フランク・ステラ、オルガ・トカルチュク、フアン・ホセ・ミリャス、エイミー・ベンダー、サミュエル・ビーム、セサル・アイラ……」

オルランドは一人ずつ目を移してゆき、結果的にぐるりと一回転した。「ああいう有名人も朗読するのかな」

「ううん、朗読は『プリズマ』のメンバーだけ。著名人のほとんどは社交目的で来てる。ここは文学サロンの側面も多分にあるから、とくに最近は皮肉なことに朗読よりそっちのほうが注目されてるの。誰が決めたわけでもないのに『プリズマ』が物語を読んだあとは、マルケスやフォークナーといった大家が直々に批評するのが慣《なら》わしになっていて、最後には誰がいちばん良かったか審査もするのよ」

「そんなにたくさん物語を話すのか」

「ええ、主題に沿ってひとりずつ順番に、壁雑誌におさまる程度の小品を話していくの。コンセプトはあくまで『プリズマ』だから。開催時間は夜の一一時から明け方までだし、たくさんの人に発表してほしいから、サイズ的にちょうどいいというのもあるわね」

オルランドは彼女に向きなおり、細面を覗き込んだ。「やたら事情に詳しいところを見ると、きみも有名人のひとりなのかな」

「まさか。わたしはたんなる一般人よ。その他諸々、エトセトラ。ただ、『プリズマ』のメンバーではあるけど」

「物語をかたるってこと？」

「そのうち、順番が来たら」にこりと笑って、「そういうあなたは？」

「ぼくもたんなる一般人だよ。ただ、語り手じゃない……」

そう答えてみたはいいものの、ここまでたどり着いた経緯もよく分からず、彼の声は尻すぼみになってしまった。

そのとき、見えない鐘の音が響いたかのように周囲の話し声が弱まり、人々がグラス片手に動きだした。「はじまるわ」彼女がオルランドの手をとり、人波の流れに導いた。広場の中央に大きな輪がつくられ、さざめきが流れ込み、人声の湖となる。

輪の中央に六人の男女が出てきて、ひとりずつ名乗りをあげた。まるでそういうアソートであるかのように風采も年齢も肌の色もばらばらだった。うちひとり、月桂冠をつけたローダという淑女が一歩前に出、亜麻色の長い髪を垂らしながら恭《うやうや》しくお辞儀をした。

「それでは僭越《せんえつ》ながら、わたしからはじめさせていただきたいと思います」

とたんに湖はなぎ、息づかいと衣擦れの音が波紋となってしのびやかに広がった。

測りたがり

　夕暮れどき、エミリがやって来た。ボーイフレンドを連れて。彼は挨拶も抜きに「ちょっとごめんね」と、ポケットから群青色の円形メジャーを取り出す。右手でびっとビニール製の帯を伸ばし、ドアノブの周囲を測りだす。そして一言。「一五・四センチ」それから鍵穴。「一・二センチ」

「ごめんね、シャーロット」とエミリが苦々しく笑う。「電話で説明するの忘れちゃったけど、彼って測りたがりなのよ」

　わたしがきょとんとしているあいだにも、測りたがりは玄関マットにメジャー帯を伸ばす。縦に、横に「四〇センチ、六五センチ」

「ほうっておいても大丈夫だから。ドアは外側からもう測定してきたからいいけど、まだもうちょっとかかると思う。彼、あ、そう、パトリックっていうんだけど、目に見えるものをぜんぶ測らないといけないのよ。測らずにはいられない強迫観念があるみたいで」

リビングに案内するあいだにも、エミリは七年ぶりの再会の喜びなんか抜きにパトリックの説明を続ける。そういう彼はひとりリビングへ続く廊下で立ち止まり、角から角の長さを、マウンテンバイクのボディ、タイヤ、スポークの一本一本を綿密に測定していく。

それを横目にエミリとわたしはリビングのテーブルに坐る。食事はもう用意してある。赤ワイン。鮭の香草マリネ。マッシュルームのオリーブ焼き。ストロベリーパイなどなど。こういうときのために友人からくすねたレシピだ。エミリは海賊の宝箱でも発見したような口ぶりで褒めたたえると、「こんなものもってきたの」とおおげさなぐらい大きなハンドバッグから二リットルのペットボトルを取り出す。

「それって、あの、きついビール？」

「そう、アルコール度数高めの。あんたに会うってなったら、懐かしくなってさ、つい買っちゃったんだ。よく飲んだよね、ただ安く酔えるからってだけで」

「それですぐ酔いつぶれてたけど。睡眠補助剤なんか入れてさ」

「あぁ、コンビニ・ドラッグ」と彼女は笑う。「でもいまはぜんぜん飲まないんだよ。人生、酔っ払わなくてもエクスタシーを手に入れなきゃいけないって反省してさ。実際、もう一ヶ月ぐらい飲んでないんだから。だからさ、はやく乾杯しよう」

「パトリックは？　もうすぐ終わりそうだけど」

「いいのいいの、廊下のつぎはここのリビングを測りだすから。待ってたら炭酸も抜けちゃうよ」

「あっそう」とワイングラスになみなみとビール。乾杯。ポーカーの手札を出し合うようにたがいの七年間を語り合う。わたしはウェブデザイナー。会社で五年間働いて独立。以来、自宅で幽閉生活。かたやエミリは、銀行員をやめてバーテンダーをやめてテレフォンアポインターをやめて書店員をやめて、現在はヨガ・インストラクター。おなじゲームとは思えないほど手札が多い。けれど彼女は「おたがいいろいろあったんだねぇ」と、あくまでおなじ数の手札で勝負しているかのように言う。「なんでも貫《つらぬ》き通す感じ、あんた、やっぱ変わってないよ」

そういうエミリもある意味では変わっていない。大学時代から着せ替え人形みたいにころころ変わっていたから、いまも変わってはいるけれど変わるのが当たり前だったからつまりは変わっていない。大学時代もオレンジ色のショートヘアからダークシックのロングヘアへ。花柄のロングワンピースからシースルーのキャミソールへ。そしていまはウェーブのかかったモカブラウンのセミロング、フリルつきの白いブラウス、目鼻立ちもすっきり整ったまま。たぶんいまだって右のおしりのあざを気にしているんだろう。新しいボーイフレンドの前ではだかになるたび、つい言い訳してしまうのが面倒くさい、そんな自分がいやだとぼやいていたあのあざ。睡眠補助剤をコンビニ・ドラッグと呼ぶ着せ替え人形、エミリ。

「それで、どこで出会ったの」と今度はフロアリングの木目を測りはじめたパトリックを見ながらわたしは言う。

「よくある手口」と彼女は右えくぼをつくる。「バーで引っかけられたの」

「やっぱりそこでも測ってたわけ？」

「ううん。そのバーはもう何度も行ったことがあるらしくて。パトリックははじめて目にするものを測りたがるの」

「一度測っちゃえばいいのね」

「そう」とワイングラスにビールを注ぎ足しながら、「でも、あたしもはじめてアパートに呼んだときはびっくりしたわ。さっとメジャーを取り出して、階段だのドアだのを測ってったから。さっきみたいに。しかもあたしの部屋ってけっこうごちゃごちゃしてるのよ、落ち着くまでなおさら時間かかってさ、彼がリビングに来るまでのあいだに寝ちゃったんだよね」

わたしは笑う。「ここまで来るのもたいへんだったんじゃない?」

「大丈夫よ、車で来たから。車内はもう前に測ってあるからね。それに極端な話、新しいところに行くときはアイマスクをして、手を引っ張ってあげれば大丈夫なのよ」

「へぇ、それはまた」とビールを一口。「で、なにしてる人なの?」

「まだ学生なの。大学生。演劇を勉強してるの。測定以外はけっこうまともなのよ」

折も折、パトリックがリビングに入ってくる。「どうもこんにちは」といまはじめて顔を合わせたように微笑みながら。リビングをぐるりと見まわし良い部屋だと褒める。壁に掛けてある絵画を褒める。テーブルのほうを見ながら褒める。「すごくおいしそうだね。ぼくもはやく食べたいなぁ」

そこまではまあまあまともだけど、料理を褒めておきながらさっそくそっぽを向き、部屋じゅうの家具調度にメジャーを向けてゆく。デスクトップパソコン、マウス、小ぶりのサボテン、ヘッドフォン、本棚、本、もこもこのラグ、ソファ、ソファテーブル、テレビ、テレビ台、ツリー形のライトスタンド。ぶつぶつぶやきながら。気にしないようにしても否応なしに視界に入ってくるし、いちいち考えてしまう。なにか見られたら困るようなものなかったっけ。そんなわたしの顔を眺めながら、「べつに見られたら困るものなんてないよね？」とエスパー・エミリ。

「ううん、べつにないけど」

「それならいいんだけど。ただ、ほかの扉、閉めといて良かったと思うわ。じゃないと永遠に終わらないからさ」

「あくまで目に見えるものなのね」

「そう。彼にとっては、この世界を理解可能な範囲におさめるための儀式みたいなものなのよ」

ビールを飲みほし、ワインを開ける。スピーカーを測定し終わったパトリックがようやくテーブルに加わる。「はやく食べたいなぁ」と言いながら食器と料理を測りだす。触れないように、繊細な手つきでメジャーを浮かしながら。エミリはまだほとんど料理に手をつけていない。きっと彼が測れるように残しておいたのだ。

測定を終えると、彼はメジャーをポケットにしまって料理をむしゃむしゃ食べてゆく。「ほんとにおいしいねぇ」と満足げな表情を浮かべながら。測定したての長さが見る間に小さくなり、ついにはゼロになる。

「ねぇ、クリネックスは測らなくていいの」とわたしは卓上のクリネックスの箱を指さす。

「それはもう見たことがあるからいいのよ」とストロベリーパイをほおばるパトリックにかわってエミリが答える。「大量生産品はどれもサイズがおなじでしょ。もう彼の世界におさまってるの」

パトリックが口を動かしながらこっくりうなずく。このときになってようやく彼の容姿に意識がゆく。ブロンドの短髪、白い肌に赤い口に青い目。目元のあたりに黄土色っぽいそばかす。なんだか使いかけのパレットみたいだ。

パトリックがトイレに立ったあと、わたしとエミリは大学時代の思い出話に花を咲かせた。誰々のこと覚えているかとか、彼女はいまなにをしているだとか、世界中の旧友が顔を合わせたら話すことになる宿命的な話題。最中《さなか》、エミリは息を継ぐようにワインを飲む、飲んだワインが染み出したかのように頬を赤らめる。そして話題はまたパトリックへ。「じつをいうと付き合ってまだ二ヶ月なの」

「へぇ、そうなんだ」と相づちを打ってみせるものの予想できた答えではあった。エミリは昔からボーイフレンドもころころ替えていたから。まあ、替えていたのか、替えられていたのかまでは覚えていないけど、いずれにせよ長続きはしなかった。しかも当時から奇妙なボーイフレンドばかりつくっていた。彼女のことをリトル・ボックスと呼んでいたきざったらしい男。二〇歳も年上のギャングあがりの電気工事士。妙に印象的だったのは、話でしか聞いたことがないけど、スイカのにおいのする整髪料をつけていた男。わたしはスイカのにおいのする整髪料をつける男はもとより、スイカのにおいのする整髪料にすらお目に掛かったことがない。

あのときのエミリは「恋愛ってたいてい興味を持つことからはじまるじゃない」と言っていた。「だからへんちくりんな人ほど惹きつけられちゃうのよ」

いまのエミリもおそらくそれは変わっていない。「彼ってあたしのことも隅々まで測ってきたのよ」と右えくぼをつくりながら言う。「足の親指も、眉毛も、おっぱいも。ちなみにあたしとのセックスは一三〇センチだって」

「なんだか子供の身長ね」とわたしはくすくす笑う。一瞬のあと、あれっと思う。「でも、セックスをどうやって測るのよ。時間じゃあるまいし」

「イメージよ」と彼女は言う。「パトリックは一〇代半ばぐらいから、なぜか訳もなく見るものすべてに対して測りたがりが身についたらしいの。それを繰り返していったら、長さを持たないものにも長さのイメージが浮かんでくるようになったんだって」

「共感覚みたいなものなのかな」

「かもね」

彼女が言うには、パトリックにとっての平和は二七センチメートル。戦争は一四九センチメートル。けれど、一四九センチは三二センチのイメージも持っているという。

「それってどういう理屈なの」

「さぁ」と肩をすくめる。「あくまでイメージの話だから。でも面白いのよ。愛は九三センチなの。それなのに、あたしへの愛は九五センチだっていうわけ。なかなかすてきじゃない？」

「まぁ、ね」とにっこりうなずいて、「そういえば、彼、なかなか戻ってこないね」

「測ってるんでしょうね」

「だよね」

それから話は大学時代の友人知人に戻り、あのやせっぽちでモンゴメリ狂のアクトンがアグネスと結婚したんだってと大笑い、かと思えばまたもやパトリックの話題がはじまる。行ったり来たりの会話のタイムトラベル。二本目のワインボトルのコルクを抜いていたとき、パトリックがトイレから戻ってくる。過去から無事戻ってこられたかのような晴れ晴れとした笑みとともに。

「便座は何センチだったの？」

「横三四・八、縦四〇・七」

「トイレットペーパーは？」

「長さ四・七、周囲二四・二」

彼は着座し、飲みかけのワイングラスを手に取る。エミリは右手を彼の肩に、ついで頬にあてる。故障具合でも確かめるように。彼女の目はとろんと据わっていて、降りた緞帳《どんちょう》の裏からこっそり観客席の様子を覗いているみたい。

わたしはさっき彼女から聞いた長さのイメージについて尋ねる。

「ただ、なんとなく浮かび上がってくるんだよ」とパトリックは答える。「掃除機とか、洗濯機とか、言葉を聞いたらそのイメージが浮かび上がってくるみたいに」

わたしはさらに尋ねる。戦争が一四九センチで、一四九センチが三二センチなら、戦争は三二センチでもあるのか、と。でも、どうやらイコールではつながらないらしい。

「それぞれ独立してるんだ。姿形は似てるけど、おなじ位置にいることはできないドッペルゲンガーみたいに」

「不思議議ね」

「でしょ」となぜかエミリが誇らしげに笑う。「だからあたしも最近、時間のことを考えるようになったんだ。距離割る時間は速さでしょ。だから彼が長さを測って、あたしは時間を測るわけ。そうすれば、平和とか戦争とか、抽象的な考えの速さもわかるようになるでしょ」

「でも、長さと距離は違うものだと思うよ」

エミリは天気雨に降られたかのような顔をする。「だいたいおなじようなもんでしょ?」

「まぁ、うん」そう答えておいて、目線をパトリックのほうへ。「長さ以外のほかの測定、重さとかは気にならないの?」

「気にならないね。長さだけだよ」

「長さのイメージってやっぱり視覚的なところが大きいのかしら。実際のものの大きさに引っ張られることはないの?」

「ないと思うな」と彼は腕を組みながら言う。まるで考える気のなさそうなふんわりとした口調で。「さっき測った絵画でいうと、みっつの長さがあるんだよ」と斜め前の壁に掛かっている海辺の風景画を指さしながら、「まずあの絵は縦一五センチ、横二〇センチだった。これは物理的な長さ。そして絵画っていう言葉から浮かび上がる長さがある。これが八七センチ。それと、あの風景画そのもの、視覚から湧き上がってくる長さもある。たぶんこれは絵画を観たときに抱く印象みたいなもの。それが五七センチ」

「だいぶ入り組んでるわね」

「そうだね」とパトリックはグラスを干してから答える。「この世界はたくさんの次元でできてるっていうし、それと似たようなものだと思うよ。きっと」


いつのまにかワイングラスを持ったまま目をつむっていたエミリがはっと飛び起きた。

「おしっこ」と席を立つ。

卓上の料理はひとつのこらず長さゼロになり、からのワインボトルが三本、兄弟のように仲良く並んでいる。わたしは四本目を開け、自分とパトリックのワイングラスに注ぐ。彼の気持ちの良い飲みっぷりにつられ、わたしもグラスを大きく傾けて。「彼女、あなたが測定したところに坐ってるのね。何センチだったっけ?」

「横三四・八、縦四〇・七」

「ほかの長さも訊いていい? 実際の長さじゃなくて、言葉から浮かび上がってくる長さでもなく、見た目から浮かび上がってくるイメージのほう」

「もちろん」

「じゃあ、ワイングラス」

「二・七センチ」

「グレービーソースのついたお皿」

「九七・二センチ」

「あの映画のDVDとかは」

パトリックはグラス片手に無言で立ち上がり、ＤＶＤの並ぶ棚の前に立つと、実際にそう書かれているかのようにひとつずつ読み上げてゆく。『ゴーストバスターズ２』一・八センチ。『エデンの園』三一・七センチ。『めぐりあう時間たち』一三五・八センチ。

「その長さって、作品の善し悪しに関係してるのかな」

「そんなことないと思うよ。ぼくは『ゴーストバスターズ』が大好きだから」

「あぁ、意外といいよね、あの映画」わたしはワインを一口飲む。「それにしても彼女、遅いわね。測ってるのかしら」

彼はちいさく笑う。「エミリっていつもそうなんだ」と着座しながら言う。「すごく酔っ払うとトイレにこもるんだよ。なにしてるのか知らないけど」

「へぇ、昔はそんなことなかったのに。コンビニ・ドラッグでも多めに飲んだのかな」

「なにそれ」

わたしは一瞬彼を見る。「ううん、なんでもない」それから沈黙を埋めるようにして、いろんな長さを訊いてゆく。思い出、一〇四・九センチ。悲しみ、二〇・二センチ。幸福、五・三センチ。

「そういえば、どれもせいぜい人間ぐらいのサイズだよね」

「だね。どうしてかはぼくにもよく分からないけど」

「それなら、世界最長のものは？」

「紙」

「どうして？」

「さぁ、ただそういうものだからとしか答えようがないな。ただそれでも二メートル八五センチしかないんだ」

「エベレストは？」

「一七・六センチ」

「あなたの頭のなかはどうなってんのかな」

「比喩の世界みたいなものだと思うよ」と彼は言う。わたしが長く、長く、長く凝視すると、誰かから合図でも出されたかのように言葉を継ぐ。「ほら、物書きはなんでも比喩に置き換えるじゃないか。ぼくはよく想像するんだけど、なんでも比喩に置き換えられるってことは、つまり現実にあるあらゆるものに対応した比喩の世界も構築できるんだよ。たぶん、長さの世界もそういう並行世界のひとつなんだ」

「なるほどね」とわたしはうなずく。なるほどなのかな。「じゃあ、その比喩の世界自体の長さは？」

「九・八センチ」

わたしは小刻みに肩を震わせる。「なにそれ」とお腹をおさえながら。彼はそんなわたしをじっと見つめる。長く、長く、長く、食い入るような目で。「どうしたの？」わたしは笑みを消す。

「ちょっと測ってもいいかな」

立ち上がり、テーブルをまわってわたしの足下にしゃがみ込む。さっとメジャーを取り出し、靴磨きのような恰好で測りだす。靴、二四センチ。すね、三二・三センチ。右足が終わったら左足。「なんだか標本にでもなる気分ね」

「ある意味そうだね」とパトリックは言う。「きみもぼくの世界に加わってもらうんだ」

「わたしもそこではいびつなかたちをしてるのかな。左のすねが三センチで、右肩が一七〇センチみたいな」

彼はなにも言わずにちいさく笑う。わたしの背中に手をまわし、腰を測る。立ち上がらせて、おしりを測る。左右ひとつずつ。ジーンズを通してメジャーの感触がぴったり伝ってくる。わたしは速まる鼓動を感じながらワイングラスを傾ける。それから言う。「ねぇ、ちょっと思ったんだけど、あなたってほんとはそこまで測りたがりじゃないんじゃない？」

パトリックは顔をあげる。「まさか」と顔をふせる。「ただ、ずっと我慢してただけだよ。ずっと測りたかったんだ」と右手を測りながら言う。

「ふぅん」とわたしは言う。「ま、べつにいいけどね」と左手でグラスを傾ける。ワインの熱さがのどを滑り落ち、ひんやりしたビニール帯が胸に巻かれる。首筋を這い、唇に押し当てられる。右のまぶたがふさがれ、迫り来る彼の顔から左目をそらす。「ところで、エミリはどうしたのかしら？」

転校生・女神

朝礼の前、教室がざわつくなかオウィディウス先生が教壇に立った。「今日はみんなにうれしいお知らせがあります。転校生が来ています」

はぁ、とあたしたちは思って、右足で引っかける？　と肘で小突き合って、いや両足でいこうよ、と笑い合って。扉が開かれたとたん本日二度目の朝みたいな白い光が射し込んできた。わぁっと目を覆って、うっすらまぶたを開けると、太陽は人のかたちをしていた。ぱりっと糊《のり》のきいた白シャツにチェックのネクタイ、チェックのスカート、金ぴかのオーラを身体中から放射して最前列の男子生徒まで同色に染め上げている。

「どうもはじめまして、みなさん。モルガナといいます。仲良くしてくださいね」

教室がしんと静まりかえるなか、きみの席はあそこだよ、と先生に言われたモルガナが窓際の席に向かってゆったりと歩きだした。春風みたいななまま暖かい微風が起こり、甘ったるい桃の香りが教室じゅうを満たしていって、わーお、とあたしたち、あの転校生、女神丸出しじゃん。そういえば、おばあちゃんから聞いたことある、たまに神さまがお忍びで下界に来るって。人間の女に恋して動物に化けて追いかけたり、物見遊山で学校に入学したり。だよね、ぜったい女神。あんな神々しいオーラ、マドンナのルナだって出せないもん。それどころかルナは真夜中みたいな顔、あーあ、マドンナのポジションも今日までかぁなんてしょげちゃっている。

一時限目の数学の授業から、モルガナはちょっと冗談にならないぐらい完璧だった。アストルフォ先生が出した小難しい三角関数の問題を前に、クラスじゅうがうつむくなか、さっと手をあげて即答してみせた。コサインがサインでタンジェントって魔法の呪文みたいにすらすらっと。まわりの生徒はただただ見とれたり、まぶしさのあまり目を閉じたり、目を閉じているふりをして居眠りをしていたり。イケイケの女子は授業中なのにどでかいサングラスをかけていたけど、先生はなんにも注意をしない。いや違うって、単純に見えてないんだよ、だってほら、先生のかけてるメガネまで真っ白、全反射しちゃってる。

休憩時間にはモルガナの席にクラスメイトが大勢集まった。

「どこから来たの？」

「うんと遠いところ」

「外国ってこと？」

「そう。ずっと遠くの」

オリュンポスとかアールヴヘイムかしらん、たぶんみんなそう訝ったろうけど、誰も口にはしなかった。

「あなたって、とってもきれいよね。なんか、すごく神秘的っていうか」

「うぅん、ぜんぜんそんなことないわよ」

「恋人はいたりするの？」

「まさか」

「でも、前はいたんでしょ？」

「まあ、うん。ちょっとだけね」

クラスじゅうが口々にささやいた。アポロンかな、オーディンかな。でもやっぱり誰も尋ねなかった。訊いたら負け、みたいな雰囲気が漂ってたから。

クラスメイトはモルガナに興味津々だったけど、みんながみんな好意を抱いているわけじゃなかった。特にビープはそう。彼女とその取り巻き、あたしたち。小休憩のたびに教室のうしろの隅っこにかたまって、腕組みして、光り輝くモルガナのほうをにらみつける。傍目《はため》にはまぶしくて目を細めているように見えただろうけど。

「気に入らないね、お高くとまっちゃってさ」とビープはがなる。うなる。ビープする。

ビープ。

ビープ。

ビープ。

慢性鼻炎で息をするたび鼻がビープって鳴る彼女。鼻呼吸はあきらめて口呼吸にすればいいのにって思うけど、面と向かっては言えない。言ったら負けとかじゃなくて男勝りの巨漢にけんかっ早い性格、ビープのぜんぶがおっかないから、鼻呼吸をさせるがままにしてビープって呼んでいる。裏で。だけど表では、まぁまぁテュポネ、と本名でなだめすかす。女神相手にむきになってもしょうがないよ。勝手にやらせといたらいいじゃん。でもビープは鼻を吹き鳴らす、ビープ、ビープ。「あいつはいったいなんの女神だっていうんだよ」さぁ。モルガナなんて神さま聞いたことないけど。検索してみよ、とスマホ。あれぇ、見つかんないな。もしかしたら偽名なんじゃない？　名前が違っててもいいんなら、女神はいっぱいいるけど。カバの女神タウエレト。クマの女神アルティオ。トウモロコシと豊穣の女神チコメコアトル。うーん、なんか今ひとつぴんとこないな。もしかして悪魔とか？　性格が小悪魔とか？　たしかにああいうのにかぎってとびきり性格悪そう。アハハハハ。

「笑ってないでちゃんと調べなよ。結局あいつはなんだっていうんだよ、ビープ、ビープ！」

　ビープの怒りもよそに、モルガナ熱は学校じゅうに伝染し、昼時にはほかの教室からも生徒がやって来た。男子たちはあれが女神か、やっぱ実物はすげぇなと言い合い、口笛を吹きふきラブコールを送って。モルガナも手を軽く振り返したりするものだから、おぉっ！　と、どよめきたち、唇を突き出し、ラグビー部の連中は突然ワイシャツを脱ぎだして筋肉をもり見せつける。一方、女子はモルガナの花の顔《かんばせ》に人生の不公平さを重ねてああ無情、ああ無常、ああ無上のモルガナ、いいわねぇ、と上気した頬に手をあてながら見とれっぱなし。あの元マドンナ・ルナも、イソギンチャクみたいにモルガナにべったりくっついて離れやしない。なんなのあれ、トイレまでついてっちゃってさ。一緒になって男子に笑い返して。モルガナのそばにいるだけで、人気にあやかれるとでも思ってるのかしら。

翌日から贈りもの攻勢がはじまった。モルガナの机の上にはラブレターがどっさり山積み、机のなかも高級チョコレートやら手編みの手袋やらが詰め込まれ、置き場がなくなってくると、「モルガナにバラを」なんてスローガンとともにバラの花がまわりの床に敷き詰められた。「ごめんなさい、気持ちはうれしいけど、こんなにたくさん受け取れないわ」モルガナはやんわり断りを入れるけど、あの口ぶりからしてぜったい嘘、とあたしたち、ホントは良い気分でしょ、なんだかんだいって受け取ってるし。前髪をつんつんに尖らせた男子はろうそくの立ったホールケーキを持ってじゃじゃーんと登場し、「あなたと出会えたことでぼくの人生は今ようやくはじまった」とろうそくの火を吹き消し、突拍子もなく自作の詩『きみの名は愛の代名詞』を詠みだして、一部からアホみたい、サイみたい、おめでたいと甚大な失笑を買いつつも、多くからはその勇気をたたえて盛大な拍手と指笛を送られた。かたやメガネの男子生徒は「これ、お願いしたいんだ、うちのおばあちゃんに頼まれちゃってさ。あ、名前はヘレネさんへ、でお願い」とこっそりサインをおねだり。ふだん教室の隅っこに寄り集まってこそこそ噂話ばかりしている女子グループも、きゃっきゃ騒ぎながらモルガナの席の前にひざまずき、床に硬貨を並べ、両手を組み目をつむって、「モルガナさま、モルガナさま、どうかわたしたちにもすてきな彼氏をめぐんでください」とこころを一にしてのお願いごと。

モルガナに捧げる愛の絵画コンテスト、サッカー部所属の双子考案のモルガナ・ラブ・ハリケーン、チアリーダーによる新技モルガナ・ハイジャンプのお披露目会などが連日催されて、あたしたちはふん、ふふん、ふふんふんっ、ビープは「ビーーップ！」と鼻を鳴らすも、先生たちまでモルガナに首ったけだから空騒ぎは止まらない。物理学のイタロ先生はプリズムの実験中、生徒そっちのけでモルガナに光学ガラスを近づけて放射される七色のさざ波にうっとり。神話に関するグループディスカッションが開かれた人文学の授業では、クラスじゅうがディスカッションそっちのけで口をつぐみ、モルガナの発表に聞き耳を立てた。そして彼女が古往今来の神々のエピソードを三角やら六角関係やら、近親相姦やら不倫関係やらまで微に入り細をうがってすっぱ抜くや、担当のラウレンティウス先生は「もしよろしければ、次の授業でも生徒たちに講釈してくださいませんでしょうか」とふるふる打ち震えながらひれ伏してしまう。ビープはそんないちいちの光景ににらみをきかせながら、「もう我慢なんないね、ビーーーーップ！」

その年最大風速の鼻息が吹き荒れた日の翌朝、ビープはとうとうやった。モルガナが誰よりもはやく登校することを突き止めた上で、あたしたちを朝七時に教室に呼び寄せ、教室の扉の隙間に黒板消しを挟んだのだ。こんなのまずいって。ホントに女神だったらどうすんの。雷を落とされたり岩に磔《はりつけ》にされたりするかもよ。あたしたちも口ではそう注意したけど、実際に止めようとはしないでビープと一緒にベランダに隠れた。わざわざ早起きまでしたことだし、どうなるのか見てみたかったから。そして数十分ほどで扉が開かれるや、黒板消しがモルガナの頭頂部をぽふんと打って、粉まみれ。アハァ、とあたしたちは目をまんまるくして、ビープは歓喜の「ビ、ビ、ビ、ビープ」

ところが次の瞬間、モルガナの全身を包み込む光輝が強まったかと思うと、黒板消しはもとの高さに戻って宙に浮いていた。頭も元通りきれいになって、まわりにチョークの粉が漂っている。後光のようにぽわぽわって。モルガナは浮遊する黒板消しを取って黒板に戻すと、何事もなかったかのように席に坐った。

「ビーーーーーップ！」

怒れるビープは今度、昼休みにモルガナが大勢の生徒に担ぎ上げられ、ふんわりふわふわ舞い上がりながら教室から出ていったあと、彼女の机のなかにあった教科書をぜんぶびりびりに引き裂いた。これにはさすがのあたしたちも血相を変えた。いくらなんでもそりゃやり過ぎだって。もう天罰確定だよ。「いいんだよ、あいつにはこれぐらいしてやんないと効果がないんだ、ビープ！」

心臓をばくばくさせながら廊下の壁に寄りかかっていると、昼休みが終わりに近づいたころで、モルガナがわっしょいわっしょい担ぎ上げられながら教室に戻ってきた。着座するなり異変に気づいたらしく、机のなかに手を入れ引き裂かれた教科書を取り出す。と、髪の毛がもこもこ逆立ち光輝が増大し、奇術みたいに教科書をひと撫でして元通りにしてしまった。「ビープ！　いったいどういうからくりなのさ」さぁ。よく分かんないけど、女神ならなんでもありなんじゃないかな。「こうなったら腕尽くしかないね」もうやめときなよ。なにしても無駄だって。でも、ビープは止まらなかった。クラクションみたいにビープビープと鼻息を荒らげながらモルガナの席に詰め寄って、「ねぇ、あんた女神なんだろ？」

あーあ、訊いちゃった。

ビープの負け！

ビープの負け！

ビープの負け！

あたしたちが恐れおののくなか、モルガナはつやつやの目でビープを見上げた。「女神？」

「しらばっくれても無駄だよ。どんな魔法使ったのか知らないけど、学校じゅうの生徒をたぶらかしてさ、黒板消しだって止めたじゃないか」

「あぁ、あれ」と片笑みを浮かべながら、「あなたがやったのね」

「だとしたら、なんだっていうのさ」

「べつに。黒板消しを止めたのは単なる超能力よ」

ビープは笑った。ビ、ビ、ビ、ビ、ビ、ビ、ビープって。「それが女神だって証拠だよ。自分で言ってりゃ世話ないね。あたしは知ってるんだ、あんたが今さっき教科書だってなおしたことを」

「あれもあなたなの」とかすかに笑う。「それはなおす力も持ってるから。わたしはなんでもなおすことができるの。あなたのことだってね」

「あたしを？　どこをなおすっていうのさ？」

モルガナはビープの顔を覗き込んだ。「あなたって、ホントはビープなんてしたくないんじゃない？」

「は？」

「この音よ」とみずからのほっそりした鼻を指ではさみ、鳴らしてみせた。ビープ、ビープ、ビープ。

「ずっと思い悩んでるんでしょう？」

「ビ、ビ、ビ、ビ、ビ、ビ、ビ、ビ、ビ、ビ」とビープは今にもマグマでも噴き出しそうに顔一面を紅潮させた。

それでもモルガナは顔色ひとつ変えずに「わたしはビープもなおせるわよ」と席を立ち、一面バラの床に坐ってひざを折りたたんだ。「さぁ、こっちにいらっしゃい。なおしてあげるから」

「ふざけるんじゃないよ」

モルガナはなにも言わずに微笑み、てのひらで腿をたたいた。

「おい、聞いてんのか」

おいでおいで、と手招きをした。

ビープはずいぶん長いこと凝固していた。

教室は水を打ったように静まりかえり、ふたりの一挙一動に釘付けになっていた。

そしてビープの頰から赤みが引いていくと、クラスじゅうが驚いたことに、ふらふらっとモルガナの前にしゃがみ込んでひざ枕をしてもらった。モルガナは愛らしい微笑を閃《ひらめ》かせながらビープの頭を愛撫しはじめた。目もあやに、しとやかに。ふたりを包みこむ美しい光が輝きを増してゆき、周囲のバラまで黄金色に染まって、ビープのかたくこわばっていた表情が氷解していった。まぶたが閉じられ、頰が緩み、口がだらりと開いたと思いきや、鼻からすぅー。すぅー。

「なおってる！　ホントになおってるよ！」

ビープは子供みたいに無邪気に笑った。でもそれは比喩でもなんでもなくて、ビープは本当に子供になっていた。手も足も見る間に小さくなっていき、おぎゃあ、おぎゃあと泣きだして、やがて声すらぱったり途絶えてしまうと、豆粒大になって見えなくなった。それからモルガナがゆっくりと立ち上がり、スカートの裾を手ではらってあたしたちのほうをきっとにらみつけてくる。「で、あんたたちもお仲間？」とでも言いたげな鋭い視線。

あたしたちは我さきにと逃げ出し、階段の踊り場で息を切らしながら言いあった。ありゃ女神なんかじゃなくて魔女の類いじゃないかな。それか、とびきり性格悪いクロノスの親戚とか。にしてもビープ、あの音、気にしてたんだね。ちょっとかわいそうなことしたね。けど最後はあたしたちだって止めたし、自業自得だよ。でもどうする、あたしらもこのままじゃ教室に戻れないよ。そうだな、とりあえずバラの花束でも買ってきてモルガナのご機嫌を取ろっか。うん、ついでにビープにもバラを。

わた師

わたし

旅に出よう。ただし観光ではなく、ましてや自分探しなんてものでもなく、人間という小宇宙をめぐるのだ。それも一風変わったことを専門とする人に限定し、牛は牛連れ、馬は馬連れなることわざを信じてその人脈のみをたどる。さすれば望外の人連なる望外の世界が拓けるに違いない。

ものまね師

そう意気込んでみたはいいものの、誰かの紹介なくしてははじまるものもはじまらないのでまずは片端から知人にあたってみた。しかして知人の親戚の義母の元夫の商売敵（がたき）の恩人の愛人のメル友のファンの隣人のコレコレさんから「すんごい変わった人物に心当たりがありますよ」と紹介されたのがものまね師のシカシカさんである。

「どもどもこんちですーっ」

自宅に伺うなりそんな快然たる調子で出迎えてくれたのだが、いやはや、コレコレさんから事前に説明を受けていなかったら面食らっていただろう。このものまね師はコレコレさんと風貌から語調から仕草までうりふたつだったのだ。卓越した記憶力の持ち主で、多種多様な衣装を駆使し、直近に会った人の字義通りすべてをコピーしてしまうという。へのへのもへじめいたどうとでも喩《たと》えられそうな薄い目鼻立ちも一役買っているようだ。

と、ここでひとつの疑念が頭をもたげた。今目の前にいるこのものまね師がコレコレさんのコピーだとしたら、コレコレさんが出会ったものまね師というのも、コレコレさんが出会う前にものまね師が出会っていた人のコピーだったのではないかということだ。そしてそのコピーですらたぶんその前に顔を合わせていた誰かのコピーであり、コピーのコピーのコピー……という図式が連綿と続いているわけで、つまるところ最大の疑問はこのものまね師と名無しの権兵衛さんはいったい何者かということである。

しかしそれを問うたところで「なーにいってるんですか、わたしはコレコレですよ、面白い冗談ですねぇ、アッハハハ」なんて答えるから益体もない。この旅は自分探しではないと先だって否定しておきながら、さっそくアイデンティティ問題に行き当たったようで剣呑である。次の紹介者を訊いても「すんごい変わった人物に心当たりがありますよ」とそっくり返してくるからもう目がまわる。

口寄せ師

なんだかのっけから変なものを引いてしまったなぁと困惑しながら名無しの権兵衛に紹介された口寄せ師マチマチさんのところへ赴いたのだが、ここでも大いに困惑した。

マチマチさんはイタコ・パフォーマンス集団の一員で、観客のリクエストに応えて生霊死霊問わず古今の霊を憑依《ひょうい》させるイタコ・ショーを開催している。ホメロス脚本、黒澤明監督、ハンフリー・ボガート主演のアクション劇を演じたり、ムッソリーニ、アレクサンドロス大王、パブロ・ピカソがカラオケ合戦をしたり。言語上の齟齬《そご》が生じた場合もすぐに通訳の生霊を憑依させるなど余念がない。「ついこの前は昼帯番組にも特集されたんですよ」とマチマチさんは誇らしげに言う。「小さなお子さま向けにはポケモンの生霊を使ったポケモンバトルもありますし、子供から大人まで楽しめるショーを用意しているんです」

ただし悩みもあるようで、書き入れ時には朝から晩まで誰かを憑依させているものだから自分の時間が一日数時間しか確保できなかったり、ショーの目玉「驚異のイタコ・サンドイッチ」では、憑依させたイタコの霊が憑依させたイタコの霊が憑依させたイタコの霊になり、何人のイタコを憑依させているのか分からなくなったりして「自分が自分なのかときどき自信がなくなるんです」とのこと。アイデンティティ問題、ふたたび。

そんなマチマチさんは残念なことに紹介できそうな人物に心当たりがないという。こんなところでつながりが切れるのは恨事と熱心に頼み込むと、彼女は次々に霊を憑依させて訊いてくれた。有料で。そして財布がすっからかんになったところでようやくコチコチさんなる生霊が、「あー、それだったらナタナタさんとかいいんじゃないですかねぇ。あの人はホントに良い感じの丸太を造ってくれますから」

丸太造り師

ナタナタさんは現今稀少な忍法変わり身の術用の丸太造り師である。「携帯できるように太すぎず重すぎず、でもって身体の線が浮かび上がるようにある程度大きさを保たなきゃいけない。けっこうデリケートな代物なんだ」

昔は忍者がわんさか暗躍していたから注文もひっきりなしにあったらしいが昨今は月に一、二本程度だという。「もちろん、ろくすっぽ稼げねぇよ。実際、近くのコンビニでバイトしながら片手間でやってるからな。まぁ廃《すた》れゆく家業だけど需要があるかぎりはやっぱりやんないといけないわけよ。それが人情ってもんだろ」

これを聞いて思ったのは、マチマチさんに憑依した生霊コチコチさんは果然忍者だったのかしらんということ。

迷宮技師

ナタナタさんから職人つながりで紹介されたのが迷宮技師のカネカネさんだ。「はじめて三〇年ぐらいになるね」と彼は地べたに指で迷路を描きながら言う。「組み合わせ次第で無限通りに造れるし、ぜんぜん飽きないんだよね」

迷宮の造り方にはプレハブ工法から植林工法からコンクリート工法まであり、カネカネさんは二次元にかぎらず三次元型大迷路まで手がけている。良い迷宮の定義については「時間だね」という。「さまよっているうちに時間感覚がなくなるのが理想的だよね。そういう意味じゃ四次元型大迷路かな」

わたしも迷宮造りに同行させてもらったがその匠の技には舌を巻いた。目にもとまらぬ速さで次々と通路を造ってゆき、かと思いきや、茶目っ気たっぷりに壁にトイレの矢印マークをつけたりもする。女子トイレはこっち、その先に花壇つきのトイレを設ける。男子トイレはこっち、でもその先にはトイレはなく落とし穴がある。「迷宮って造り手の性格が出っからね。それに、ユーモアって大事じゃない？」

良い迷宮のもうひとつの定義は「迷わせること」だという。「当たり前のことみたいに聞こえるけど、ぼくが言ってんのはもう例外なくってことね。迷宮の達人でも迷っちゃうぐらいにさ。たとえばあんた、ここから抜け出せそう？」

見まわすが、現在位置も方角も皆目見当がつかない。ちょっと無理そうですね。わたしがそう言うとカネカネさんは「だろうね」と不敵に笑う。「これも間違いなく良い迷宮だよ、ぼくだってもう抜け出せそうにないからね」

なぞ師

半死半生でどうにか迷宮から抜け出したら今度は理の道に踏み迷った。カネカネさんに紹介されたなぞ師のタカタカさんは謎めいた人物で、赤リンゴの剝いた皮を黄金色に塗り星形に切り抜き定規で測って空に掲げながら数字を皮に書き込みリンゴに貼り直している。なにをされているんですかと尋ねると「なにをしているように見えますか」と返される。なにかの測定ですかと言うと「まあ近いね」現代アートだったりして。「それも近いね」釣り針のついていない釣りみたいに考え事をしてるだけとか。「うん近い」逆に近くないものはありますかと問うと「ないね」なぞなぞみたいなものですかと言うと「そういう考え方もある」なんか腹が立ってきたのでじゃあどういう考えがあるんだと声を荒らかにすると「ないものはない」意味なんてないってことか？「そう言われると、そうでもないと答えざるをえないね」

頭突きを食らわし、次の紹介者を無理矢理聞き出した。

技師技師

技師はなにかの専門技術を職業とする人だが、その専門技術をやらせるにはまず技師そのものを造らなければならない。男女間の性交渉から地道にはじめる育成法もあるが、それだと時間とコストがかかるので昨今は技師粘土をこねて技師を造る技師工房が主流になっている。

技師技師のイサイサさんは技師工房の責任者であり、さきのなぞ師タカタカさんもまたここで造られたことを教えてくれた。「ただありゃあ完全に失敗作だったから手放しちまったがね。いちおう怒りの感情を造るっていう特性をつけたんだけど、意味不明なことばっかり口走りやがるからよ」

いや、それだったらたいした成功ですよ。

ネッシー操縦師

ホマホマさんはネッシーの操縦師である。「おれっちはこの道のエキスパートなんよ。タイミングもすっかり心得てるからさ、あれ、目の錯覚だったのかな、やっぱり気のせいだったのかなってみんなが思ったところでまた顔をひょっこり覗かせるんだ。子供からお年寄りまでそりゃもうびっくりよ」

けれどもそう得々と話す彼は自分が技師工房で造られたことを、そして今でも技師技師のイサイサさんに人生を遠隔操縦されていることを知らない。

取材師

ホマホマさんが紹介してくれたのは以前彼をテレビ取材しにきたというセカセカさんである。けれどもその取材は真っ赤な嘘であり、そもそもセカセカさんの本業はリポーターではない。薬品会社に勤務する研究員でたまに趣味でリポーターと称し、大きなテレビカメラをかついで著名人の自宅に突撃取材するのだ。

「テレビの取材だって言うとこれがけっこううまくいくんだよな。一度やったらやみつきになるよ。有名人と話せるんだから。しかも酒を酌み交わせば、あの女優がじつは色情狂で、あんなやつと付き合ってたっていう裏話まで教えてくれるんだぜ」

でもそれは犯罪にあたるのではないですか。

「そうかもしれねぇけど、おまえさんだってさっきおれが扉開けようとしなかったらお届けものですとか言って押し入ってきたわけだし、それとたいしてかわりないだろ?」

まぁね。

樹木師

セカセカさんがこれまでに敢行した嘘の取材のなかで「なにも聞き出せなかったという意味でいちばん印象深かった」のがヨクヨクさんだった。ちょっとした有名人で、過去には多数のメディアが「樹木師」として彼のことを取り上げている。自宅の前庭で腿から下を地中に埋めているところを近隣住民に発見され、なにをしているのかという質問に対し、「ただ地面に足を埋めているだけです」と答えたそうだ。

それから程なくして、ヨクヨクさんを現代ストア派の師と仰ぐ信奉者や観光客が詰めかけるようになり、地元旅行会社は「世紀の樹木師ツアー」を組み、「樹木師」グッズ売りが出現した。人々が浴びせる質問はさまざまあれど結局はこの一点に尽きた。「どうしてあなたは地面に足を埋めたのか?」するとヨクヨクさんは無表情にこう訊き返した。「なぜあなたは地面に足を埋めないのか?」人々は一様に口ごもり顔を伏せた。さも自身の足の所在でも確かめるかのように。

わたしが足を運んだとき、ヨクヨクさんは凝然と地中に足を埋め、およそ街路樹と見分けがつかないほど皮膚が黒ずんでいた。地面に垂れ、放射状に広がった長い髪には枝葉が纏綿《てんめん》し、結ばれた赤い実をついばみに小鳥が飛来している。「樹木師」ブームはとうに過ぎ去っていたが、それでもなお彼を詣でる信奉者が散見された。

なにを尋ねてもヨクヨクさんが口を開いてくれないので、わたしもおなじ立場になって一考しようと地面に足を埋めてみた。だが彼の域にはなかなか達せない。腹は減るし、トイレに行きたくなる。シャワーも浴びたい。だから妥協案としてスニーカーに土を詰めてみた。次のステップは長靴だ。

もぎり師

長靴に土を詰めてもなおヨクヨクさんが無言を貫くのでどうしたものか考えあぐねていたおり、ゆくりなくも「あの人は今」特集でヨクヨクさんを取材しにきたワクワクさんと知り合った。今でこそ雑誌記者の仕事をしているが、かつてはチケットもぎりとして名をはせたのだという。「大学四年の夏休みのことでした。野球場の入場ゲートでもぎりのアルバイトをしていたときに、年間シートの購入者に尋ねられたんですよ。『どこでそんなに華麗なもぎりを身につけたんですか?』って。それから人生が一変したんです」

もぎりの妙技の噂は瞬く間に広まり、一目見ようとワクワクさんの担当する入場ゲートに大勢が殺到した。一部の熱狂的な人々はもぎってもらったチケットの裏にサインをねだり、野球も観ずに帰っていった。地元新聞で紹介されたことを契機に彼のもぎりは全国で話題となり、素人が一芸を披露するテレビ番組にも出演した。観客はこの世のものとは思えぬ美技に酔いしれ感泣卒倒する者まで続出。その年は華麗にストローを挿す「ストロー挿師」と並びチケットもぎり師が世を席巻《せっけん》した。

ところがワクワクさんは程なくしてもぎりを止めてしまう。地道に続けていたバンドのほうで成功を収めたかったのでそれに専念したのだ。しかし「もぎりのワクワク」率いるバンドとして最初こそ注目を浴びたものの、演奏自体はザ・ラトルズの模倣と揶揄《やゆ》され世間からもすぐに忘れ去られた。「幸か不幸か、わたしには結局もぎりの才能しかなかったんです。ただまぁ、良いこともあったんですよ。テレビ出演のときに知り合った友人のコネで、今の仕事にありつけましたからね」

もぎりを見せてくれないかとお願いしてみたところ、彼は唇の端に微笑を浮かべ大息した。

「もうあんなこころをもぎとられるような真似はごめんですよ」

たいへん申し訳ないが、失笑した。

不思議師

ワクワクさんが「あの人は本当にすごいですよ」と紹介してくれたカクカクさんは、世界七不思議工場で働く不思議師だった。

工場見学者の案内も担当しており「まず世界七不思議についてご紹介しますと」と律儀に説明してくれた。「ギザの大ピラミッド、万里の長城、ストーンヘンジ、バビロンの空中庭園、オリンピアのゼウス像、マチュピチュ、タージ・マハル、コロッセウム、ハリカルナッソスのマウソロス霊廟《れいびょう》、ロドス島の巨像、聖ソフィア大聖堂、アレクサンドリアの大灯台、アレクサンドリアのカタコンベ、ピサの斜塔、大報恩寺瑠璃塔、ペトラ、チチェン・イッツァなどなどであります」

たしかに以上の説明を一息で言ってのけるからカクカクさんは本当にすごい。たいした肺活量だ。わたしがそう褒めると、彼は面映ゆそうに笑いながら「本気を出せばもっといけますよ」

それから口をすぼめると、大きく息を吸い込んで、「一昔前、これら七不思議造りは歴史学者や文化人類学者の助力のもと遺跡建築師が手仕事で行うのが一般的でしたが、ここ数十年の技術革新によって完全機械化が推し進められ、当方をはじめとする各地の不思議生産工場での大量生産が可能となりました。現在では世界各国で不思議型施設の建設ラッシュが始まっており、巨像型ショッピングモール、コロッセウム型マンション、鉄道駅直結型カタコンベなどが続々登場しています。

もちろんオーダーメイドも可能で、ピサの斜塔の角度をもう二、三度傾けたい、アトランティス型水族館にイルカショー専用の施設を導入したいといった細かな要望はもちろん、居住空間向けの屋根付きピラミッド、床暖房完備ピラミッド、高齢者フレンドリーのバリアフリー・ピラミッド、スプリンクラー付きピラミッド、自走型ピラミッド、ジェット噴射付きピラミッド、バベルの塔型ピラミッドまでなんでも承っています。

近頃は一般家屋よりも不思議型居住施設の建造のほうが安価なので、そうした自宅の不思議改造が急増しており、一部地域ではすでに不思議型施設のほうが目立ってきています。

これは当方不思議生産工場にとって非常に好ましい状況と言えるでしょう。なぜならわたしたちの長期目標は、この世の不思議が不思議ではなくなるまでこの世を不思議だらけにして望外の世界を拓くことなのですから！」

　そしてカクカクさんは酸欠で倒れてしまう。

わた師

カクカクさんは病室のベッドで「あの人に初めて会ったとき、世界は広いんだなと痛感したんですよ」とわた師のシカシカさんを紹介してくれた。あのカクカクさんにそこまで言わせるとはいったいどんな人なのだろう。期待に胸を弾ませながらシカシカさんの家に向かってみると、なるほどこれはたしかに見た感じからして凄みのある人物であった。

　室内にもかかわらずバックパックを背負っている。青のウィンドブレーカー、紺のジーンズ、黒のスニーカー、おまけに水筒までぶら下げて、どこかへ出かける気満々そうなのに実際はリビングのなかをぐるぐるまわるばかり。それにどういうわけかただこの場にいるだけで、そしてシカシカさんを目にしているだけで名状しがたい郷愁の念にとらわれる。

　困却極めるわたしに向かって彼は勿体をつけた調子で語りかけてきた。「記憶の旅に出ようう。これまでに出会ってきた人間という小宇宙をめぐるのだ。それも一風変わったことを専門とする人に限定し、その人脈のみを……」

あ、道理で懐かしいと思ったらどうもお久しぶりです、名無しの権兵衛さん。もとい、いつかのわたし。

ゾンビのすすめ

「そういえば最近、営業のミヤシタさんもゾンビになったらしいですね」会議室で弁当を食べていたとき、めずらしく一緒になった後輩のイナマツに話しかけられた。おれがぽかんとしていると、イナマツは早口で続けた。「いや、営業先の人もだいたいゾンビになったみたいで、付き合いもかねてゾンビになることにしたそうなんですよ」

「ゾンビってなんだ」

「ゾンビはゾンビですよ、知らないんですか？」

曰く、〈UNDEADS〉社のゾンビパウダーが一年前から一〇代を中心に流行し、最近は性別年齢問わず幅広い層が使いだしている。それを飲めばゾンビになり、疲れ知らずに動きまわれるようになって、いいようのない高揚感に浸れる。映画のゾンビとは違って人も襲わず、人肉も必要とせず、理性を保てるという。

「ばかばかしい。街なかじゃゾンビみたいなやつなんてひとりも見かけないぞ」

「ほとんどは隠れゾンビですから、ぱっと見じゃ分かりませんよ」なんだそれという目つきをすると、イナマツは続ける。「一般人みたいなメイクをするゾンビのことですよ。いまは隠れゾンビ用の化粧道具も売ってますからね。コイシカワさんってニュースとか観ないんですか」

「いや、ぜんぜん」

イナマツはため息まじりに苦笑する。「最近じゃそこらじゅうにゾンビ・ショップがありますし、ふつう、歩いてるだけでも気がつきますよ」

物言いに腹が立ったものの、その日の帰り、駅前の大通りで注意深く目を配るとそれらしき青ざめた人たちをちらほら見かけた。貧血気味の人がこんなに大勢いるとは思えないし、まさか隠れゾンビだろうか。駅の反対側にまで足を延ばすと、蛍光グリーンの下地に蛍光イエローで〈UNDEADS〉と記された看板の店を見つけた。全面ガラス張りで「いまなら家族割適用、ゾンビ・スターターキットが三〇〇〇円〜！」とポップブラックボードが出ている。以前どこかでおなじような看板を見たことがあったが、毛筆で書いたようなにょろにょろしたフォントなので一目では店名が分からず、新手のコスメブランドかなにかだと思い込んでいた。

帰宅すると、キョウコが一足先に戻り、電子レンジでスーパーの総菜を温めていた。ゾンビの話をすると、「あぁ、タケシも聞いたんだ」とあっけらかんと言う。

「なんだ、知ってたのか」

「最近、同僚からね。化石でも見るような目で教えてもらったよ」

「流行ってるなんてぜんぜん実感なかったけどな」

「無理もないんじゃない。わたしも人のことは言えないけど、とくにタケシはそういう流行りものには疎いから。この前だって名前わすれちゃったけど、なにか流行ってることに気がついたときにはもう下火になりかけてたし」

たしかにこれまで流行とは無縁の人生を歩んできた。というか、意地になっていたきらいもある。赤の服が流行れば青を着て、右向け右と言われたら左を向いて。天《あま》の邪鬼《じゃく》を続けていたらいつしか板につき、流行に流されるやつには嫌悪感すら覚えるようになった。ましてやゾンビ・ブームだなんてバカバカしいにもほどがある。


だが三週間後の週末、新しい掃除機を見たいというキョウコと赴いた近郊のショッピングモールで、ゾンビの流行りぶりをまざまざと見せつけられた。大勢が死人のように青ざめ、血走った目をしている。鼻が崩れ、頰の皮膚がめくれている。大半は若者だが、親子そろってゾンビ化している家族もいる。

「すごい数」とキョウコがあたりを見まわす。「メイクしてない人も多いみたいだし。男の人なんか、休みの日はひげを剃らないみたいな感覚なのかな」

「おれには映画みたいに見えるよ。『ゾンビ』っていうタイトルのやつ。こういうショッピングモールが舞台だったよな」

「あぁ。でもあの映画と違って、ここはだいぶ緊張感ないけど。ゾンビがアイスクリームの列をつくって、ペットショップのシープドッグを眺めてるし」

イベントブースで〈UNDEADS〉の販促キャンペーンが行われていたので入ってみた。青いユニフォームすがたの店員は薄化粧気味なのか顔がどす黒く、下唇が崩れている。ゾンビに興味があるとうそぶくと、店員はスターターキットをすすめてきた。ゾンビパウダーはもちろん、ゾンビ用化粧品、肌用防腐クリーム、強力デオドラント、ヒューマンパウダーも一緒についてくるそうだ。

「ヒューマンパウダーを使えばいつでも人間に戻れるので、お気軽に試せますよ。いまはゾンビ化促進キャンペーン中でして、気に入らなかった場合、購入後一ヶ月以内でしたら全額返金させていただきます」

売り文句なのか、すぐとなりでもべつの店員がおなじようなことを口にしている。検討してみますと断りを入れ、スターターキットのパンフレットをもらいブースから出た。表紙は高層ビル群を背景に数百のゾンビが蝟集《いしゅう》した写真、キャッチコピーは〈もう人間には飽き飽き！〉。キョウコはこれをまじまじと見ながら「こういうギャップも新鮮だね、食いつく人がいるのも分かる気がするな」

おれはその発言を軽く笑い飛ばしたが、実際ゾンビは爆発的に増加した。最大の転機は、著名人らがこぞってゾンビ化したことだった。キョウコが同僚から聞いた話だと、はじめ好奇心旺盛な芸術家たちがゾンビになり、実体験をＳＮＳでポジティブに伝えると、ほかの有名芸能人も隠れゾンビをやっていたことを相次いでカミングアウトし、テレビで腐った素顔をさらすようになったそうだ。〈UNDEADS〉が仕掛けたインフルエンサー・マーケティングとの噂もあるが、市井の隠れゾンビたちもすっぴんのまま大手を振って往来を歩きだし、いまだゾンビ化していなかった人々はゾンビパウダーを買いに走った。たちまち品薄になり、街なかはゾンビパウダーを探してさまよい歩く人々であふれ、その人波をすでにゾンビ化した人々が優越感に浸りながら眺めるという図式が増え広がった。

ゾンビの増加を肌で感じたのは通勤ラッシュ時だ。個々の死臭はデオドラントで抑えられているとは言い条、満員電車にあっては強烈な悪臭のたまり。デオドラントを怠っているゾンビもいたに違いない。肌用防腐クリームを塗っていないサラリーマン・ゾンビもおり、腕が触れあったとたんぬるっとしたのだ。おれはマスクをつけ、ミントガムを噛みながらなんとか堪え忍んだものの、人間の乗客のなかにはホームに駆け下り嘔吐《おうと》する者までいた。

会社の同僚も陸続とゾンビ化し、イナマツも瞳孔の開いた目で「やっぱりいいですよ、ゾンビは」と報告してきた。「疲れないし、寝ないでいいから仕事もはかどるし、家に帰ったあとも自分の時間を持てるんです。コイシカワさんもはやくゾンビになったらどうですか、人生変わりますよ」

このころからだ。毎日のようにゾンビをすすめられるようになったのは。上司からは「悪いことは言わんから、そろそろきみもゾンビになったらどうだね」、駅前で〈UNDEADS〉の割引券を配っていた若い女ゾンビからは「お兄さんもゾンビになりましょうよ」、おふくろからめずらしく電話がかかってきたかと思えば、多少の勘違いはありつつも「あんたもはやくミイラになんなさい」

この時流のなか人間に踏みとどまっていられたのはキョウコの存在と、たとえ少数でも反対派がいたからというのが大きい。その筆頭が駅前で日々演説を続けるグループだった。ゾンビなど摂理に反している、人間の尊厳を忘れるな、〈UNDEADS〉の商業戦略に踊らされているにすぎないのだ、云々。おれは熱心に聞き入り大枚を募金すらしたが、道行くゾンビは誰も足を止めず、冷笑を浴びせるやつもいた。背後から女学生ゾンビのこんな声まで聞こえてきた。「なにあれ、キモイんですけど」「いい大人があんなことしてさ」こうなると、もう意地でもゾンビになりたくない。

だが家に帰ると、キョウコまでゾンビになっていた。料理雑誌片手にソファに坐り、腐ったリンゴみたいな赤黒い顔で「おかえんなさい」としゃあしゃあと言ってくる。どうして相談もなしにゾンビになったんだと問い詰めると、かっと目を見開き、「じゃあ逆に訊くけど、タケシはどうしてゾンビにならないわけ」

「どうしてって、ゾンビだぞ。そんな見た目になって恥ずかしくないのか」

「もうみんなゾンビだし、いまさらなにを恥ずかしがる必要があるっていうの。タケシも実際になってみればゾンビがどんなに良いか分かるわよ。時間もたくさんできるし、メイクもしないでいいから楽なの」

「そんなの屁理屈だろ。人間でもすっぴんでいればいいじゃないか」

「それこそ屁理屈じゃない。タケシだって、人間の女は会社だとメイクしてないと変な目で見られることぐらい知ってるでしょ」

かくなる口論を繰り広げたあと、キョウコは突然、「あぁ、もうめんどくさい。おたがい勝手にやればいいでしょ」とキッチンに引っ込んでしまう。

以降、キョウコは口をきかなくなり、帰宅から出勤時まで夜すがらリビングに留まるようになった。おれが真夜中に尿意を催し寝室から出たときには、暗いリビングでテレビを観ながらけらけら笑っていた。『死霊のはらわた』、女のゾンビが白人女性に襲いかかる場面だ。テレビの明かりに照らされたキョウコの顔は合わせ鏡さながらでぞっとした。

その間にも世間はゾンビ・ファーストに切り替わり、サービス業界は軒並み二四時間営業を開始した。電車のつり広告に居並ぶ著名人の顔ぶれもゾンビ一色。それによると、有象無象の女ゾンビ・アイドルグループ〈恐怖城６６６〉が大々的に売り出され、映画館では毎夜ゾンビ映画がリバイバル上映されているとのこと。大半は人類が滅亡するバッド・エンドものので、そうでないものも人間が助かるラストシーンはカットされているらしい。翻って、人間はとんと見かけなくなった。通勤電車では周囲から距離を取られ、女学生ゾンビに小声で「人間くさぁい」、往来では小学生ゾンビから痛罵と石までぶつけられる始末。

会社では疲れ知らずのゾンビ社員が次々と仕事をこなし、おれのデスクにだけ書類が山と積まれていく。会議でなにか発言すれば、人間の分際で偉そうにと言わんばかりの目つきで見られ、まともに取り合ってもらえない。ゾンビ化を推奨する者もいなくなり、完全な四面楚歌。それでもおれは人間の威信を見せつけるべく、連日深夜まで居残りたまった仕事を片づけた。一週間が経ったころには後輩のイナマツが、「あれぇ、コイシカワさんもようやくゾンビになったんですね」と朗笑してきた。どうやら疲労と体調不良による血色の悪さからゾンビと勘違いされたらしい。「バカを言え、誰がゾンビなんかになるもんか」と正面切って否定すると、イナマツは急に侮蔑の色を浮かべ、「あ、まだ人間なんかやってんすか」とすたすた去っていく。これでますます火がついたおれはゾンビ社員に追いつき追い越せと、会社で寝泊まりまでして仕事をこなし続けたが、猛烈な吐き気と目眩《めまい》に襲われタイピングしながら昏倒してしまった。

目覚めた先は、病院のベッドだった。人間蔑視すさまじい同僚が救急車を呼んでくれたことに多少の驚きと感慨を抱いたが、それも死臭のぷんぷんする老齢のゾンビ医者の言葉を聞いたとたん雲散霧消した。「あぶないところでしたねぇ、もう過労死寸前でしたよ。それじゃあ早速ゾンビパウダーを投与させていただきますので」

「ちょっと待ってください！　ゾンビなんかお断りですよ、まともな人間向けの治療をしてください」

「と言われましても、ここは病院ですので」

「いや、だからこそお願いしてるんですが」

「おや、あなたはなにも知らないんですか」ゾンビ医者は眼球をひん剝いた。「ちょっと前からほとんどの病院は〈UNDEADS〉との提携でゾンビ化促進センターに変わりまして、いまじゃゾンビパウダーの接種をメインにやってるわけです。ゾンビは病気とは無縁なので、現在運営中の医療サービスも型崩れした肉や骨の整形手術ぐらいなんですよ。ま、といっても最近じゃ、肉体の変形をそのまま受け入れるナチュラル志向が主流になってきてますけどね。言うなれば、人間の肉体自体が万病の原因だと見なされているというわけです。なんせ、ちょっとした風邪でも死ぬ恐れのある軟弱な種ですから。でも端《はな》から死んでいれば死ぬことはない。だからゾンビになることが何よりの特効薬であり予防薬でもあるという次第です。

さ、さ、ゾンビパウダーを用意しておきましたから、治療に取りかかりましょうか。なんなら子供向けのイチゴ味やメロン味のシロップもありますし、注射でチクッとお手軽にすますこともできますよ」

「誰がゾンビなんかになるか！」

ベッドから飛び起き、医者の制止を振り切って病院から逃げ出した。ほうほうの体でたどり着いた最寄り駅のロータリーでは、大規模な人間反対派の集会が行われていた。中心になっているのはついこの前までゾンビ化反対を演説していた連中だ。一様にゾンビ化し、〈UNDEADS〉ののぼり旗がずらりと並ぶなか、過激さだけはそのままに人間の根絶を訴えている。人間は時代遅れの非効率な生物だ！　調和と進歩を阻む害虫だ！　人間に社会的制裁を！　〈UNDEADS〉万歳！　ゾンビの群衆が万雷の拍手をするなか、おれは顔を伏せ小走りで家に戻った。

以降、身の危険を感じたおれは会社を欠勤し自宅に引きこもった。サングラスとキャップすがたでコンビニから食料を調達し、ベッドの上で黙然と趣味の詰将棋に没頭した。この生活をいつまでも続けられるはずもないが、かといって現状を打破する方策を思いつけるわけもなく、ただ詰将棋だけが上手くなっていく。王手までの道筋は明白なれど、おのが未来は不透明。もう詰んでいるのかもしれない。

風呂に入らず、ひげも伸び放題で将棋を指し続けたすえ生活が昼夜逆転し、毎日真夜中に玄関扉が開け閉めされていることに気がついた。深夜二時ごろ、物音を聞きつけ玄関先に向かうとキョウコがパンプスを履いていた。

「どこに行くんだ」

キョウコは意地悪そうな笑みを浮かべた。「めずらしく話しかけてきたと思ったら、それなのね」

「どこに行くんだって訊いてるんだ」

「ただの散歩よ。自由な時間がいっぱいあるからね。まぁ、人間のあなたには分かりっこないでしょうけど」

「なんだその、おれが犯罪者みたいな言い方は」

「実際、そうでしょ。自分の夫がまだ人間やってるだなんて、ほかの人にはとても言えないもの。密告しないだけ、ありがたく思いなさい」

それだけ言うと、いきおいよく扉を閉めて出ていった。

おれはどたどたと寝室に戻り、指し掛けの詰将棋を再開した。が、すぐさま将棋盤をひっくり返し、サングラスとキャップをつけ外に飛び出す。深夜にもかかわらずゾンビだらけだった。年端もいかぬ子供ゾンビが小公園でキャッチボールをし、老齢の男女ゾンビがベンチで肩を寄せ合っている。一瞬目を疑ったが、若い女ゾンビが連れていたダックスフントまでゾンビと化しているようで眼球が一つなくなっていた。

キョウコを探しさまよっていると、ショッピングモール近くの総合公園から太鼓のような大きな音が聞こえてきた。行けば、屋台が出ており、大勢のゾンビがブルーシートに坐して酒を飲み、ドン、ドン、ドドンという太鼓のリズムに合わせ踊り狂っている。ゾンビならではの余興なのか、なにが楽しいのやらさっぱり分からない。

呆れ眺めていたおり、キョウコを発見した。若い男ゾンビと腐食した身体を密着させ、見つめ合いながら踊っている。おれは咄嗟《とっさ》に駆け寄り、キョウコの腕をわしづかみにした。

「ここでなにしてるんだ!」

キョウコは目が合うや「ちょっと、離してよ!」と大きく手を振り払った。拍子にサングラスとキャップが外れ、かたわらにいた男ゾンビが素っ頓狂な叫び声をあげる。

「ニンゲンだぁぁぁぁぁぁぁぁぁ!」

太鼓の音が鳴り止み、公園じゅうの目がおれに集中した。「捕まえろ!」叫び声があがるが早いか、おれは考えるよりも先に駆けだした。振りかえると、大勢のゾンビがうじゃうじゃ追いかけてきている。「逃がすな!」「捕まえろ!」声が声を呼び、あらぬ誤解もふくれあがっていく。「暴漢魔だ!」「ゾンビ殺しだ!」公園を飛び出し、息も絶え絶えに曲がり角を折れ、駐車場のフェンスを跳び越えショッピングモールに逃げ込んだ。「そいつを捕まえろ!」館内にいたゾンビたちまでわんさか群がってきた。食品売り場を逃げまどい、ゲームセンターを走り抜ける。ひと気ない通路の突き当たりで一軒の薄暗いショップが目に飛び込んできた。〈UNDEADS〉。

入り口にかかっていた黄色のチェーンをくぐり、カウンターの裏に身を隠した。大多数がゾンビ化し需要がなくなったせいか、壁には昨日付けの閉店ポスターが貼られ、カウンター下の棚にはゾンビ・スタータ―キットの在庫が山積みになっている。ゾンビの怒鳴り声がこだまするなか、妙案が浮かんだ。このままやつらに八つ裂きにされるぐらいなら、ゾンビ化してこの場をやり過ごし、あとでヒューマンパウダーを使って人間に戻ればいい。スターターキットの封を切り、ゾンビパウダーの溶剤を一息に飲み干した。強いアルコールを飲んだようにのどが熱くなり、皮膚がぷつぷつ弾ける。視界の明度が急激に上がり、手足が軽くなって……。

カウンターの上に男ゾンビの顔がにゅっと覗いた。目が合い、ぎょっと驚き固まったあと、上唇の欠けた口で話しかけてくる。「このへんに人間が逃げ込んだはずなんだ、見なかったか？」

いやはや、ゾンビはじつに素晴らしかった。

大手を振って往来を歩けるし、会社復帰後は不眠不休で仕事に取り組み、たちまち同僚の信頼を取り戻せた。帰宅後も詰将棋ばかりでなく、詰碁、チェス・プロブレム、五目並べまで存分に没頭できる。心が安らいだおかげか、キョウコが夜遊びに繰りだしたのも理解できたし、難なく許すことができた。夜な夜な一緒に映画を観、ゾンビ・フェスティバルで踊り明かして、第二の人生が始まったかのようである。

「だから言ったじゃない」とキョウコが白骨の覗く手で腕を組んでくる。「一度ためしにやってみればどんなに良いものか分かるって」

「まあね。でもこれも、ちょっとしたお試し期間だよ。なにか不便を感じたら、いつでも人間に戻るつもりさ」

とは言いつつも、内心そんなことは起こりえないと確信を抱いている。眠気知らず、疲れ知らず、頭のなかはいつも晴れ空、こんなにすてきなゾンビをやめるなんてありえない。人間なんぞに固執していたおれは本当に愚かだった。

だがそれから三ヶ月ほどが経過したころ、街を行き交うゾンビのなかに見慣れぬ顔がまじっていることに気がついた。肌こそ青白いものの、肉や骨は剝落しておらず、端整な目鼻立ちをしている。朝夕の通勤電車は乗客が減り、コウモリが空を飛び交うようになって、長らく閉店していた〈UNDEADS〉の看板がふたたび灯りはじめた。

会社の会議室で弁当を食べていたとき、めずらしく一緒になったイナマツが唐突に話しかけてきた。

「そういえば最近、営業のミヤシタさんもドラキュラになったらしいですよ。コウモリにも変身できる便利なドラキュラみたいで……」

No.121393

かつて世界屈指の投資家として知られていたローレンス・ワインマン氏は、卓抜した先見の明と叡知を活かし小国の国家予算にも匹敵する莫大な富を築いた。しかし同氏が真に脚光を浴びることになったのは齢六〇を過ぎてからである。投資活動から手を引くと、財を惜しみなく投じ、世界中の芸術品、骨董品を蒐集しはじめた。そしてのちにワインマン博物館と冠されることになった巨大建造物を敷地内に建て、蒐集品を展示したのだ。

はじめ、ワインマン博物館は私的展示施設に過ぎず、長年謎のベールに包まれていたが、二〇XX年一月五日ついに一般公開に踏み切られた。

古今の神秘と奇跡が詰め込まれたこの無二の館は、一週間かけても見きれないほどの広大な規模を誇り、東側の外壁が一枚もないという特異な造りをしている。展示物のなかには入手経路や出所の正当性、はたまた存在の真偽を疑ってしまうようなものも交ざっており、これらがいっそうワインマン博物館の、そしてワインマン氏の名声を世に轟かせる所以《ゆえん》になっている。

No.8〈白馬の古地図〉

中央アジアの高原地帯で万古の昔に栄華を誇った騎馬民族の地図である。なめされた一頭の馬の革に、馬の毛を焼いてつくった煤《すす》で世界地図を描き込み、再度馬のかたちに縫い合わせたものだ。当時知られていた各大陸のいびつな地形や都市名が一分の隙なく表面を覆っており、この世が巨大な駿馬の上にあると信じていた騎馬民族の世界観を如実に表している。特筆すべきは最東端にあたる肛門に天国が、最西端にあたる口に地獄が描かれていることだ。専門家が分析したところ、体内には無数の馬の粉骨が詰め込まれ、革の内側にも表面の世界とおなじ地形をしたあの世の地図が描かれており、天国と地獄を介した表裏一体の円環構造を呈している。

ワインマン氏に関する文献資料は非常に数が少ない。投資家時代はもとより、蒐集に専念してからはいっそう人前にすがたを現さなくなったためである。そんななか、ある雑誌記者が知人を介してワインマン氏と接触し、かぎられた時間ながらインタビューに成功している。以下はその記事からの抜粋である。

——XXXX?

「えぇ、昔からです」

——XXXX?

「カフスボタン、黒の長靴下、アルミのかぎタバコ入れ、おたまじゃくしの形の石……、いくらでも」

——XXXX?

「ものがなくなったりしたら、まず真っ先にわたしが疑われましたね。まぁ実際、犯人はだいたいわたしだったんですが(笑)」

——XXXX?

「父、母、祖母です」

——XXXX?

「祖父は戦争で亡くなりました。祖母もわたしが一〇歳のときに病気で。両親はふたりとも七年ほど前にそろって。よくいうおしどり夫婦で、最期のときまで一緒だったんです。別々の病気だっていうのに」

——XXXX?

「オウムのルルーがいました。とても頭の良い子でして、シェイクスピアだとかユゴーだとかの戯曲の科白《せりふ》を覚え込ませて、ふたりでしょっちゅう掛け合いをしていたんです。多少ちぐはぐになることもありますが、それはそれで面白くて」

——XXXX?

「(沈黙のあとで)祖母の遺品です。祖母が死んだ日の晩、祖母の部屋にこっそり忍びこんで物色したんです。父と母が整理したら、手に入らなくなると分かっていましたから。スペアのメガネ、入れ歯、数珠、革製の手帳、蝶々の櫛、いろいろくすねて、クッキーのカンカンに入れて庭先に埋めました」

—XXXX?

「カンカンでしょうね。まずは入れ物を集めないことには始まりませんから」

No.610〈天井裏のヴァン・ゴッホのミイラ〉

このヴァン・ゴッホの亜種は、一部地域の古民家の天井裏に棲息している。ゴッホがいるかどうかを調べるのは簡明で、光源がないにもかかわらず壁一面が星空のように光り輝いていたり、人の耳の断片らしきものがそこらじゅうに落ちていたりしたら、棲息していると判断してまず間違いない(光は蛍光性の体液によるマーキング、耳のかたちをした断片は排泄物だとされている)。天井裏という手狭な環境に適応するため身体が矮小化《わいしょう》している一方、目はひまわりのごとく巨大化しており、暗闇のなかで灼然と輝きながら自在に動きまわる。生け捕りにするのは非常に難しく、もとより稀少生物であるがゆえに、発見されるのはミイラ化した死体と相場が決まっている。

ワインマン氏は蒐集開始から五年足らずで、現在、ワインマン博物館に展示されている品々の七割以上を集め終えた。

そして転機が訪れた。同氏は突如として身辺にあるなんの変哲もないもの、たとえば敷地内に落ちていた小枝や石を集めだしたのだ。あまつさえ部外者には委託せず、使用人たちとともに手ずから行ったという。かくてほかの灌木や草花もふくめ、数年かけて庭全体をきれいに蒐集すると、それらも細大漏らさず博物館に収めた。

この際、庭用の膨大なスペースを確保するべく大幅な増築が行われ、結果的にワインマン氏が住まう邸宅と連結された。

No.4181〈世界でいちばんの美〉

立方体のガラスケースに飾られた珠玉の宝石で、中毒性のある強烈な美を放射している。この妖艶な光輝を目にした者は恍惚のあまり足が動かなくなり、この世のものとは思えぬほど甘美に照り映える。その眉目端麗な者を目にした人も、恍惚のあまりその場に釘付けになってしまう。そのようにして金縛りの輪は広がってゆき、みな一様に渇きも飢えも忘れ、うっとりと口元を綻ばせながら死に絶えてゆく。ゆえに宝石を実際に見て生き残っている者はおらず、形状や色合いも明らかにされていない。宝石というのも根無し草の一説でしかなく、真相を知る者は誰ひとりとしていないのだ。しかし、ワインマン博物館ではあなた自身の目でその真偽を確かめることが可能である。この展示物は黒いベルベットの覆いがかけられているだけで、警備員も近くにいないのだから。

—XXXXX?

「はい、続けていました」

—XXXXX?

「そういう側面もありますが、投資活動も蒐集の一環だったのかもしれません。あれもお金集めという点ではおなじですから」

—XXXXX?

「錬金術みたいなものでしょうか」

—XXXXX?

「創り出しているような感覚もどこかにあるんです。古美術品など、それまで日の目を見てこなかったものに意識を向けるというのは、命だとか時間を吹き込んでいるような想いもあって」

—XXXXX?

「わたしは無神論者です。死後の世界も信じません。でもだからこそ、ものに人一倍執着があるのかもしれません。わたしにとって物質は魂と同義なんです」

—XXXXX?

「自然とそうなりました。信仰を知るよりも先に蒐集がありましたから。重ね重ねですが、わたしにとってこの世は物質なんです。ただ、ごちゃごちゃに配置されたものを順番に並べているだけなんですよ。その秩序づくりが創造の感覚に似ているんだと思います」

――XXXX？

「えぇ、できることなら」

――XXXX？

「（沈黙のあとで）ときどき考えることはあります。そのときになってみないと分かりませんが、なんらかのかたちで続けるでしょうね」

No.10946〈あなた〉

横〇・五×縦二メートルほどの飾り気のない姿見で「No.10946〈あなた〉」というタイトルと解説がついている。「この鏡を覗き込んだ者はみな、ワインマン氏のコレクションのひとつとなる。あなたという物質のみならず、あなたがここにいたるまでに歩んできた人生すべて、あなたの世界そのものが」これを読んだあなたはよくできた詭弁《きべん》だと一笑することだろう。だがそのときから、あなたの世界は後戻りできないまでに一変することになるのだ。恋人と映画を観ているときも、肉親との死別の際も、我が子をその手に抱いた瞬間も、自身がワインマン氏の蒐集品であるという認識が絶えず頭の片隅にこびりついているだろう。忘れようとすればするだけその想いは強まり、毎朝、鏡に映り込む顔が他人のようによそよそしく見えてくるだろう。やがて諦念にも似た潔さでもって屈し、蒐集品であることを自覚しながら生きていくことだろう。はじめ憂いを帯びていたその認識は時とともに静かに澄みわたり、居心地のよさすら見出すだろう。わたしはワインマン氏の蒐集品に過ぎないのだから、もうこの世のなにに対してもかかずらう必要はないのだ、と。

庭の蒐集後、ワインマン氏の蒐集対象は自身が住む邸宅に移った。そこはすでにワインマン博物館と直結していたので、あとは展示手段を模索するだけだった。ここで同氏はしごく簡明な判断を下した。元来、蒐集品は鑑賞対象であり使用目的ではないという美学を持っていたので、必定、邸宅全体をそのまま蒐集品として展示したのである。

No.46368〈ローレンス・ワインマン邸〉

黒光りした正門にタイトルと「XX年○月△日XX時」と刻印されたプレートがかけられ、同日同時刻の生活風景が邸内に保存されている。きらびやかなシャンデリアの下、レコードプレーヤーから『平均律クラヴィーア曲集』が流れている。乱れたベッドシーツ。防腐処理された食べかけのクロワッサンとコーヒー。読みさしの『メディア』。洗濯場では白のワイシャツと仕事着が籐のバスケットに積み重なり、洗濯機が海鳴りのような音を響かせながら回っている。ワインマン氏につかえていた使用人も半数以上が剝製になっている。門番が壁に寄りかかりながら晴れ空を見上げている。厨房の換気扇の下、料理人が使い捨てライターを持ち、永遠に点されることのない巻きタバコを口にくわえている。使用人の男女が階段下の暗がりでいつまでもしめやかに口づけを交わしている。階段脇にしつらえられたブリキの鳥かごの止まり木には、明るい黄緑色の胴体と深紅の羽を持ったオウムが逆さづりにされている。

ワインマン氏の剝製もまた三階の書斎に展示されている。書斎机に背を向けた姿勢で、革製の肘掛け椅子に深々と坐っている。No.121393 のプレートが胸元に留められた白のワイシャツ、ゆったりとした黒のスラックス、今し方磨き上げられたかのような美しい光沢を放つ黒の革靴。白髪まじりの短髪は櫛で丁寧にとかされ、口角が緩やかに下がっている。若葉色の瞳は眼下に広がる敷地内の緑の平野を越え、遠方の縹渺《ひょうびょう》たる街並みと東の空に向けられている。

とある使用人（ワインマン氏が邸宅の蒐集に踏み切る直前、危険を察知して逃げ出した）の証言によると、同氏は目下行方知れずとなっている古参の執事に対し、自身と使用人たちの剝製化、ならびに博物館と邸宅の東側の外壁の取り壊しを命じたそうだ。

後者の意図に関しては、ワインマン博物館の世界規模の拡張工事という見方が有力だ。その手がかりはワインマン氏の腿の上に載せられた、色あせた詰め合わせクッキーのカンカンのなかにある。銀縁メガネ、前歯が一本欠損した入れ歯、ぴかぴかのカフスボタン、和紙製のバラの造花、おたまじゃくしの形をした小石に加え、このようなタイトルのプレートも入っているのだ。

No.514229〈世界〉

ワインマン氏はカンカンのふたを右手に持ったまま、今にも閉じるような挙措を示している。

死生のアトラス

3.

Atlas of Life and Death

ガラスケース――「なんの夢を見た？」
石の本――「いくつもの物語を渡り歩いてきた夢」
B♭クラリネット――「またそれ」
石の本――「すまない」
B♭クラリネット――「材質はやっぱり、はっきりしないわけ？」
石の本――「しない」
天国の門――「本革、石灰、樹脂？」
石の本――「いや、おそらくはもっと軽いものだ。そよ風が吹くだけでページがめくれた。
　水切りの小石のようにいくつもの場面を小気味よく飛び跳ねていった」
タイプライター――「コート紙、エンボス、ホワイトエクセルケント？」

石の本――「紙よりも軽いものだ。そこにあっては、ページは高速道路同然だった。文字なんてどこにも書かれていないかのようによどみなく流れていった」
ガラスケース――「綿、ポリエチレン、ガラス?」
石の本――「ガラスにはどこか似ているかもしれないが、もうすこし本質的に異なるものだ。だまし絵の錯覚を行き交うように身軽だったのだ。いくつもの章を一遍にまたぐこともできた」
B♭クラリネット――「そもそも本じゃないとか?」
石の本――「そんなことは――、いや、そうなのかもしれない」
B♭クラリネット――「お手上げね」
石の本――「ああ。そしてわたしはまたもや一五七ページにいる」
B♭クラリネット――「ま、残念だけど、次があるわよ」
ガラスケース――「そういうきみは、なんの夢を見た?」
B♭クラリネット――「いつもとおんなじ。病気がなおった夢」
タイプライター――「病気持ちだったっけ?」
B♭クラリネット――「生まれつきね、音が微妙に狂ってるの。平均律はもちろん、ピタゴラス音律にも純正律にも当てはまらなくて、そういうのとも根本的に違った問題、不治の病みたいなひずみを抱えてるの」
タイプライター――「それが、ここにいる理由でもあるというわけね」
B♭クラリネット――「うん。でもそれはやっぱり管楽器としては致命的で、みんなと折り合いがつかなくてさ、いつも蚊帳《かや》の外。でも、夢のなかじゃ、あたしは完璧なの。ぷっくらとした唇でくわえられて、唾液でぬらぬら濡らされて、たくさんの穴をふさいでもらう。そして、ぷぅーって。あの空気がきれいに抜けていく感じってていったら！」

天国の門――「ずいぶん楽しそうじゃないか」

B♭クラリネット――「そのときはね」

タイプライター――「どういうこと？」

B♭クラリネット――「だって、覚めたらまたずれてるんだもの。こんなことだったら、夢なんか見なければ良かったのにって思っちゃう。みんなのほうがあたしに合わせてくれたらいいのに」

ガラスケース――「そういうきみは、なんの夢を見た？」

タイプライター――「わたし……、女の子の夢を見た。ちいさなコテージに閉じこもっていた。丸っこい木造の小屋で、キャラメルナッツマフィンみたいに屋根に枯葉がまぶされていた。玄関扉の隙間に声が入り込んでいたわ」

天国の門――「声だって？」

タイプライター――「たくさんの声。青白く発光して、半透明になって、ガスバーナーの炎みたいに色合いや揺らめきを変える。室内には声の通り道があって、浴室に吸い込まれていった。紺碧《こんぺき》のセラミックタイルに跳ねかえって、ぴたっとくっついて。電球とたわむれて。でもそのうち浴室の湿気にやられて、バスタブに落ちてきた。女の子はお湯に浸かりながら、溺れ死んだ声を両手ですくい集めるの。マンゴスチンみたいにつるっと皮をむいて、かぶりつくのよ」
天国の門――「胃もたれしそうな夢だ」
タイプライター――「意外とそうでもないのよ。女の子は夢見心地で、とんでもない多幸感がわたしにも伝わってきたから」
B♭クラリネット――「だとしても、やっぱりぞっとする」
天国の門――「あぁ、とても健康的とは言えないな」
タイプライター――「そんな……」
ガラスケース――「話者を変えよう。ほかに、夢を見たものはいないかな」
天国の門――「そういうあんたはどうなんだ」
ガラスケース――「見たよ。例の大勢にじろじろ見られる夢だ。からっぽだから、よけい目をひいてね」
B♭クラリネット――「残念ね」
ガラスケース――「そうでもない。今回は続きがあって、かわるがわるいろんなものを詰め込まれたんだ」
天国の門――「というと」
ガラスケース――「アラビア製陶器のコーヒーカップ。灯台と波とオオカミ。バルーンドッグとジェフ・クーンズ。ブロントサウルスの皮。バルコニーとミシンとこうもり傘。蒸気機関の全自動食洗機。思いかえすだけで、ぞくぞくしてしまう」
タイプライター――「それこそ胃がむかむかしそうだけど」

B♭クラリネット――「なにがいちばん良かったの？」
ガラスケース――「イタリアだ」
天国の門――「丸ごと？　州や県単位？」
B♭クラリネット――「それとも、パルメザンチーズみたいに粉状に削られていたとか」
ガラスケース――「丸ごとだ。レッチェが尾てい骨のでっぱりにはまって、パレルモが下腹部のあたり。ローマが首筋をちろちろ愛撫して、ジェノバとキス。目に映るのはミラノ一色、後頭部をヴェニスで殴られた。幸せの強襲さ。もうくらくらしたよ。あのぴったりさったらなかった。ギリシャじゃああはいかない。中国じゃ多少融通はきいても大きすぎるし、ボリビアだとアマゾン流域がはみ出してしまう」
タイプライター――「よく分からないな」
B♭クラリネット――「けど、なんだかすばらしそうではあるわ」
ガラスケース――「きみもぼくのなかにおさまっていたよ」
B♭クラリネット――「あたしが？」
ガラスケース――「ぼくのなかで夢を見ていた。ぼくの夢のなかだからか、きみの夢はかえって具体的に見えたものだ。遠近法の問題だろう、遠くに夢をおくと、手前の夢ははっきり浮かびあがる。どちらに焦点を合わせるかで、あべこべになったりすることもあるがね。さらに打ち明けると、ほかのみんなもおさまっていた。きみたちみんなの夢を見たんだよ」
タイプライター――「わたしが見た女の子のことも？」

ガラスケース――「じつを言うと、知っていた」
タイプライター――「ひどい」
B♭クラリネット――「どうして黙ってたの」
ガラスケース――「すまない。でも、ぼくだって夢は選べないんだ。悩んだけど、こうしていまきちんと告白している。それでどうか許してほしい」
天国の門――「おかしいぞ。おれはまだ夢を見ていないんだ」
ガラスケース――「おかしくはない。ぼくが見たのはこれからきみが見る夢だろう。それも遠近法のあやかしだ。過去と未来が入れ替わったりもする」
タイプライター――「じっさいに見て、あとで答え合わせをしましょう。そろそろ一〇時よ」
天国の門――「もうそんな時間か」
天井裏のオルランド――「あの、ぼくも夢のこと話していいかな」
天国の門――「いたのか」
天井裏のオルランド――「うん」
B♭クラリネット――「すっかり忘れてた」
ガラスケース――「それでは、なんの夢を見た？」
天井裏のオルランド――「ぼくもなんだよ」
天国の門――「なにが？」
天井裏のオルランド――「ぼくも夢を見ていないんだ。一場の夢も。真っ暗なんだ。どうしてここにいるかも思い出せない」
天国の門――「うん」
天井裏のオルランド――「だから、もしかしたらぼくのことも、ぼくの夢も見てくれたんじゃないかと思ったんだけ……」
ガラスケース――「悪いが、きみは見たことがない」
天井裏のオルランド――「だったら、これから起こるのかもしれない。もし見たらぜひと……」
ガラスケース――「もういいだろう。人がくる」
天国の門――「ああ、おやすみ」
B♭クラリネット――「おやすみ」
タイプライター――「おやすみなさい」
天井裏のオルランド――「……みんな、良い夢を」

光り輝く人

一日目

白樺《しらかば》の森が広がる、曲がりくねった山道の先に観測場はあった。ジョアンはミニバンから降りると天体望遠鏡を担ぎ、広場へと続く小径を歩きだした。白い吐息が漏れる先から闇に紛れゆく。

雲ひとつない新月の夜空。針の先でつついたような星々。

絶好の観測日和だ。

芝生の広場は人影がひしめいていた。薄闇を透かして、懐中電灯や携帯電話の明かりが揺らめいている。優に五〇〇人はいるだろうが、静寂の深度はそれに釣り合わない。ジョアンも空いていた一角に天体望遠鏡をおろし、懐中電灯の明かりを頼りに説明書を読みながら組み立てた。ふた月分の給料で購入した最新式だ。三脚のねじを一本巻くにも手間取る。予行練習をするべきだと思いながら結局一度もしなかった。観測場だって下見に来なかったのだ。ただ、先延ばしにしたいがために。

　数十分かけて組み立てたあと、タブレットで〈恒星データバンク〉を開いた。世界各地の観測者がその日見つけた新しい星を画像付きで登録しているサイトだ。フリアの写真で画像検索するがヒットしない。そりゃそうだよな、とジョアンは下唇を嚙みしめた。ついさっきのことなんだから。

　かじかむ手を吐息で温め、ぼうえんきょう座の方角に望遠鏡を向ける。オート機能で焦点が絞られ、おぼろな白の光彩が収縮し、人影となる。フリアとおなじぐらいの二〇代後半の女性だ。格子柄のロングスカート、後頭部に結い上げられた長い髪。瞳のかたちまでくっきり見える。表情はうつろだ。視線はどこか一点に向けられている。

「ジョアンのことだからホントに生涯かかっても捜そうとしそうだしね」

　フリアの言葉が頭に谺《こだま》し、胸が詰まった。接眼レンズから目を離したとたん、誰かのすすり泣く声が耳朶《じだ》を打つ。数メートル先、望遠鏡の前でオレンジ色のダウンジャケットがくずおれていた。闇によく融け合った長い黒髪の女性だ。彼女は見つけたのかもしれない。ジョアンはひっそり同情し、感謝もした。おかげで涙をこぼさずにすんだんだから。

二日目

明日が週末だからか観測者の数が増えている。徹夜の人もいるに違いない。ジョアンもそうだ。水筒に熱々のコーヒーを入れ、ツナとレタスのマスタードサンドイッチを作ってきた。革の手袋とダウンジャケットも新調した。

接眼レンズを覗き込み、あらためて気づかされる。宇宙は光り輝く人で埋め尽くされている。ネグリジェすがたの婦人。長い首飾りをした老婆。バスローブをまとった中年男性。高齢者が過半数を占めるが、たまに子供も見かける。凝然とうずくまっている。あたりを見まわしている。

星になった人は、時とともに光輝の色彩が変化する。はじめは白みがかっていて、徐々に赤みを帯びだし、高温の焔《ほのお》のような青へ。最後はまばゆい輝きを放射して消滅する。色彩の変化の時間は人によってまちまちだ。三ヶ月経たずして消える人もいれば、何百、何千年経っても白く輝いている人もいる。

ペアを組んだ星の人、連星も数多《あまた》ある。独り身の三分の一程度。彼らはたがいにまわりながらワルツを踊る。ルンバを踊る。タンゴを踊る。近寄って、離れて。きらびやかな笑みを降り注ぎながら。ただ目に映しているだけで、にぎやかな楽の音が聞こえてきそうだ。

まれに、三人以上で踊っているグループもある。三連星、四連星と人の数に応じて呼び名も変わる。舞踏会のようにかわるがわるパートナーを交換し、複雑な軌道を描きながらまわる。

あちこちに望遠鏡を向けていると、抱き合う男女が目に飛び込んでくることがある。重星だ。連星の光輝も単体の星より強いが、重星の場合はぴったり重なり合っているためもっと強く、肉眼ではっきり見えるものもある。大概、有名な星座を形成しているのは数千、数万年にわたって輝き続けている重星だ。ぼうえんきょう座なら、最も明るいα星は亜麻の服に革サンダルすがたの男女。青白い光を放ちながらきつく抱擁し、口づけを交わしている。

「馬鹿ね、誰かとくっついたりなんかしないわよ」

フリアは病室でそう笑っていたけど、連星や重星を目にするたび想像するのを禁じえなかった。

実際、そうした理由から天体観測をしない人は大勢いるのだ。「死後の世界までのぞき見するのは良くない」「知らなくていいことだってたくさんあるのに」「幸せにやってるならやってるでおれも幸せだけど、わざわざそれを見たいとは思わないね」

ジョアンもあまり乗り気ではなかった。けど、毛布の下でフリアの手の温もりを確かめていたおり、彼女に言われて翻意したのだ。「あなたのほうこそ気をつけたほうがいいわよ、変なことしないようにね。わたしのほうがあなたをずっと見てるから。だから、ね、そんな顔しないでよ」

どんな顔をしていたのだろう、とジョアンは星空を見上げながら思う。微笑んでいたつもりなのに。

五日目

駐車場脇の無人の休憩所。簡素なプラスチック製のテーブルとベンチが列をなし、壁の一角には自動販売機が並んでいる。利用者は一〇名ほどしかいない。大半は広漠たる孤独感をたたえ、暗く沈んでいる。家族連れも顔に影を貼りつかせ、よどんだ静寂を分かち合っている。

「冷蔵庫のなかみたいだよな」

そう話しかけてきたのはアルフレードさんだった。紺のニット帽を目深にかぶった白髪の男性で、五年前に死んだ奥さんをいまだに捜している。「見つけ出すって約束したからな。まあおれだけじゃないがね。ここじゃけっこうな人がそうなんだよ」と小声で言い、周囲をあごでしゃくる。「あの女はこぐま座、あっちはてんびん座。おれははくちょう座だよ」

とたんに、彼らの輪郭が小暗い背景から浮かび上がった。ジョアンもそうだったのだ。フリアとふたつの約束を交わしていた。うちひとつが、ぼうえんきょう座でのランデブーだ。

あの日、フリアに催促され買ってきた天球儀をふたりでまわしながら星座をめぐった。「デートプランを立ててるみたい」と彼女はくすくす笑っていた。まだすべてを笑い飛ばせていたころだ。それから、図書館から借りてきた本で星座の勉強をした。黄道一二星座にまつわる神話もなかなか面白かったけど、彼女が惹かれたのは、とけい座やカメレオン座といった比較的新しい星座には神話がないということだった。ことさらぼうえんきょう座を気に入り、そこを待ち合わせ場所にしようと言いだした。「わたしはそこから、あなたは地球から望遠鏡を覗く。そして視線のなかで再会するのよ。一緒に過ごした時間が、わたしたちだけの新しい神話になるの」そんな呆れるほど甘い提案にジョアンはすっかり上機嫌になってしまい、一も二もなく賛成したのだ。

けれどジョアンも、まず間違いなくフリアも、心の底ではそれが難しいことを知っていた。死んだ人が星空のどこに配置されるかには規則性がないのだ。

星の数も問題だった。毎日、地球上では十数万もの人が亡くなり、夜空には同数の星が誕生する。観測不可能な宇宙の外側に配置される場合もある。この条件下、特定の人物を見つけ出すのは奇跡に等しい。〈恒星データバンク〉があっても、発見の確率はさほど変わらないと言う人もいる。

「でもだからって、なんにもしなくていいっていうことにならないんだよ」とアルフレードさんは口の端に微笑を滲ませる。「ただおれが気がついてないだけで、あいつはこっちを見てるかもしれないからな。約束したからには、頑張ってるとこを見せないと」

ジョアンはうなずく。紙コップを握りつぶしてゴミ箱に放り、休憩所を出る。

一五日目

ジョアンとフリアはダンスらしいダンスを踊ったことがなかったが、一度だけ、大学の卒業パーティーでほかの卒業生たちと夜通し踊った。ジョアンも踊りが下手だが、フリアは彼より数段下手だった。リズム感がまるでなく、腰つきもぎこちなくて、アルコールは一滴も飲んでいなかったのに終始千鳥足みたいだった。彼女は病室でそのときのことを思い出して大笑いしていた。「地上であんなにひどかったんだから、宇宙ならつまずいて落っこちちゃうに決まってるわよ」

星の人のなかには宇宙を高速で移動する者もいる。わけてもほうき星は、地球に落下し消える星の人だ。黒のカンバスにさっと白線が引かれたのを目にしたとき、フリアの言葉が頭をもたげ、消えた。

三一日目

望遠鏡に慣れてきた。コーヒーを水筒に注ぎ入れるような感覚で扱える。一晩で見つけられる星の数も増えた。

観測後は逐一座標データと写真を〈恒星データバンク〉にアップロードしているが、一握の疑念はぬぐえない。この地球上ではどれぐらいの人がおれの発見した星の人を捜しているのだろう。

引き際が分からない、と観測者は言う。宇宙はあまりに広大だ。星はきりなく生まれ、消えゆく。人ひとりが観測できる星の数はかぎられており、星の誕生ペースにはとても追いつけない。望遠鏡を空に向けたときには、目当ての人はとうに消失したあとかもしれない。にもかかわらず、人は観測をやめられない。どんなに低くとも、目当ての人を見つけられる可能性はいつだってあるから。ましてや、身近に目当ての人を発見したという人がいると、自分にも幸運が舞い込むかもしれないというむなしい望みを抱いてしまう。

ジョアンも休憩所でそんな人と出会った。ミミだ。偶然ベンチでとなりになり、どちらからともなく声をかけた。長い豊かな黒髪の女性で、二ヶ月ほど前から観測場に通っているという。「昨日、夫を見つけたの」と彼女はささやいた。「約束したとおり、こっちを見てくれているのよ」

目と目が合う、という話を聞いたことはある。手を振る、ウィンクする、ジャンプするなど、生前約束した合図のひとつなのだという。けど、ジョアンがこれまでに観測してきた星の人々はそんなことをしていなかった。きょろきょろ見まわしたり、がらんとした面持ちを明後日の方向に向けたり。こちらに目を向けているように見えた人もいたが、数は少なく、たんなる偶然とも言えた。

「ただそれだけで、これまでの苦労が報われたような気がするの」とミミは微笑む。でも、その目は心なしよどんでいた。沈黙の檻《おり》にとらわれたほかの観測者とおなじように。

四八日目

記憶をしるべに、フリアと話した星々に望遠鏡を向けてゆく。けれど、目に映るのは見ず知らずの人々が戯れる情景ばかり。

脳裏に浮かび上がるのは、家庭用プラネタリウムを購入したときの場面だ。病室のカーテンを閉め切り、明かりを消して、フリアのとなりに寝そべった。プラネタリウムのスイッチを入れると、乳白色の天井と壁に星空がぱっと広がった。かたわらから彼女の感嘆のため息が漏れ、ジョアンもおおげさに叫び声をあげてみせた。けど、それも一瞬のこと。期待とは裏腹に、ホログラムの星座は手が届かないほど遠くに、おぼろに感ぜられた。ようやくのことで探し当てたぼうえんきょう座は途方もなく小さく、壁の染みと見分けがつかなかった。

「この部屋はちょっと広すぎるのかもね」とフリアがさみしげにつぶやき、ジョアンはスイッチを切って真っ白な現実を呼び戻した。

五三日目

気分転換がてら、休憩所に足を運ぶ。アルフレードさんは今日もいる。隅っこのベンチにミミを見つけ、声をかける。紙コップのインスタントコーヒーの味を罵ると、彼女は清らかな笑みをこぼす。感じのいい笑い声にまざって、うしろのほうからアルフレードさんの話し声が聞こえてくる。「あいつはぼうえんきょう座さ」

七二日目

今日も観測場の暗闇にオレンジ色のダウンジャケットを捜す。見つからない。見つかるのは決まって休憩所だ。ミミはいつも隅っこのベンチに腰掛けている。ジョアンを打ち見るなり遠慮がちに微笑みかけてくる。「今日もすごく底冷えするわね」

ありがちな挨拶のあと、ありがちな世間話がはじまる。使っている望遠鏡、幼いとき両親とした祖父母の星探し。昔飼っていた大型犬。どうして犬や猫は星にならないのか、犬や猫の目で見れば夜空には犬や猫の星が輝いているのかもしれない。そして、星になった伴侶のこと。「彼はフェラーリが大好きだった。でも、本物は高いから、セダンを赤く塗装してしまったのよ。少ししたら慣れたけど、はじめのうちはドライブするのがちょっと恥ずかしかったわね」

ジョアンもフリアのことを語った。手製のリーキとジャガイモのスープのこと。病院食にうんざりして、ミントアイスクリームを買ってくるように命じられたこと。「もう何度スーパーと病院を往復したか分からないね」

紙コップを握りつぶし、ひとり休憩所から出る。しんしんと降る暗黒。うごめく人影。死の冷気が這い上がってきて、手の熱を奪い去る。凍てつく夜風のしたでは、闇にふたをされ行き場をなくしたもの悲しいさざめきが流れている。

望遠鏡の向こうでは、大勢が輪舞する万華鏡の世界が広がっている。

八九日目

ジョアンは見知らぬ若い男女を追尾している。目も覚めんばかりの美しいふたりだ。あえかな赤い火影によっていっそう美しく照らされている。ぴったり寄り添い、腕と腕をからませ、耳を喜ばせるようになにかささやいている。

ヒロインの光の唇を借り、フリアの声がジョアンの耳元に吹き込まれる。「わたしはわたしで上手くやるから、見つけなくてもいいのよ。ジョアンのことだからホントに生涯かかっても捜そうとしそうだしね。あなたはあなた自身のことを考えて」

それがふたつめの約束。あとに言われた以上はふたつめのほうを守るべきなのかもしれないが、ジョアンは本当にそれでいいのか確信を持てないでいた。どちらも本心からの言葉だろうから。

休憩所。ミミはいない。アルフレードさんも。彼はここのところずっとすがたを見せていない。

自動販売機で紙コップのコーヒーを購入し、隅っこのベンチに腰掛けて飲んだ。空になった紙コップをつぶし、ゴミ箱に放り投げた。外したら拾ってベンチに坐りなおし、もう一度。三度目でゴミ箱へ。二杯目のコーヒーを買ってベンチに坐ったとき、扉が開かれてミミが現れた。今日の彼女は微笑を投げかけてこない。表情を陰らせたまま、ジョアンのとなりに腰掛ける。どうかしたのかと尋ねると、彼女はもう観測をやめようと思っているのだと弱々しく笑う。

「彼が連星になろうとしてるのよ」

ジョアンはなにも言わずにうなずいた。紙コップを握りつぶし、ゴミ箱に放り投げた。一度目で入った。ミミの背中に手をまわし、そっと引き寄せた。彼女もすぐと顔を預けた。

言葉に出すのはためらわれたが、かすかな疑念を抱かずにはいられなかった。闇夜に垣間見えたオレンジ色のダウンジャケットと長い髪。観測初日に見かけた泣き崩れていた女性はミミのはずだ。あのときすでに連星となった夫を見つけていたのではないだろうか。以降は観測もせず、ただ休憩所にだけ足を運んでいたとしたら？

と、ジョアンの背中にまわされた手の力がいちだんと強まった。彼もまた生温かい吐息を首筋に感じながら抱擁を強め、考えるのをやめた。

一〇〇三五日目

無限の真空に無音のシンフォニーが谺する。

温和な恒星風が吹きわたり、幾千の色鮮やかな光彩の舞台で、人々が華麗なワルツを踊っている。

ひたすら長い孤独に堪え忍んだあと、ジョアンも星くずの調べに合わせ漆黒の海を遊泳しはじめた。彼の瞳はもうずっと前から、神秘的な光輝を放射するフリアでもミミでもないひとりの女性に向けられていた。

一〇〇五一日目

踊っているさなかも、ジョアンはときおりどことも分からない方角に目を向けながら思うのだった。ミミ、どうかこっちを見ないでほしい。

饗宴

さっき、マーサが死んだ。ふさふさした白毛の大型犬だ。一年前に保護シェルターから引き取ったんだ。ほかの犬っころが吠えたり、しっぽを振って近寄ったりするなか、あいつだけはそういう置物のようにじっと黒い眼を向けていた。「この子はおとなしくて、食べもの以外はあまり興味を示さないんですよ」と飼育員は言っていた。ほかに分かってたのは雌だということぐらいだ。迷い犬らしくて、前の飼い主も、生い立ちも謎だった。マーサという名前も飼育員がつけたものなんだ。あとで予防注射を打つために動物病院に連れていったとき年齢だけは察しがついた。「歯から判断すると一〇歳は越えていますね」と言われたんだ。もう老犬というわけだ。

飼育員の言うとおり、あいつはごはんを持ってくればワイパーみたいにしっぽを振った。おれは科学者然とした気持ちでいろんな食べものをやって、ボイルした鶏肉のささみが好物なことを突き止めた。土砂降りの日みたいにしっぽが激しく揺れてたからな。

散歩好きで、朝夕一緒に砂浜をジョギングした。

ブラッシングが大のお気に入りで、ブラシをかけるたびこんもりとした白い毛玉ができた。あいつはよく気持ちよさそうに寝そべったまま、海風にさらわれて砂浜を転がってゆく毛玉の行方を眺めていた。

ひとつ変わった特徴があった。ぜんぜん吠えないんだ。散歩に行きたいときも、おれが犬の声まねをしても、べろをだらんと垂らしてつぶらな瞳を向けるだけ。前の飼い主に声帯でも切除されたのかと思ったけど、ある日のジョギングでそうじゃないって分かった。あいつが急に方向転換して、おれのすねに後頭部が当たったとき、低いうなり声を上げたんだ。詫びようと思って咄嗟に腰を下ろしたけど、あっけらかんとしたあいつの顔を見て思わずにやけちまった。「なんだ、ちゃんとしゃべれるんじゃねぇか」

恰好いいと思わないか？　話せるのに、話さないんだ。尊敬したよ。おれには真似できないことだったから。じっさいおれはめちゃくちゃに話しかけたんだ。ジェーンが出ていってから、アパートを引き払って今の家に越してきたこと。あいつの大嫌いだったチャック・ベリーやラリー・ウィリアムズを一日中大音量で流したこと。あいつの手前控えていたステーキやチキンを毎日ぱくついたこと。犬アレルギーのあいつもいないことだし、話し相手にちょうど良いと思ってマーサを飼うことにしたことも。

「本日もお日柄がくそ悪いようで」と毎朝挨拶をした。「ポータルサイトの件、修正が修正がっていちいちうるさいんだ、あいつは絶対ワッフルにバターミルクをかけるタイプだな、一回ママのけつの穴に入り直したほうがいい」と仕事の愚痴もこぼした。「あいつんちはごたいそうなスポーツ一家でさ、父親のアルバートが空手の黒帯持ちで、母親のリタはフェンシングの元オリンピック代表選手。で、あいつも元オリンピック代表候補の新体操選手だったんだ。いかれてるだろ?」とジェーンのことも話した。「あいつはソムリエで、ワインを飲むことを食べるっていうんだ、テイスティングは咀嚼《そしゃく》の感覚に近いんだとさ。笑っちまったよ。それじゃガムを嚙むのはフェラかってさ、ああ、あいつはこれっぽっちも笑わなかったけどな」

話の最中、マーサはいつもそっぽを向いていた。白い雲やさざ波の砕ける感じ、ときにはおまえたちのことも物憂そうに目で追っていた。

一ヶ月ぐらい前から、おねしょをするようになった。一過性だと思ったけど、毎日続いたから犬用のおむつをはかせた。でもあいつは、おむつに慣れるよりも先に弱っていった。ジョギングが散歩になって、とぼとぼ歩きになって。鶏肉のささみも一口、二口しか食べなくなった。

動物病院で検査してもらったら重度の腎不全だと言われた。「予後は悪いですね」だとさ。皮下点滴をしてもらったけど、延命措置にしかならないという話だった。

帰り道、マーサは栄養剤のせいでぶくぶくに膨れてた。白い毛皮つきの風船みたいでさ、風が吹いてきたらふわっと飛んでってしまいそうだったよ。自動車の乗り降りもままならなくて、歩きもよたよたで、とてもじゃないが見ていられなかった。だから決心したんだ。延命措置なんてものはやめて、最期までつきっきりで面倒を見てやろうって。

あいつがどこでも眠れるように居間の床一面にタオルケットとラグを敷いて、なかに招き入れた。あいつは居心地をたしかめるように寝場所を変えていった。数日もしないうちに部屋じゅうが毛だらけになった。おれも居間のソファで一緒に寝起きしてたから、手足や背中に赤い発疹ができて、かゆくてしょうがなかった。

二日前から、とうとう起き上がれなくなった。スポイトで水を垂らしたけど呑み込む力もなくて、ぜんぶラグに吸われちまった。しょっちゅう引きつけを起こして、ぜえぜえ息を切らしてた。唇がただれて、口からアンモニア臭がしてた。腎機能が低下したせいで、尿毒症にかかっていたんだ。おれもあいつに付き合って最低限の水しか飲まなかった。なんとなく、あいつには見せたくなかったから、トイレのついでにタンクの蛇口からこっそり水道水を飲んだんだ。あとはあいつのそばに寝そべって、左手で自分をひっかきながら右手であいつの背中をさすり続けた。そしていつものようにジェーンのことを語ってやった。

「公園の芝生であいつがトランポリンに乗ったときは面食らったよ。のっけから大ジャンプをかましてきたんだ。『おいおい、あんまり調子乗ると大けがするぞ』おれは叫んだけど、あいつは『平気、平気』ってどんどん高く飛び跳ねていった。おれの目線よりも、そこらの樹よりも、空に頭をぶつけそうなぐらい高くなって。近くでたこ揚げしてた子供も、芝生に寝転んでたカップルも、アドバルーンでも見つけたみたいに指さしてさ、『なにあれ』、『すごーい』、『なんかの撮影?』だなんてまわりに集まってきた。それでもあいつはお構いなしだった。くるっと横に一回転、二回転。どーんって飛び跳ねて、『はーい』って手を振りながら宙返りまでばしっと決めて、『ねぇ、ちゃんと見てる？』って、甘い雨みたいな笑みを降り注いできた。そしたら野次馬はおれのことまでじろじろ見てきて、有名人にでもなった気分だった。おれも『見てるよ、ちゃんと見てる』って大きく手を振り返して、あんがい悪い気はしなかったな」

今朝のことだ。

マーサはがばっと立ち上がると、弓なりに身体をしならせて黄みがかった大量の粘液を吐いた。足払いでもされたようにどっと倒れた。荒かった呼吸が急に細くなって、間延びしていった。何度も名前を叫んだけど、あいつは舌をだらんと出して、そっぽを向いていた。いつもどおりの上の空ときた。だからおれもいつもどおりジェーンのことを語ったんだ。

「おまえのおかげで、とんでもなくバカげた話をひとつ思い出したよ。あいつがハンドルを握っていたとき、交差点で赤信号を待っていたときのことだ。歩行者を眺めながら突然、『わたしは彼らの命の恩人ね』と言ってきたんだよ。『は』って訊き返したら、あいつはこう続けたんだ。『その気になったらアクセルを踏んで彼らを轢《ひ》き殺すこともできるじゃない。だから命の恩人なのよ』

『そんなこと言ったら、ほかのやつだって条件はおなじじゃないか』

『ううん。わたしには選択肢があるもの』

『なんだそりゃ』

『A、轢く、B、轢かないって。わたしはその二者択一でずっとBを選択し続けて、みんなの命を救ってるの。でも、ほかのひとは結果的にBを選択しているだけで、選択肢を持ってない。その差は大きいと思うわ』
あいつはメインの前にデザートを食べるのも平気なやつだし、おどけた口調からしていつものくだらない冗談だってことは分かってたけど、おれは正直おっかないやつだなって思ったよ。こういうやつが事件を起こすんじゃないかってさ。でも、たいした反論はできなかった。『うん、まあたしかにな』って妙に納得しちまったんだよ。
たとえば、だ。あいつがたまたまこの近くをドライブしていたとして、突拍子もなく車ごとこの家に突っ込んできて、おれたちを轢き殺す可能性もいちおうあるわけだ。つまり、おれもおまえもあいつに生かされてるわけだ。Bの連続のなかでさ。だとしたら、やっぱりあいつに感謝しなきゃいけないと思うんだよ。どうだ、おれの言ってること、なにか間違ってるか？」
マーサは突然耳をおっ立たせて、どこかに跳躍するみたいに脚をまっすぐ伸ばした。それきり動かなくなった。「おい、なんつう恰好だよ」思わず噴き出しちまった。

犬小屋の脇に穴を掘って、あいつの寝ていたラグごと埋めた。背伸びした姿勢で硬直してたから、前脚が穴の入り口につっかえちまって、かなり広げなきゃいけなかった。
それから盛り土の前に、あまっていた大量のドッグフードを供えた。ドライフード三袋、ウェット缶四つ、犬用ガム、牛の蹄《ひづめ》、鶏のささみ一キログラム。手向けのつもりだったけど、大宴会みたいな見てくれになった。そのアイデアが気に入って、どうせならもっと盛大に盛り上げてやろうと冷蔵庫と盛り土を何往復もして、ありったけの食べものを運び出した。クリームチーズ、牛のひき肉、ペパロニ、ラザニア、ガーリックブレッド、マッシュポテト……。たいていは冷凍食品だったけどこの暑さだからすぐ融けだして、どろどろした出来損ないのガウディ建築みたいな見た目になった。

居間に入って、大宴会を眺めながらソファでウォッカのパイント瓶を飲んだ。空っぽの胃にはさすがにこたえた。すぐ酔いが回って、身体中が熱くなった。尋常じゃないかゆみがぶり返してきて、全身をかきむしった。かゆみが激しければ激しいほどひっかいたときの快感もひとしおで、気持ちが悪いのか良いのか、楽しいのか悲しいのかよく分からなくなってきて、気がつけば大笑いしながらぼろぼろ涙を流してた。

次に目が覚めたとき、ウォッカの瓶は床に転がって中身はラグに吸われていた。やけに騒がしくて顔を上げると、おまえたちが盛り土で宴をはじめていた。紙吹雪みたいに白い羽を乱舞させて、ファンファーレみたいな鳴き声をあげて。くちばしの先からトマトソースをしたたらせて、ペパロニを突っついてた。おれが見とれているあいだにもひっきりなしに舞い降りてきて、宴は最高潮になった。チキンウィングをぶんぶん振り回すわ、そこらじゅうに糞をするわ。小競り合いして、交尾までおっぱじめてさ。大いに笑わせてもらったよ。あぁ、よく言うように楽しい時間はあっという間だな。またバタフライシュリンプでもバター・パイでもたっぷり用意しておくから、明日も来てくれよな。

恥辱

近々、大洪水が起こり、すべての肉なるものを呑み込む。かような天啓がどこからとも知れず森にもたらされ、我々動物たちを震撼《しんかん》させた。一堂に会し、洪水の回避手段について模索したが、妙案は生まれなかった。造船したくとも、我々の手足は物作りに適していなかったのだ。

懊悩《おうのう》を極めていたところ、一匹のイヌが、ヒトの一族が巨大な木造船の建設をはじめたという知らせを持ってきた。行けば、森の僻地の開けた広場でヒトの群れが木を組み立てていた。有事の際は同船させてくれないかと頼み込むと、ヒトの家長はひとつ交換条件を出してきた。「わたしたちは船づくりで手がふさがっているので、きみたちは資材と食料の調達を担ってくれないか」我々は命が助かるならばと快諾し、ほうぼうに散った。ゾウやカバは突進を繰り返し、額から血を流しながら巨木を倒した。ネズミやリスが前歯を摩耗させせながら倒れた幹をかじり分け、シカ、バイコーン、ウマが昼夜兼行で運搬した。イノシシやブタは木の実や野菜を届け、インコやペリカンはブドウの果汁をくちばしにふくませて空を飛んだ。果汁は道すがら発酵し、保存用の陶器の器に注がれるころにはヒトをとりこにする酒となっていた。

支援の甲斐あって、一週間ほどで船が完成した。無数の家を継いで接《は》いだような途方もなく巨大な構造物で、三層に分かれており、上層には鳥類が積まれ、中層は食料貯蔵庫とヒトの居住空間、下層には四足獣を詰め込む予定になっていた。松ヤニと瀝青《タール》でコーキングを施され、水一滴入り込めないつくりになっていた。

ヒトの一族は大勢の親類を呼び寄せ、竣工式を兼ねた宴を催した。我々が運び入れた食料をしこたまたいらげ、ブドウ酒を浴びるように飲んだ。たいまつを焚いて夜を締め出し、ぬらぬらとした狂気の踊りを舞って、船室に駆け込んでひそやかな肉の宴を開いた。我々も続々と集結し、周囲を賑やかに飾った。サルはこぞって手拍子をし、マンティコアはかわりばんこに動物を乗せて無邪気に駆けまわった。ユニコーンはゴリラが投げる果物を次々と角に刺してみせた。シロクマ、ペンギン、トリトンまでやって来て、陸生生物に囲まれぎこちなさそうにしながら、見よう見まねに吠えたりはやしたりした。その場にすがたを見せなかったのは純然たる海生生物ぐらいのもので、カモメやカメが頻々届ける洪水の予兆に翻弄される陸生生物の伝聞を、他山の出来事として楽しんでいるとのことだった。

三日後の真昼間、黒雲が空を覆い、雨が降りだした。時を移さず勢いを増し、一滴が地上に着く前に一滴に追いつきだして峻烈を極めた。森の葉が打楽器のごとく打ち鳴らされ、そこらじゅうがぬかるみと化し、大河がのたうちまわって泥水の牙をふるった。ヒトはすぐさま船に乗り込み、すべての船窓を閉じた。我々も船の前に列をなし、篠つく雨に打たれながら乗船のときを今かいまかと待ちわびたが、ヒトの雄たちが舷梯《げんてい》の前にずらりと並んで入り口を封鎖し、矢尻を我々に向けた。「全員を乗せるわけにはいかない」とヒトの家長は告げた。「この船の容量にはかぎりがある。乗船の許可は種ごとに二匹ずつ、雄雌のつがいのみに与えたい」

我々は憤慨した。約束が違う。身を粉にして資材を運んだのに。この船はみなの共同財産だろう。あたりは騒然としたが、ヒトの家長は毅然《きぜん》たる態度を崩さなかった。「繰り返す、乗船できるのは各種族、雄雌のつがいのみだ。これは天命であり、巨人ネフィリムであれ動かすことはかなわない。つがいは誰であろうとかまわないので、きみたち自身で決めてもらいたい」

我々は怒号をあげた。であれば、おまえらもつがいでなければ道理に合わないだろう。神気取りか。いきり立った一部の動物は力ずくで乗り込もうと舷梯に押し寄せたが、ヒトは躊躇《ちゅうちょ》なく矢を放ち、斧《おの》で首を切り落として屍《しかばね》の山を築いた。

突然の蛮行に、我々は言葉を失した。憮然と立ちすくみ、泥にまみれ慟哭《どうこく》した。と、血気盛んな一頭のツキノワグマの雄が大呼し、ヒトに向かって振りかざしたはずの爪をかたわらにいたツキノワグマの雄の脳天に下ろした。叫喚とともに鮮血が噴き出し、ばったり絶命した。それを機に、ツキノワグマの雄たちが殺し合いをはじめた。肉を裂き、腕を吹き飛ばし、目玉を粉砕した。我々の制止もむなしく、刹那の勝負が連鎖的に引き起こされ、瞬く間に一頭の雄だけが残された。勝者は肉感ある魅惑的な一頭の雌を指名し、舷梯をのぼった。ヒトも道をあけ船内に入れてやった。二頭のツキノワグマはうしろを振り返りもしなかった。残された雌のツキノワグマたちは痛哭しながら樹木に爪を立て、幹の皮をばりばり剝がし、のどを掻き切って命を絶った。

これを見たほかの種族も、息せき切って同士討ちをはじめた。彼らの焦燥を掻き立てたのは雷鳴だった。雨脚は強まるばかり、足下は沼地と化し、氾濫が目前に迫っていた。

そして〝種〟の曖昧さもあった。例をいえば、ヒトの言うクロヒョウにも耳の形が半円だったり三角形だったりと細かな違いがあり、身体能力や獲物の嗜好も微妙に異なり、我々からすれば歴々たる別種なのだが、ヒトからすれば〝クロヒョウ〟でしかなかったのだ。ミコブラクダやゴコブラクダやハチコブラクダもいたというのに、ヒトはフタコブ以上は同類と見なし、フタコブのつがいが乗船するが早いか、フタコブ以上のラクダから入船の権利を剝奪したのである。彼らの失望は甚大だった。同族殺しの大罪まで犯したのに乗船を拒否されたのだ。呵責と絶望のあまりそろって泥濘《でいねい》に頭を突っ込み、自死を遂げた。

かくなる認識のずれは動物たちのあいだに激しい動揺を呼んだ。こうしている最中も、ヒトが自分の種と同断と見なす種のつがいに乗船を許可し、知らぬ間に自分の権利が失われているかもしれないのだ。一刻も早く乗船しなければならない。殺戮は激化し、枝角をぶつけ合い、絡み合い団子状態となってたがいを絞め殺し、首に嚙みついて一斉に落命した。降りしきる豪雨が間仕切りとなったこともあいまって、気がつけば一頭を残して全滅していた種もあった。

虐殺がやんだ。

血と泥のたまりに立っていたのは、殺戮には参加せず、震驚し、失禁し、涙にかき暮れていた動物だけだった。その合間に、ヒトの雄たちは船の前に散乱した肉塊を雨水で洗い、陶器の器に詰め込み、船内に運び入れた。そして家長は、船内にはまだ若干の余地があると告げた。「わたしたちとしては、ひとつでも多くの種を救いたいというのが正直な気持ちである。とはいえ、猶予はもう幾ばくもない。そこで、もしきみたちが種のつがいの選別に困っているのであれば、迅速化のためにわたしたちが審査役を買って出よう。たとえば、なにか分かりやすくアピールをするというのはどうだろう。面白い一芸をしたり、すてきな歌をうたったり、なんでもいいからわたしたちの目に留まったら乗船の許可を出すことにしよう」

真っ先に異を唱えたのは気高きケンタウロスであった。我々を凌辱する気か、と声をかぎりに叫んだが、ヒトたちはなにも言わずにたがいに目配せして、首を振った。我々は瞬時に悟った。失格の烙印を押されたのだ。それを誰よりも早く痛感したのはほかならぬケンタウロスであった。後ろ脚でぬかるみを蹴り上げると、声を振り立て舷梯に猛進した。間髪を入れず矢の雨を浴び、全身から血を噴き出して憤死した。

不穏な静寂が破れ、絶望の傀儡《くぐつ》となった動物たちが出し抜けに舷梯の前に躍り出た。シマウマは縞模様の数で競い合い、チーターは泥のしぶきを飛び散らしながら誰よりも高く跳躍してみせた。クジャクは関節がいかれるまでめいっぱい飾り羽を広げ、ゴリラは吠えながら四拍子、三拍子、変拍子とさまざまにドラミングしてみせた。そのリズムに合わせ、カナリアはのどが潰れるまでさえずった。奸計に長けたサルたちはみずからの顔を草花の汁で色とりどりに塗り、または毛染めをして芸術性の高さを示し、ついで各々が別種であることまでしたたかにアピールしてみせた。ヒトは手をたたき大笑いしながら気前よく次々と合格を言いわたした。勝者は異性を一匹選んで乗船した。合格者が出るたび、捨て鉢具合もいや増した。雌のライオンはたてがみを噛み切り、全身泥まみれになってヒトの前に突っ伏した。ネコはヒトの足下にすり寄り、甘い声で助命を請うた。ダチョウは決死の覚悟で風切羽をもぎ取り、飛べない鳥という逆説でヒトの興趣を湧かせた。カメレオンは要望に応えて身体の色を変化させ、オウムはヒトのしゃべった言葉を繰り返して阿諛追従《あゆついしょう》に終始した。我々は相次いでヒトに屈服してゆく同胞に底知れぬ憤怒を覚えた。と同時に、たとえわずかでも、自分たちもすべてをかなぐり捨ててでも助かりたいと想ってしまったことに恥辱を感じ、同胞が無様に踊り狂う様を歯を食いしばりながら見つめた。

折しも、空が落っこちてきたかのような轟音《ごうおん》が鳴りわたり、鉄砲水が押し寄せてきた。木々が根こそぎなぎ倒され、ヒトはたちどころに船内へと逃げ込み、入り口をかたく閉ざした。我々は離ればなれにならないように手をつなぎ、しっぽに噛みつき、体毛をつかんだ。夢魔、セイレーン、グリフォン、ラミア、ウロボロス、バニップ、ヒッポグリフ、スレイプニル、ヌエ、オーク、バジリスク、サテュロイ、メデューサ……。不屈の矜恃《きょうじ》をたたえあいながら、濁流に呑み込まれた。

黒雲は厚みを増し、空にしっかとふたをして、闇と雨が大地を支配した。

気温が急低下し、水面から白い湯気がもうもうと立ちのぼった。木の葉のかたまりや流木が幻の迷宮に迷い込んだようにぐるぐるまわり、高みの見物を決め込んでいた水生生物の一部も荒れ狂う水流に翻弄された。泳ぎの得意な人魚すら溺死し、腹を膨らませ浮かんでいた。空に逃げた鳥たちも鉛の雨粒に撃たれ、激しく落下し水面を波立たせた。

一日と経たないうちに平地、森、山が沈水し、海も大いなる水に没した。

世界は収斂《しゅうれん》し、一隻の巨大船舶がこの世のすべてとなった。

ときおり船窓が開かれ、闇に沈んだ水面を煌々《こうこう》たる明かりが照らし出した。我々はそこに新世界の片鱗《へんりん》を垣間見た。ヒトの雌たちが陶器の器から取り出した肉を燻製《くんせい》にしたり塩漬けにし、また石鹸や灯油をつくっていた。なめしたヤギやウシの革を身にまとい、床に敷いたヒョウやクマの毛皮に寝転がっていた。ひねもすブドウ酒に酔い、肉をむさぼり、きりなく交わって数を増やしていった。食べものが少なくなると船に乗せた動物たちを解体した。動物たちは第二次、第三次審査に合格しようと躍起になった。浮き世離れした壮麗なメロディをうたい、光輪のごとくヒトのまわりを走りまわっておためごかしを言った。それでも殺された。食べられないものとして疫病にかかったふりをし、擬死を演じて、それでも殺された。唯一、イヌだけがヒトの居住空間で共生する特権を与えられているようで喜ばしげにしっぽを振り、ヒトの垢や汗を舐め取っていた。

水面は無数の死体で埋め尽くされていった。我々もまた衰弱し、一匹一匹と同胞を生き長らえさせるための糧となった。死にゆく者の望みはただひとつ、ヒトに一矢報いること。それを叶えるべく、我々は波のまにまに漂いながら、船窓が開かれるたび射るがごとき炯眼《けいがん》を送った。やつらもまたこちらの存在に気がついており、様子を探るために船窓を開けることを我々は知っていた。だから我々は同胞の屍を喰らってでも生き長らえるのだ。睨みつけ、やつらが我々の審査に失格したことを知らしめるために。憎悪に歪んだ我々の異様をやつらの網膜に焼きつけるために。船室の片隅に巣くう暗がりや天井の木目の模様に、我々の敵意を浮かび上がらせるために。悪夢に棲み着き、すこやかな眠りを妨げるために。言の葉の上で永劫の生を獲得し、増え拡がって末代まで震え上がらせるために。死よりもおそろしい報いを受けさせるために。ただそのときを夢見て、今この瞬間を生き続けるのだ。

一〇〇万の騎士

真夜中、はっと目を覚ます。星のまたたき、野バラの香りと孤独な犬たちの遠吠え。けれど、頭にこだまするのは今もなお夢。鐘の音。

鐘。はじまりはいつも早鐘。幾千の呪いが降りそそいできたかのような悲鳴が沸き立つや、かつてジャガイモの貯蔵庫として使われていた地下室の扉を開ける。扉は床の木目とおなじで、一目見ただけでは扉と分からない。石階段とかび臭い冷気、地下室の底に薄ら寒い静けさが沈殿している。静寂は目や鼻や口のなかにまで入り込んでくる。色と形をぼかし、においをぼかし、味と水気をぼかす。でも、静寂はいつだって完璧にはなれない。包丁を大事そうに抱きかかえたおかあさんのため息や、おとうさんの衣擦れの音もかすかにまじっている。おばあちゃんの茶色いぼろの靴下が放ついやなにおい、湿っぽい腐った歯のにおいも。「いいこ、いいこ、心配しなくても大丈夫だよぉ」おばあちゃんがわたしをそっと抱きかかえ、左右に揺り動かす。わたしはおばあちゃんの目尻に唇をあて、こぼれ落ちる涙をちゅうちゅう吸う。ああ良い気持ち、しおっからさが口のなかの静寂を和らげてくれる。

深い静けさの底、おかあさんは、騎士はおよそ一〇年前からこの村に来襲するようになったと言っていた。おとうさんは、そんなの覚えてないとそっぽを向いてしまった。おばあちゃんは一〇年以上前からだと言っていた。「あたしがまだあんたぐらい小さかったときから、たまにやって来たんだ。ここまで頻繁じゃなかったけどね。そうだねぇ、あっても一〇年に一度ぐらいじゃないかね」

もっとも、おばあちゃんは信用がおけない。わたしを残して死にはしないと約束しておいて、死んでしまったのだから。

大人は信用がおけない。騎士が来るのはミヤマガラスが五回連続で輪を描いた日から三日後だという人もいる。三回目の真っ赤な満月の日だという人もいる。収穫期には必ず三回やって来るという。収穫期には必ず一回やって来るという。「あぁ、わたしたちの気も知らないでね、まるで男みたいに自己中心的なんだから」とおかあさんが腹を立てる。「女みたいなかんしゃく持ちってわけだよ」とおとうさんがせせら笑う。

ふたりは、わたしが口にでもしたらすかさず拳固を落としてくるような罵り言葉をぶつけ合う。おとうさんが平手打ちを食らわせ、おかあさんは脚のとれた木の椅子を放り投げる。理由なんてなんでも良いのだ。突っかかって、傷つけたいだけ。やめて、やめて、お願いだからもうやめて！　わたしはすすり泣きながらふたりのまわりをうろちょろする。「こっちに来るんじゃない！」「あっちに行ってなさい！」おかあさんが包丁をぶんぶん振り回す。おとうさんが空を飛びたがっているみたいに両手をばたばた振る。わたしは部屋の片隅で手招きをしているおばあちゃんのかたわらにしゃがみ、膝元にぽっかり空いた空間に身体をうずめる。「こうすればいいんだよ」とおばあちゃんがわたしの両耳を手でふさいでくれる。「ほらね、世界がうんと遠のいた。静けさの向こう側だ。手と耳はこのためにあるんだよ。だからおんなじ数なんだ。もうみんな、数には意味があるんだよ。いいや、なんだってそうさ。物事にはぜんぶ意味があるんだよ」

でも、騎士の略奪に意味なんてあるのだろうか？　おとうさんがいなくなったこと、エミールが死んだことには？

「こわいときは、いろんな言葉をつなげていくんだ」静寂の向こう側からおばあちゃんの声がする。「七つの耳、昼間をため込んだ貝がら、テントウムシの朝露、ダイヤモンドの屋根、燃える壁。ほらね、あんたはもうここにいない。言葉が増えれば増えるだけ世界が広がっていく」

三日月を結ぶ木、草木のない原っぱ、リンゴの鐘、ごぉん、ごぉん、ごぉん！

鐘の音がふたたび鳴り響き、地下室から出る。騎士が去ったあとの家は攪拌《かくはん》されたサラダみたい。だいたいの家具が壊れて、だいたいが奪われている。わたしたちは真っ先に家の前の地面を掘りかえす。地中に埋めたつぼに金目のものや食料を隠しているのだ。けど、ときに騎士はそれさえも掘りかえして奪ってしまう。こまめに場所を変えても、いつかは探り当てられる。それでもやらないよりはましだから指先を土色に染めて埋めては掘りかえす。つぼのふたを開けたとたん「あったわ、あったわよ!」だなんて、おかあさんは元からあったものがあったことに大喜び。するとおばあちゃんが部屋の片隅で笑い声をあげる。ひっひっひ。

家の補修に取りかかる。土壁のひび割れや穴に木板をあてがい、泥を塗る。窓枠に木の板を打ちつける。ただそれだけ。修理の道具も材料も乏しいし、もともと直すものなんてほとんどないから。「はじめっからなければ壊される心配もないからよ」とおかあさんは言う。「あたしに歯がないのも、それとおなじことなんだよ」とおばあちゃんが笑う。

ひっひっひ。

おばあちゃんはあんまりものを食べなくても平気だけど、おかあさんとおとうさんはあんまり平気じゃない。わたしはもっと平気じゃない。大きくなるには、ものをたくさん食べなくてはならない。だからわたしはよくおとうさんと食べものを探しに森へ出かける。ずっと前は田畑もあって家畜もいたけど、騎士に荒らされ殺されるから誰もやらなくなったのだ。

森は豊かで、夏にはたくさんの実がなるけど、町じゅうの人間が採りにくるのですぐになくなってしまう。わたしはやわらかそうな木の皮をべりべりはがしてかごに入れる。新芽をむしり取ってかごに入れる。「これなんか食べられそうだぞ」とおとうさんがブナの木の根元に生えていた赤いびらびらのキノコを採る。黄色い花も、丸っこい根っこも、褐色の草も。でも家に帰るなり、おかあさんがかごを外に放り投げる。「こんなもの食べられるわけないでしょ！」と包丁を振りまわす。おとうさんは包丁を遠ざけようとかごを振りまわし、キノコがぽんぽん飛んでゆく。赤っぽいのや青っぽいの、黄色っぽい点々がついたもの。空飛ぶキノコの家。砂金のつくつくぼうし、静けさを彫るキツツキ。わたしはおばあちゃんの胸元にうずくまり、両耳をふさいでもらう。「このうちもあとすこしで壊れそうだね」と静寂の向こう側から声がする。「壊れる余地があるだけましだよ。まだ壊れてないってことだからね」

町は壊れている。はなっからなければ壊される心配もないから、もうずっと。井戸の滑車が外れ、石畳はほとんどがめくれ上がっている。パン屋の看板が蔦《つた》に覆われている。玄関扉が朽ち、暗い口をぱっくり覗かせた廃屋が連なっている。でこぼこの道に犬っころの骨が転がっている。ちょん切れた人の手が転がっている。服を切り裂かれて、のどを切り裂かれた女たち。赤ん坊が返事のない泥だらけの乳房を吸っている。町の人たちはそれが誰であれ、死体を見つけるなり埋葬してあげる。鐘を鳴らして、また誰かが死んだことを教えてあげる。

ごぉん、ごぉん、ごぉん。

鐘が鳴りわたり、住民が広場に集まって、贈りものも棺もない、ただ埋めるだけの葬儀がはじまる。わたしのかたわらに子供たちがやって来る。「やっぱり、力をつけなくちゃ。エミールのところに行こう」

「そうだ、エミールに会おう」

「ぼくらのエミール！」

「あたしたちのエミール！」

「夢見るエミール！」

「殺し屋エミール！」

「偉大なる王エミール！」


「エミール！　エミール！　エミール！」

町はずれの河原。洟をすすってばかりいる子。やせっぽちの子。目やにだらけの子。いろんな子が集まってくるけど、エミールはひときわみすぼらしい。両親を騎士に殺されて以来、河原に掘った穴ぐらで暮らしている。もともと何色だったかも分からないぼろをまとい、髪はぼさぼさ、とげとげした種や枯草が絡みつき、ノミがたくさん跳ねている。エミール自身もノミみたいに威勢が良い。ぴょんぴょこ跳ねて、誰も届かない高所のマンゴーも取ってしまう。手製の弓でウサギやネズミを射止め、火であぶりもせずに食べてしまう。騎士が去ったあとの町を鳥の影のように人知れず駆けまわり、金を見つけては懐に入れ、ワイン樽に頭を突っ込んで酔っぱらう。廃屋からどっさりかき集めてきた本を掘った穴に保管し、干し肉をかじるようにして日々読んでいる。本は干し肉よりも豊かな滋養にあふれていて、骨や血肉がエミールという輪郭を満たしているのとおなじように、エミールという存在を隅々まで満たしている。

こんにちは、物知りエミール。

我らが救世主。

尊き殉教者。

「諸君、ぼくらは一刻も早く大人にならなくちゃいけない」と大きな岩に立ったエミールが演説をする。「騎士たちはその気になればこの町ぐらい簡単に壊滅させられるのに、ぜんぶを奪ったり壊したりしない。いつもある程度、再生の余地を残すんだ。そしてまたちょっと育ってきたら、刈る。その繰り返しだ。でも、ぼくらにはこの理不尽から町を守ってやる術がない。ぼくらには圧倒的に力が足りない。そして力をつけるには、大きくならなきゃいけない」

「でも、どうしたらいいの」

「まず、数をかぞえるんだ。かぞえれば時が進む。時が進めば、おおきくなる。つまり、一〇〇万かぞえるころには大人ぐらいおおきくなってる」

だからわたしたちは四〇九四、四〇九五、四〇九六とかぞえ、一ミリ、二ミリ、三ミリとわたしを積み上げてゆく。三万二三八、三万二三九、三万二四〇と、季節のめぐりを良くする。「乳と蜜の流れるところを求めて我いかん」とエミールが本から引用した言葉を唱えながら、野っ原を歩きまわる。エミールは目のバケツで本から言葉を汲み取り、声のバケツでわたしたちに注いでくれる。それでも足りない。すこしでもはやく大きくなるために、イナゴだってカエルだって食べられるものはなんでも食べる。いも虫だって、セミの抜け殻だって。うぇっ。うぐぐぐぐぐ。「泣くな！　ぼくらは大きくならなきゃならない」エミールはミミズをちゅるるっとすすってみせる。「なんでも食べるんだ、なんでも糧になるから」エミールはてのひらいっぱいの泥をほおばってみせる。「騎士に打ち勝つためには力をつけなくちゃいけない」エミールは白っぽい石をがりがりかじってみせる。「そうだ」「分かった」「そのとおりだ！」わたしたちはミミズを口のなかに放り込み、くちゃくちゃかむ。うぐ、うぐぐぐぐ。


「どうして大人は騎士に抵抗しようとしないの」

「もちろん、したわよ……。でも、無駄だったの」

「ホントにぜんぶためしたの？　防壁を築いたり、方陣を敷いたり」

「……どこで憶えたの、そんなこと」

「……ぜんぶためしたの？」

「ためしたわ。でも、無理だったの。仕方のないことなのよ。ぜんぶ仕方のないことなの」

おかあさんは寝返りを打つ。

　わたしは知っている。大人はぜんぶためしてなんかいない。なぜならエミールはやってのけたから。河原にいくつもの落とし穴を掘り、底に木製の鋭いスパイクを仕掛けておいた。こんな単純なことで、騎士を捕まえたのだ。騎士はおしりと腿にスパイクが刺さり、身動きひとつ取れないでいた。脂汗をにじませ、息を切らしながら、見たこともない激しい空色の瞳でわたしたちを見上げている。

「騎士にはいろんな種類がいるんだ」とエミールは背中の矢筒から石の矢を取り出す。「言語が違えば、顔形も、甲冑《かっちゅう》も違う。ブリガンダイン、レザーアーマーまでいろいろだ」

弓をきりきりと引き絞り、騎士の首を射貫く。騎士は血を吐き、びくびくけいれんする。うなだれる。エミールは穴の底に滑り降り、騎士の頭を蹴飛ばして、死んでいることを確かめる。鎧《よろい》の板金、鎖帷子《かたびら》、兜《かぶと》、大盾、甲冑、小手、物の具の切れ端、ぼろの下着をはぎ取り、穴の外に放り投げていく。わたしたちはかわりばんこに甲冑をつける。ぶかぶかで、おばあちゃんでも背負ったみたいにずっしり重い。汗と小便のまじりあった悪臭がする。騎士のにおいかもしれないけど、わたしたちのかも。たぶんその両方。

「このとおり、工夫を凝らせば騎士だって殺せる。でも、こんな姑息な手段じゃ意味がない。ぼくらが必要なのは、真っ正面からぶつかって打ち勝つ力だ」

おかあさんは力をつけたりしない。おとうさんにかわって、わたしと一緒に森に食べものを採りに行くとき以外は家から出ない。包丁を抱きかかえて床に横たわっているか、掃除をしてばかりいる。クモやテントウムシやハエの死骸、干からびた蝶々の羽、木くずをほうきで掃き出す。でも、土壁はひび割れや隙間だらけで、吹き込んでくる風が掃き出したものをもとに戻してしまう。「この家は自然の掃きだめだよ」とおかあさんは嘆きながら掃く。きっと自然はおかあさんの頭のなかにもたまっている。隅っこでまるまっていたおばあちゃんもほうきで掃き出そうとしたのだ。「いやだね、あたしだよ」とおばあちゃんは落ちくぼんだ目をぎょろりと向ける。「かなわないね、やめておくれよ」おかあさんはそれがおかしかったらしくて、ほうきの柄に寄りかかりながらあっははははって大笑いする。わたしまでなんだかおかしくなってきて、あっはははははって床の上を転げまわった。おばあちゃんだけが口元にでっかい真っ暗闇の穴ぼこを開けて、「やだね、あたしだよ」

でも、おかあさんは掃除をやめない。あっははははと笑いながらおばあちゃんを外に掃き出してしまった。風はクモの死骸を押し戻しても、おばあちゃんは戻してくれない。

真夜中、はっと目を覚ます。暗い天井。クモの巣。知らん顔のすきま風。「どうしたの」とかたわらでおかあさんの声がする。

「家が壊される夢を見たの。騎士が壁を打ち破ってきた」

「そう」

「柱もまっぷたつに割られて、屋根が落っこちてきた。もうみんな、ぺしゃんこ」

「そう」

「わたしたちは、どうしてここに留まり続けなくちゃいけないの？　この世界はすんごく広いんだって、友達が教えてくれたの」

「仕方ないことなのよ……。ここはわたしたちの生まれ育った土地だから。ほかに行く当てなんてないから」

おかあさんは肩をふるわせ、泣きだす。あったかい涙。止《と》め処《ど》なくあふれ出てくる。おかあさんは天然自然の湧き水なのだ。暗い地下水脈や光のしぶきに覆われた海につながっていて、果てない旅路を経てわたしのもとにめぐってくる。だから「ごめん、ごめんね、ありがとう」と頭を撫で、涙をちゅうちゅう吸ってあげる。「わたしがおかあさんを守ってあげるから、わたしが今にもおっきくなって、いろんなものをおかあさんに持ってきてあげるから」

ものを得るために、わたしたちは落とし穴を掘る。騎士たちがどすん、どっすん、どすんと落っこち、スパイクに突き刺さって、穴は牢獄に早変わり。ひとつの穴に腹を空かした黒い犬を放り込んで手足を嚙みちぎらせる。ひとつの穴にハチやアブを入れてふたをする。ひとつの穴に毒ヘビを放り込む。ひとつの穴を糞尿の海にする。ひとつの穴にぐつぐつ煮えたぎる泥水をぶっかける。わたしたちは穴を一つひとつ指さして、あっははは。ひとしきり笑い転げたあとで、しゃんと背筋を伸ばし、まだ息のある騎士ののど元目がけて弓矢を放つ。四方から一斉に射るものだから、大気が身震いしたかのようにびゅんびゅんうなる。騎士が絶命したら、持ちものをあさる。革の水筒、食べかけの干し肉。角笛。きれいな蝶々の櫛。きれいな器。きれいな紅のポートワイン。たまに騎兵が馬ごと穴に落ちることもあって、捕らえた馬はなによりのごちそうになる。騎士の持ちものや武具は、エミールのねぐらだった穴のなかに隠しておく。ときどき甲冑をとりだして、つけてみる。六万二九七五、まだぶかぶか、七万一八三九、まだぶかぶか、八万九五二二、まだ、まだ。きたるべき日に備え、長剣の素振りを続ける。捕まえた騎士を木の幹にくくりつけ、みぞおちを長槍で突く。戦斧《せんぷ》で首をちょん切り、胴の上に頭を後ろ前において、あっははははは。顔めがけて矢を放つ。右目に三五本の矢が刺さり、矢羽根の大輪が咲いたら、手に入れたゴブレットとはちみつ酒で祝杯をあげる。「エミールのために」

「エミールのために！」

エミールのために、エミールが見た夢の続きを見る。虫けらを食べて、石をかじって、九万一二五九、九万一二六〇。本の埋まっている穴を掘り起こして、原っぱで輪になり目のバケツでたくさんの言葉を汲む。エミールはトンカチで叩き込むようにして言葉の汲み方も教えてくれたのだ。本のなかにはヒガンバナやツキヨタケみたいに毒の言葉を持つものがあって、うっかり汲みでもしたら太陽が黄色に見えたり、世界最後の日に地中から死んだ人たちが這い出てきたり、腹下しよりも恐ろしい目に遭うことを教えてくれた。でもエミールはあらかじめ毒の本を焚き火にくべて、食べられる本だけを穴のなかに残しておいてくれた。だからエミールがいなくたって、エミールはいなくならない。エミールの食べていた草木や肉がわたしたちの輪郭をかたどってくれる。エミールの食べていた本がわたしたちの存在を満たしてくれる。わたしたちがわたしたちに敬礼。エミール！「エミール！」

真夜中、はっと目を覚ます。暗い天井。クモの巣。知らん顔のすきま風。

「どうしたの」

「みんな、いなくなった夢を見たの」

「そう」

「おとうさんは勝手に消えちゃった。ちょっと森に行ってくるって家から出ていって、それっきり」

「………」

「おばあちゃんはトイレで死んでた。扉が開きっぱなしだった。パンツに片足だけ突っ込んで、だぶだぶのおしりにたくさんしわが寄ってた。おしっこも漏らして、頭から血を流してた」

「………」

「エミールも。穴の底で、騎士と寄り添うようにして死んでた。短刀を首に刺されて。騎士がもう死んでると勘違いしたんじゃないかな。それで穴におりてみたら、短刀でぐさり。でも、笑ってた」

おかあさんはいつものように泣きはじめる。

わたしはおかあさんの頭を撫でてあげる。「おっきくなったら、ママを守ってあげるからね。大丈夫、すぐに大きくなるから」ごめん、ごめんねと念じながら、左右の目尻に交互に唇をあてる。「いっぱい数をかぞえるからね……」大きくならないといけないから、おかあさんの涙だって必要なの。「そしたらもうあっというまに大人だよ……」だからいっぱい泣いてちょうだい。「九万八七六六」ねぇ、また夢を見たの。「九万八七六七……」

ちょうだい、千の涙を
それから万、続けて万、万と万

二八万の陽気な子ヘビが
四九万の金の麦をつっつき
六八万のたぎる太陽から
八一万の星月夜を搾り取れば
一〇〇万の甲冑が涙で満たされる
ね、あっというま
もう騎士だって追い返せる
次はからっぽの家を埋めなくちゃ
大丈夫、涙を吸わなくとも
よそから吸い取ってきてあげるから
さあ、旗幟《きし》を鮮明に
荘園から城へ、主従の結びを固くして
旗幟はそのままに
戦地から戦地へ、騎士の冠を我がものに
旗幟を変えながら
武勲詩から史詩、散文から戯文を謳い歩き
あまい乳と蜜で古今空白を潤さん

真夜中、はっと目を覚ます。星のまたたき、野バラの香りと孤独な犬たちの遠吠え。うつらうつらしているあいだに薄明が染みわたり、赤やだいだい色や黄色の雲が広がってゆく。白湯をすすり、水晶の朝露を結んだ鎧をまとい馬にまたがる。平野の向こう、朝もやを透かして浮かび上がった町並み。立ちのぼる幾筋もの煙。営みの徴《しるし》だ。

わたしは左右に居並ぶ騎士たちを見、蒼天に剣をかかげる。

「我らが母のため、エミールのために！」

4.

Atlas of Cultures

文化のアトラス

アルカディア

緑深い山間《やまあい》に抱きかかえられた町、アルカディア。四季を通して色を忘れず、夏には桃の花が咲き乱れ、冬は美妙な雪化粧をまとう。山脈から流れ込む清冽な細流が葉脈のように町じゅうをめぐり、町の外に出るころには満々たる大河に長じて渓間をゆるやかに下ってゆく。快天の日には、ヒツジの大群が入道雲のごとく緑の山腹いっぱいに広がり、いちどきに放尿すればあたり一面が黄金色に光り輝く。これを眺望したかつての旅人はこの地を黄金郷エルドラドと呼んだという。

だが近年は発展著しく、アルカディアの原風景は急速に失われつつある。外界とをつなぐ唯一の山道は舗装され、日に四度ミニバスが行き来している。郊外ではリゾートホテルやスキー場の建設ラッシュがはじまり、人家では巣立ちした息子娘の部屋にベッドと間仕切り壁をしつらえ、表札をゲストハウスの看板に替えている。安居酒屋は瀟洒なオープンカフェに模様替えし、外国人旅行者が郷土料理の子羊のチーズ焼きとアニス入りのマルメロ酒に舌鼓を打ち、多言語が街頭を賑やかしている。

旅行者のお目当ては中央広場に位置した雪花石膏の巨大建造物、太い円柱に支えられた半径約二五メートルの円屋根の下に広がる〈アトラス〉だ。この日も昼下がりに外国人観光客の一団がぞろやって来て、見目好いガイドのミアが「こちらがアルカディアの伝統、〈アトラス〉になりまーす」と片手をかかげながら微笑みかけたところでツアーが幕を開ける。

アトラス・ツアー

遠望すると、〈アトラス〉には丘また丘が連なり、千々の山となり谷となって、起伏の連続が大陸をなし組み合わさって一個の世界をなしている。各大陸の形状や配置は現実世界のそれとは似ても似つかず、エデンの園やエリュシオンといった空想が混在する方位縮尺の狂った古代地図のようであり、大陸変動の歴史の一ページを切り取ったかのようでもある。ひいては個々人で認識が異なり、全体を見るか部分を見るかでも異なり、観光客はそちこちを指さしながらモナリザだ、アキレスの盾だ、マイケル・ジャクソンだ、と言い合うのが常である。

近接すると、〈アトラス〉が〈手〉というおびただしい数の紙片の集積であることが分かる。〈手〉はアルカディア産の葦《あし》からつくられた特殊な紙で、その名のとおり指のような五つの突起を持っている。耐久性に優れ、水で濡らせばくっつき合い、力を入れれば簡単にきれいに剝がせる。指先と指先を重ねるように貼り合わせる方法が主流だが、指と指を絡ませたり折り曲げたりすれば垂直にも容易に合わさる。

〈アトラス〉には地元民が二六時中出入りしており、既存の〈手〉を読み、新しく〈手〉に物語をしたため、既存の〈手〉に貼り合わせる。物語の大半は〈手〉一枚程度の掌編だ。

なぜ掌編なのか。その答えは専門家によりけりで、長編を書く根気がないから、心の大きさがその程度だから、世の物語全般のほうがくどくど長ったらしいのだ、云々。この日の〈アトラス〉ツアーを導くミアは「それはまあそういうものだからとしかお答えしようがありませんね」とさらりとかわしておいて、〈アトラス〉の偉観をためつすがめつ眺める観光客に説明を続ける。

「ご覧のとおり、周囲にはたくさんのベンチや、フルーツカクテルやシシカバブの屋台が並んでいまして、いつも大勢の地元民で賑わっています。みんな、酒を飲みながら四方山話《よもやま》をするようにして〈手〉に物語を書いているんですよ」

「〈手〉に書かれるのはどのような物語なんですか?」とデジタル一眼レフカメラを首からぶら下げた、堅物そうな銀縁メガネの男が質問をぶつける。

「千差万別ですが、どちらかというとフィクションが多いですね。神話、冒険譚、寓話、奇譚、艶笑小咄、それに日常を題材にしたものも。テイラー・スウィフトとの甘い一夜の夢を書く人もいれば、今晩つくる予定のエスカルゴ料理のことを書く人もいます」

「ふーむ、ふむふむ」と腕を組み、〈アトラス〉の写真撮影をはじめたほかのツアー客を見やりながら、「もひとつ質問を。〈手〉はどこに貼り付けてもいいんですか？」

「基本的には自由ですが、地元民は主題別に〈手〉を配置する傾向がありますね」

「主題というと、戦争とか、平和とか？」

「そうです。大陸別でみると、あそこの巨大な大陸は――〈アトラス〉で最も大きな大陸なのですが、おおよそが愛が主題の掌編で構成されています。そして愛の大陸内にも、慈愛、父性愛、友愛、孤独愛、小児性愛、偏愛、対物性愛、淫欲的な愛、卑しい愛、道ならぬ愛、移り気な愛、宮廷愛、さまざまな愛の形の掌編が分布していて、それらの多寡が山や谷を形作っているんです」

「あれ？」と首をひねり、かたわらの円柱に硬貨でイニシャルを刻む子供を横目で見やりながら、「物語の内容は千差万別と言いませんでした？　なのに、主題別に分かれている？」

「千差万別といっても、人が選ぶ主題なんておのずと数が限られますから。たとえば愛は普遍的な主題なので、期せずして一番大きな大陸になったと言われています」

「はぁ、そういうものですか」

「えぇ、そういうものなんですよ」と深々うなずいて、「そしてもうひとつ。主題ごとに分布しているとはいえ、愛の大陸のなかにも愛を主題としていない掌編もまざっています。要は割合の問題で、あそこは愛の物語が比較的多いから愛の大陸と呼ばれているんです。さらに言えば、なにをもって愛の物語と見なすかという問題もあります。一例を挙げると、性愛の高山の中腹には、緑の原野を疾駆する白馬の物語があります。一見、性愛とは無縁のように思えますが、ただ性愛の高山に位置しているだけで物語に登場する岩の形、空の青さ、たてがみのなびく感じまで性愛の比喩のようにも見えてくるんですよ」

「えーと、ちょっと待ってください。〈手〉を主題別に配置できるということは、アルカディアの人たちは〈アトラス〉内の〈手〉の分布も把握してるんですよね」

「毎日のように〈アトラス〉を読みあさってますから、大枠での主題の分布ぐらいなら知っています。すべての都市名は分からなくとも、ヨーロッパがどこにあって、スペインやマドリッドがどこにあるかは分かる。そのような感覚ですかね」

「ほぉ、ほぉ、ほぉ」と円柱に銅貨で相合い傘を彫りつけるカップルを見やりながら、「じゃあ最後にひとつだけ。〈アトラス〉はどのようにして始まったんですか？」

「良い質問ですね」とミアはにこりと笑う。「説明するとすこし長くなりますが、結論から言うと、よく分からないんですよ」

アトラスの起源

以前、某国立大学の文化学研究チームが〈アトラス〉最下層にあった数百種の〈手〉の断片の放射性炭素年代測定を行い、最も古いものでおよそ二〇〇〇年前であることを突き止めた。ただしこれはあくまで参考に過ぎない。最下層の〈手〉はただ古い〝傾向〟があるというだけで、比較的新しいものもまざっている。さらに、たといそれが現存する最古の〈手〉だったとしても、その年代が必ずしも〈アトラス〉自体の成立年代と一致するとはかぎらない。

これには複数の要因が挙げられる。

・読者効果――地元民が下の層から〈手〉を引っ張り出して読むことがあるため、地形は千変万化する。人によっては読んだ〈手〉をもとの位置に戻さず、手近な表層部に貼り合わせたり、その人が適当だと思う主題に合わせてべつの地域に移動させたりもする。
・人為的な破壊――読者効果の付随要素として、幾度となく読まれるうちに〈手〉は磨り減り、字がかき消え、破けてしまう。配置によっては踏みしだかれてゆくものもある。読めなくなった〈手〉は〈アトラス〉外に放り出され、まとめて焼却される。
・自然の脅威――アルカディアは降雨量の少ない地域ではあるが、〈アトラス〉をおさめている白亜の建物には壁がないため横なぐりの雨が吹けば〈手〉は浸食されるし、突風が吹けば飛ばされる。

特筆すべきことに、地元民には〈アトラス〉の保護意識が欠落している。これは「〈アトラス〉観」と称すべき独特の見地に基づくもので、彼らからすれば現今の〈アトラス〉がすべてであり、過去に消滅した〈手〉はてんから存在しなかったも同然なのである。

石の本

〈アトラス〉の一部地域には〈アトラス〉自体を扱った掌編が集中し、〈アトラス〉の起源に触れたものもまざっている。代表格が〈石の本〉だ。無算の掌編が綴じられた石の装丁の本で、かつてアルカディアの民のあいだで回し読みされており、自分の順番が回ってきたら、思い思いに新たな掌編を書き下ろして〈石の本〉に挿入していた。さらにおのが判断で既存の掌編を書き換えたり、注釈を加えたり、順番を入れ替えたり、破棄したりして、次の人に回す。この〈石の本〉がいつしか中央広場に固定され〈アトラス〉の原型になったのだという。とどのつまり、人の周りを本が回るのではなく本の周りを人が回るようになっただけで、基本原理は〈石の本〉となにひとつ変わっていないのだ。

だが〈石の本〉が実在したという物的証拠は見つかっておらず、あくまで〈手〉のなかでの言及のみに留まるため空言の域は出ない。〈アトラス〉という体系内で〈アトラス〉の起源や歴史ないし無矛盾性を証明するのは不可能なのである。

「とまあ、予告どおりすこし長い説明になってしまいましたが」とにこやかにミア。「〈アトラス〉についてなにも確かなことは言えないという事実は、研究者に甚大な衝撃を与えました。絶望し、酒に慰みを見出して、〈手〉に魅入られみずから物語を書きはじめた人もいます。そのままアルカディアに居着いてしまい、地元民と家庭を持ったり、土産物屋やレストラン、観光客向けのガイドをはじめたりなんかして……。じつをいうと、わたしもその口なんですよ」

意外なカミングアウトであったが、反応は絶無に等しい。ツアー客は長ったらしい説明に飽きて〈アトラス〉に分け入り、翻訳ツール片手に〈手〉を読みだしている。先までひとり熱心に質問していた銀縁メガネの男も売り子から〈手〉を購入し、ペンを走らせている。

アトラスN周旅行

「みなさーん!」とミアは諸手を挙げて声を張り上げる。「ここで〈アトラス〉の読み方についてすこし触れておきましょう。どの〈手〉から読みはじめてもいいし、どの〈手〉で読み終えてもかまいませんが、個人的なおすすめは、特定の地域に留まらず、〈アトラス〉全体にわたって広く、深く読み進めていくことです。〈アトラス〉のすばらしい点は、おなじルートを何遍たどっても、その都度異なる景色を見られるということにあります。みなさんが〈アトラス〉を一周しているあいだに誰かが新たに〈手〉を加え、誰かが〈手〉を読むことで、たえず全体が変動していくからです。そしてもちろん、みなさんが〈手〉を読むことでも、べつの誰かが目にする風景に影響を与えることになるんですよ」

現実の世界地図の中心は任意的だが、〈アトラス〉は地球平面説よろしく二次元平面上の構成物なのでいちおうの中心がある。現時点でのそれは「文化」主題の大陸であり、祭事や音楽や映画が副主題となった山稜や、〈アトラス〉という文化自体を叙述した丘などがある。「文化」の大陸から西方に進むと「建築物」、「都市」、「歴史」、「宗教」、「神話」などが主題の大陸に行き当たる。隣り合う大陸の主題は捉えようによっては結びつきが深く、階調のようになめらかに移り変わっているようにも見える。

「主体性をもって臨みさえすれば〈アトラス〉は実に多様な顔を見せてくれます」とミアはなおも言葉を繰るが、ツアー客は相づちすら打たず、〈手〉から〈手〉へと読み移りながら四散してゆく。それでもミアはへこたれることなく両手を口にそえる。「たとえば、似通った着想、表現、構造、モチーフ、あらすじの物語が、複数の地域にまたがって散逸していることにも気がつくはずです！」

その手の物語群のひとつに騎士物語がある。主として二大勢力の騎士団の戦さが本筋だが、掌編によって部分部分が書き換えられていたり、六行六連詩で綴られていたり、友愛や高潔な騎士道精神など微妙に異なる側面が強調されている。騎士が墓穴から愛しの女性を掘り返して蘇生させるもの、継ぎ接ぎの甲冑をまとった憂い顔の老爺《ろうや》があやかしの怪物と戦うもの、強壮な女騎士が魔法の長槍で幾千の敵兵をなぎ払うものもあり、それぞれがそれぞれのオマージュとも捉えられる。このようにして特定の要素がべつの物語で再登場したり、べつの形で再表現されたりする現象のことを「ローレンツ変換」という。

これは読み手が書き手でもあるために起こる現象である。騎士物語は地元民の心にひときわ雄渾《ゆうこん》な残光を焼きつけ、すこしずつ手を加えられ、変容しながら〈アトラス〉内を循環しているのだ。過去に没した幾多の掌編の血肉も現存する掌編のなかに息づいているはずで、一作品の小窓から悠久の物語史を連綿と垣間見ることもできる。

「それだけじゃありませーん！」と、遠ざかってゆくツアー客との距離に比例し、ミアの声も次第次第に大きくなっていく。「一見ばらばらに思える掌編も、組み合わせ次第ではなにがしかの連続性を見出せるんです！」

舞台、登場人物、モチーフの共通項を見出せれば、掌編の連なりが中編となり長編となって『イリアス』さながらの大長編に長じる。特定の人名で結びつければ同一人物がいくつもの異世界を渡り歩く『アエネイス』さながらの冒険譚が、特定の舞台なら『人間喜劇』さながらの群像劇が浮かび上がる。続編、前日譚、番外編、枠物語の枠部分、評論、手引き、図書目録、まえがき、あとがき、書簡形式の物語と、ほかの物語と結ばれることではじめて意味を獲得したり、順序によって意味が生じたりする掌編も存在する。

「時とともに〈手〉は入れ替わってゆくので！　いつか必ずお気に入りの物語に出会えるはずです！　それにみなさんは編者のみならず筆者にもなれるんですから！　既存の言葉をみずから練り直し！　新たに掌編を書き下ろして！　橋を渡すことだって！　で・き・る・ん・で・す！」

世界N周旅行

ミアはぜいぜい息を切らしながら言葉をおき、膝に手をおく。ツアー客のすがたはない。

〈手〉の山や谷に隠れ、気配が絶えてしまった。彼女はきょろきょろ見回しながらふたたびしゃべりだす。

「さて、ここ数十年で〈アトラス〉の多様性は飛躍的に高まりました。アルカディアにテレビやインターネットが普及し、外の世界の文学、映画、絵画が流入するようになって、外から来た人間が〈手〉を加えるケースも増えてきています。ジャンル、モチーフ、主義思想は格段に豊かになり、〈手〉の消滅と再生のサイクルが加速して、〈アトラス〉の地形は嵐の海のように目まぐるしく変動を繰り返しています」

と、言葉を切り〈アトラス〉の外縁を回りだす。〈手〉の山の裏や谷の底に目を向けながら不安げな声で続ける。

「とはいえ、〈アトラス〉の物語の出入はなにも一方通行ではありません。これまでにも数百、数千という作家が外の世界から訪れ、〈アトラス〉からいくつもの物語を編み、写生し、潤色し、多言語に翻訳して世に送り出してきました。なかにはそうした行為を盗用剽窃《ひょうせつ》として非難する人もいるようですが、当の地元民は気にも留めていないというのが実情です。そもそも彼らは、外の人たちが〈アトラス〉に〈手〉を加えることすら気にしていないのですから。むしろそうした開放性こそが、〈アトラス〉のあるべきすがただと思っている節すらあります」

と、一周したところで首を大きくかしげ、きびすを返す。

「今となれば、原典のありかも不確かになってしまいました。〈アトラス〉から流出した物語に影響を受けた人々がアルカディアの地を踏み、〈アトラス〉に〈手〉を加えるようになってきているからです。ですから、いったいどれが原典で、どれが後続作品なのかなどと悩む必要はありません。〈手〉はそれ自体が一個の独立した世界なのであり、みなさんはただ主観的に、選択的に組み合わせて、みずからの旅路を切り拓けばいいのです。アルカディア本位で考えれば、現状は〈アトラス〉が世界に広がっただけの話であり、本の周りを人が回るという基本原理はやはり変わっていないのですから」

と、半周したところで立ち止まり、足下に射し込んだ大きな影に目を落とす。はたと頭上を仰ぎ見、口をあんぐり開けて、「あ、そちらにいらしたんですね」

にっと微笑み、なおも青天井を見上げながら言葉を継ぐ。「じっさいにあなたがこうしてわたしの言葉に耳を傾けているように、世の人はみな知らず知らずのうちに〈アトラス〉の旅に出ているのであり、人間や動植物、海や山や森、あまねくすべてのものはいずれ昔日の面影となり、空虚な言葉の箱船に乗って〈アトラス〉をさまよったすえ、〈アトラス〉のなかの〈アトラス〉に還ることになるのです」

激流

一ヶ月ほど前、わたしと妻はかねてより切望していた〈チャラテリー六泊七日間ツアー〉に参加した。

チャラテリーとはゆるやかな蛇行を繰り返しながら延びる全長二〇〇〇キロほどの大河で、それ自体がひとつの国である。興りとしては、とある国で内戦が勃発し、民衆が緩衝地帯だったこの大河を渡って他国に逃れようとしたところ、受け入れてもらえずボート暮らしをはじめた。船上生活が長引くにつれ人々は組織だち、そちこちで集落を築くようになって、ついには一国の独立に至ったとのことだ。

政治情勢は河面《かわも》のように不安定で、これまで数々の政変とテロが発生し、現在も各国外務省から渡航延期の勧告が出されているが、外貨獲得とイメージ改善を目指すチャラテリー政府は近年観光業に注力しており、その一環として〈チャラテリー六泊七日間ツアー〉を打ち出した。参加者の行動はある程度制限されるものの、軍人の警護つきで下流から上流まで見てまわることが可能だという。

出入国手段は陸と河路にかぎられるため、まずは隣国で手配したジープで下流域の国境検問所に向かった。大河に接岸された浮体式設備で、厳密なX線検査と質疑応答ののち、ヘビの文様の入国スタンプをパスポートに押してもらった。管理局を抜けた先のバースでは何艘もの中型船舶が係留ロープでつながれていた。指示に従いベンチに腰掛けていると、うち一艘からひとりの青年がタラップを渡ってきた。

「本日はようこそおいでくださいました」

折り目正しく手を差し伸べてきたのは観光省のガイドだった。きれいに刈り込まれた黒い短髪、身体の線こそ細いものの精悍な顔つきをしている。

「さぞお疲れのことでしょう。ほかのみなさんも、この国に来るまでがひとつの旅のようだったと言ってましたから」

案内されたツアー船の甲板ではすでに七名のツアー客がカクテルグラス片手に談笑していた。黄色い眼光をたぎらせた歴史学者の女性、浅黒く日焼けした旅行作家の男性、あごひげを蓄えた太っちょの貿易商、常夜灯のように片時も笑みを絶やさない投資家の老夫婦……。触れ込みどおり警備は厳重で、船首船尾には小銃を携帯した軍人が幾人も立っている。

出航後、ガイドがあらためてツアーを説明した。

「今回、みなさんには一週間かけて下流、中流、上流を順々に見学していただきます。この国はまだ歴史が浅いため、史跡や名所はあまりありませんが、流れに逆らって進んでいくだけでチャラテリーのおおよそが窺い知れると思います。この大河は他に類を見ないほど流れが激しく、それ自体が当国の礎《いしずえ》になっているからです。このツアー船もその一部といえるでしょう。中流域の民間船舶とおなじ型なので、みなさんもこの船で過ごすことで、多少なりともチャラテリーの生活風景がつかめるはずです」

一日目は下流域を甲板の欄干越しに見学した。

泥濁りした広大な流域で、中ほどまで来ると海さながら岸が視界から消えた。下流とは思えないほど急流だ。ところどころ険しい黒岩が河面から顔を覗かせ、周辺を粗末な船舶がひしめき合っている。威勢の良いかけ声とともに投網漁や底引き網漁が行われている。流れてくるゴミやくず鉄も一緒に漁られているようだ。

ひときわ目を引いたのは、河岸沿いに延々続く高さ一〇メートルほどのコンクリート壁だった。付近をチャラテリーの国旗を掲揚する巡視船が巡回している。

ガイドによると、壁は難民流出対策として隣国五カ国と一致協力し、国境沿いに建設されたのだという。

「国境の壁には、この国とおなじぐらい長い歴史があります。最初に建設されたものは高さも二メートルほどで、もっと粗末な造りでした。しかし亡命者が相次いだために改築や強化が繰り返されて、現在のかたちになったんです」

「そういえば最近も、壁の爆破を狙ったテロ事件がありましたよね」歴史学者が咎めるような目つきで言った。「水際で食い止められたけど、実行犯は最下流域の出身だったとか」

「国境の壁に対する抗議的テロでした」とためらいがちに答えた。「残念なことに、そうしたテロ事件はいまだあとを絶ちません。難民が築いた国だったというのに、いまだに難民が絶えないというのはなんとも皮肉な話ですが……」

ガイドはそれ以上の言明を避けたが、あとで歴史学者から聞いたところ、最下流域では、大勢の貧困層が工業廃水や汚水で混濁した水のなか、河上から流れてくるゴミやスクラップを集めて糊口をしのいでいるという。犯罪の温床にもなっており、ギャングやテロ組織がたびたび政府と衝突を起こしているそうだ。

二日目はチャラテリーを遡航した。

下流域を離れるにつれ、民間船舶がまばらになってきた。水流は激しさを増し、ところによって渦を巻いている。この河にはそうした特殊な環境に順応し、進化した固有種が数多棲息しており、一度、銀色のうろこを持った小魚の群れが扇状のヒレで河面を打ち、水切りのように小刻みに飛び跳ねながら遡上していく様を目撃した。

河の一角にあった浮体式設備では縦長のモジュールから炎が吹き上がり、巨大な貨物船が横づけされていた。

「石油やガスなどの天然資源が採掘されています」とガイドは言った。「チャラテリーの財源を支える大事な輸出物で、この国の大半の船舶が動いています」

途中、分厚いコンクリート製の水門と軍事施設船からなるチェックポイントをいくつも通過した。ツアー船こそ観光省のはからいで円滑に通過できたが、遡上する船舶には厳密な審査が設けられており、数十艘もの船舶が長い列を作っていた。

他方、河を下る船舶には無関心といってもいいほど審査は緩かった。あごひげの貿易商が言うには「この国の根底にある、弱者に対する排他的原理に基づいているんでしょう」とのことだ。この国の貧富の差はモーターに如実に表れ、脆弱なモーターでは荒れ狂う奔流に逆らえず、貧困層は必然と下流に流される。高性能のモーターは高額で、貧困層には手が出せないため下流域に留まることを余儀なくされるのだ。

ツアー船は快適で、わたしと妻の部屋はこぢんまりとしていながらも清潔なベッドとユニットバスが備わっていた。シーツはぱりっとしていて、ランのような甘い香りが染み込んでいた。この船には上流域まで遡上可能な高性能モーターが搭載されているそうだが、チャラテリー独自の平衡維持装置のおかげで揺れはほとんど感じず、船酔いに悩まされることなく快眠できた。

食事の席では、チャラテリー特産のヨルノハテヘノタビやアメリカノマスツリのグリルに舌鼓を打ち、ツアー客と親交を深めた。酒が回ってくると歴史学者や旅行作家がチャラテリーの体制批判をはじめ、投資家の妻が品の良い微笑とともに注意を促した。

「みなさん、発言にはすこし気をつけたほうがいいかもしれませんよ。こういうお国柄ですし、どこに虫が止まっているともかぎりませんからね」

するとすかさずガイドが「ところでみなさん、わたしがいることもどうかお忘れなく」と一言添え、一同の笑いを誘うのだった。

三日目の正午過ぎ、中流域最大の街に到着した。

河幅は一五キロメートルほど、荒れ狂う激流をものともせず、焦げ茶に群青に菫《すみれ》色にと色とりどりのボートが整然と並んでいる。これがチャラテリーの見どころのひとつらしく、住所を持たない民家船は空いている位置に絶え間なく移動するため、街全体が不定のモザイク画を織りなしていく(住民は郵便船舶に私書箱を持っているそうだ)。過去にはモナリザや世界地図が浮かび上がったこともあるという。

ツアー客は軍人の同行を条件に二日間の自由行動が許された。わたしと妻は軍人の操縦する小型艇で商業用の大型船舶が居並ぶメインストリームをドライブした。レストラン、スポーツジム、ブティック船舶の前に小型ボートが横づけされ、ロープやタラップで連結されたボート間を子供たちが飛び跳ね、追いかけっこをしている。水上マーケットでは、妻がボヴァリーフジンの干物とデミアン焼きをつまみ、テルリア帽をふたつ購入してわたしの頭にも載せてきた。

ツアー船に帰還したころには夜のとばりが降り、甲板でツアー客がたがいの一日を興奮まじりに伝え合っていた。あごひげの貿易商は将来的な買い付けを視野に入れ、この国特産の防水性に優れたエナメル素材を使った衣類の卸売店をまわったらしい。

老夫婦は郊外の天然資源採掘現場を見学したそうで、夫がにこにこ微笑むなか、妻が「掘削リグや液化施設までつぶさに見せてもらいましたわ」と嬉しそうに語ってきた。

昨晩の酒盛りで意気投合した歴史学者と旅行作家はともに書店に赴き、チャラテリーの書籍をスーツケースいっぱいに買い込んできたのだという。「おれが思うに、この国の歴史書はぜんぶ一大ファンタジーとして売り出せるね」と旅行作家は鼻息を荒らげていた。

四日目の深夜、ツアー船はふたたび出航した。二日にわたる長い移動となったが、中流域での自由行動にすっかり満足していたわたしと妻は自室でゆったりと本を繰り、撮影した写真を整理して、船窓に流れゆく街々に眺め入った。

五日目の夕食後、甲板から月明かりのカーペットを眺めていたとき、上流のほうで揺らめくほの白い明かりが見えた。波の音にまじって、間延びした声がかすかに聞こえてくる。

「朗読漁ですよ」とガイドがなだめすかすような口調で言った。「このあたりには詩歌に引き寄せられる生きものが数多く棲息しています。彼らの好みは日によって変わるので、漁師は毎晩さまざまな詩歌を詠んで、その時々の好みを見つけ出すんです」

数分後、ツアー船は一艘の漁船に接近した。

白光照明の下、大柄な男が胸に手をあて、恍惚とした面持ちで口を動かしていた。かたわらでは三人の年若い男が水面に取り網をのばしている。河面は煮えたぎる熱湯のようだ。泡だち、しぶき、大量のエプタメロンが飛び跳ねている。ニンゲンギライとユートピアが渦を巻き、熱湯からたまらず飛び出すかのようにパンセがすさまじい勢いで甲板に乗り上げている。

すれ違いざま、漁師の大音声《おんじよう》が聞こえてきた。古来よりチャラテリーに口承されてきたという『アンティゴネー』の一節だ。

ああ墓よ、ああ花嫁の間《ま》よ、ああ永遠《とわ》の牢屋《ひとや》なる
土深き住処《すみか》よ。私はそこへ、懐かしい人たちのところへ行く。

歌声は豊潤この上なく、哀切きわまりない調子で詠われ、ツアー客は手すりから身を乗り出し今にも落ちそうになった。

上流域に入ったのは六日目の昼下がりだった。河幅は約五キロに狭まり、水面は目まぐるしく浮沈している。平衡維持装置がフル稼働していてもなお揺れが感じられた。チェックポイントの間隔が短くなり、民間船舶がすがたを消すと、巨大船舶の群れが出現しはじめた。数こそ少ないものの、一つひとつが途方もなく巨大だ。豪華客船風の宏壮な集合住宅船に、複数の巨大船舶が連結されたショッピングモール船がある。航行中の船舶は見当たらず、轟々たる波の音が一帯を支配していた。

「上流域は政府施設が集中しています」とガイド。「わたしが勤める観光省もあそこに見える、大きな薄灰色の船舶に入っています。内部には専用ドックがあって、このツアー船程度であればそのまま入船できる仕様になっているんですよ」

政府施設連なるメインストリームの終わりには、大統領官邸船が峨々《がが》たる連峰のごとくそびえ立っていた。大河は大統領官邸船の裏手、すなわちふたつの隣国と国境を分かつ支流まで延びているらしいが、ここから先は大型船舶の立ち入れない浅瀬となり、あとには軍事施設船のみが連なるとのことだった。

ツアー船はここで引き返し、各省の巨大船舶や、一枚岩の上に築かれた銃を掲げる初代大統領像をまわった。歴史民族博物館船では小型ボートに乗り換え、流れに沿って歴史的展示物を鑑賞した。最後の一角ではチャラテリーのミニチュア模型のなかを進み、下流から上流域までの河のぼりを疑似体験した。

その後は大統領御用達の高級レストラン船に入り、上流域でしか獲れない珍味佳肴《かこう》のオデュッセイアのアルゴナウティカ風ムニエル、ツレヅレグサのサラダ、ラーマーヤナの姿煮を堪能した。最中、ローランノウタの仮面をつけた踊り子たちが小ステージに登場し、足腰を激しく揺らす伝統舞踊を披露してくれた。

今宵の宿泊先は、金細工のちりばめられた絢爛豪華な高級ホテル船だった。ツアー客はみなぐったりとしていた。長旅の疲れもあっただろうが、上流域独特の慌ただしげなリズムやもてなしに、興がそがれたというのもあったのかもしれない。わたしと妻はガイドのあとを影のようについてまわるばかりだったし、貿易商は足取り重く、いつも以上にあごひげが垂れて見えた。おしゃべりな歴史学者と旅行作家も言葉少なに歩いていた。唯一、投資家の老夫婦だけがにこやかな笑みを振りまいていた。

夜更け、胸騒ぎに目を覚ました。横を向くと、妻も目を開け、天井の一点を見つめている。くぐもった叫び声が闇を引き裂いた。

悲鳴。サイレン。

着の身着のまま外に飛び出すと、甲板へと続く通路に大勢の宿泊客が出ていた。視線はなべて、彼方に浮かぶ一点の明かりに向けられている。夜にナイフが突き立てられたかのような赤黒い光だ。

立ちすくんでいると、ガイドが駆け足でやって来た。

「すぐに荷物を持ってわたしと一緒に来てください」

表情こそ平生どおりだが、その声は有無を言わさぬ迫力にみなぎっていた。

わたしたちはすぐさま荷物をまとめ、ガイドに続いてツアー船に乗り込んだ。波はいつになく不穏に揺らぎ、船もろともわたしたちのこころを揺さぶってきた。震える妻を抱きながら甲板で待機していると、残りのツアー客も軍人につれられやって来た。しどけない寝間着姿でスーツケースを転がしている。

ツアー船が動きだすと、ガイドが甲板の中央に立ち、きびきびと説明をした。

「みなさんには今から出入国管理局に向かっていただきます。隣国の関係者にもすでに連絡を取ってあるので、出国は滞りなくいくはずです。こんなかたちで別れを告げることになってしまい、たいへん申し訳ありません」

この突然の決定に、異議を唱える者はいなかった。誰もが徐々に遠ざかってゆく紅の明かりに寂寞《じゃくまく》とした視線を送り、ひそめたささやきを交わしている。妻はわたしの手を強く握りしめ、貿易商はその場にじっとうずくまっていた。歴史学者と旅行作家は欄干にもたれ、肩を寄せ合っていた。このときになって投資家の老夫婦がどこにも見当たらないことに気がついた。

A♯

今でこそ世界中が〈A♯〉に魅了されているが、小都市ブルーノートで鳴りだした当初は誰もが苦り切り、うぇーっと舌を突き出したものである。

デザイナーのキャロル・チャップマンの場合、けたたましい音に呼び起こされた。管楽器だ。五メートル先で吹き鳴らされているような音量で、一定のテンポとリズム、同一の音高ながら「ぷぉー、ぷぉ、ぷぉん、ぷぉっ、ぷぉっ、ぷぉっ」と断続的に鳴り続けている。

キャロルはベッドから飛び降り、ドンッと寝室の扉を開けた。廊下でTシャツ、ハーフパンツすがたの夫テリーと鉢合わせになるや、「この音、なんなわけ？」とぶっきらぼうに訊く。

「サックスみたいだけどな」テリーは寝癖のついた後頭部を掻きながら言った。

「サックス？　てか、トランペットでしょ。それにあたしが訊いたのは、どこで鳴ってるのかってこと」

趣味でピストン・トランペットを吹くテリーにはサックスにしか聞こえなかったが、キャロルの凄みのある声と目つきに圧され、「ごめんなさい、分かりません」と引き下がった。彼は昨晩、先々日の無断外泊をめぐって彼女と大喧嘩をし、リビングのソファで寝るはめになったのだ。

ふたりは無言で家じゅうを探しまわったが、音源はどこにも見つからなかった。それでも「ぷぉ、ぷぉーっ」と楽の音は続く。しかも両の耳朶を均等に打っているようだ。

「となりの家かな」

「朝っぱらから吹くなんて、通報ものね」

出勤の時間が迫ってきたので、ふたりは手早く着替えを済ませコーヒーを沸かした。その間もキャロルはトランペットの音に文句を言い続け、矛先は先々日の無断外泊の件にまで向けられた。テリーは昨晩とおなじ言い訳を連ねたが、彼女の怒りはサックスの音のように吹き荒れた。彼はたまらず早朝ミーティングがあるからと言い、コーヒーが沸く前に家から逃げ出した。

同時刻、中心街でも大勢の通行人があちこちに目を配っていた。顔を見合わせる者、肩を竦める者、すまし顔で歩く者もいる。

不動産会社勤務のグレアム・ペイリンの場合、オフィスに着くなり、同僚たちと鳴り響く楽の音について話し合った。グレアムはチェロの音だと言い張ったが、ほかの同僚はコントラバス、トロンボーン、ウクレレとてんでばらばらだった。それでいて口真似をしてみたところ「ぼぼん、ぼん、ぼんぼぼん」「ぷぷん、ぷん、ぷんぷぷん」「しゃしゃん、しゃん、しゃんしゃしゃん」とリズムや音高は同一だった。

グレアムの仕事はチェロの音に大いに邪魔された。タイピングのリズムが狂って誤字脱字を繰り返し、商談先への電話も、受話器を持っていないほうの手で片耳をおさえ、大声でしゃべった。失礼は承知の上だったが、結局、電話相手も叫んでいたので問題にはならなかった。

昼休み、同僚と耳栓を買いに走ると、どの店も人でごった返し、深刻な耳栓不足に陥っていた。三軒目でなんとか入手できたが、不思議なことに耳栓をつけても音量は変わりなかった。

夕刻、妻から「家がひっくり返ってるから早く帰ってきて」というメールを受け取り、グレアムは軽い目眩を覚えながら大急ぎで家路に就いた。玄関扉を開けると、たしかに家がひっくり返っていた。靴箱がひっくり返り、洗濯かごがひっくり返り、ビスチェやブリーフが裏返っていた。リビングではおもちゃ箱がひっくり返り、ひっくり返ったテーブルの上に四人の子供が並んでいた。「どぅぼんどぅぼんどぼん」、「ぴっぴぴっぴぴん」、「ちゃらんちゃらんちゃん」、「ぷっけぷっけぷけん」と口ずさみながら小刻みに飛び跳ねている。その前では、椅子に腰掛けたグレアムの父母が満面の笑みで手拍子をしていた。

どこからか赤ん坊の泣き声が聞こえると思ったら、妻が部屋の片隅でしゃがみ込み、両手に顔をうずめ泣きじゃくっていた。

ギタリストのジョン・ギリアムの場合、夜半、噴水広場のブティックのシャッターの前に腰を下ろし、アコースティックギターのハードケースを開いた。日中の蒸し暑い倉庫での梱包作業のせいでぐったりしていた。今日は小うるさいボスのテリーが「サックスが小言みたいに鳴りやまない！」といつになく殺気立ち、当てつけのように仕事量を増やしてきたので疲労感もひとしおだった。

ジョンは苦悶に満ちた通行人に同情のまなざしを向けながらギターを調弦した。彼はというと、毎週末のライブハウスでのアルバイトのおかげで騒々しい楽器演奏に慣れていたため、断続的に鳴り響くアコーディオンの音もさほど苦にしていなかった。

五弦の「A」を合わせていたとき、頭のなかに響くアコーディオンのテンポがBPM＝一二〇であり、寸分の狂いもない音高「A♯」であることを発見した。なぜ半音上げなのだろうと訝りつつ、ジョンはいつもどおり自作曲の演奏をはじめた。けれど出だしの「B」から戦慄が走り、続く「A」と「E」には吐き気すら催した。〈A♯〉と重なり合った一連のコードは聞くに堪えない不協和音だったのだ。

その後も〈A♯〉は寸刻も止むことなく猖獗《しょうけつ》を極めた。

住民はまんじりともせず一夜を明かし、たとえ眠れたところで〈A♯〉は夢のなかでも鳴り響いた。〈悪魔の響き〉と嫌忌され、連日、警察官やボランティアが総出で〝悪魔〟探しに奔走した。耳鼻科には長蛇の列ができ、医師は片端から診たがなんの異常も認められず、捌《さば》ききれないために「原因不明です」とことごとく診断をくだした。だがなかには本当の耳の疾患を抱えた者もおり、これがのちにいう〈A♯医療問題〉につながった。

一週間が過ぎたころには他地域に疎開する〈A♯避難民〉が出はじめた。どういうわけか、街から十分に離れれば〈A♯〉は聞こえなくなったのだ。

研究機関では音響学の専門家が〈A♯〉の原因究明にあたっていたが、プラズマ現象、集団催眠、地鳴りなどの空説が出るばかりで暗礁に乗り上げていた。〈A♯〉は純粋な音の波とは性質を異にするらしく、いかなる測定機器にも干渉しなかったのだ。唯一推察できたのは〝悪魔〟が耳あるいは脳内に潜んでいる可能性があるということぐらいで、それも経験則による当てずっぽうに過ぎなかった。

そんな専門家のひとりであるエリカ・アイドルの場合、鳴りやまないアイリッシュ・ハープの音、実りない研究、効果のない消音スピーカーの設置作業に日々苛立《いらだ》ちを募らせていた。そして通算一二八個目の消音スピーカーを道ばたに配置していたとき、ついに頭のなかの何かがぶちんと切れた。両手で両耳をふさぐや、白衣すがたのまま「わーっ！」と走りだし、消音スピーカーを次々と蹴飛ばしていった。血眼《ちまなこ》になって〝悪魔〟探しをしていた人々から「うるさい！」と頭ごなしに怒鳴られたが、両耳を塞ぎながら奇声をあげていたので彼女の耳には届かなかった。

「わあああああああっ！」と通りという通りを走り抜け、噴水広場に出た。目に飛び込んできたのは、ブティックのシャッターの前にできていた人だかりだった。彼らの顔には久しく見ていない安らぎの表情が浮かんでいた。不思議に思ったエリカは口をつぐみ、両手をおろして人だかりに加わった。

その中心に、ジョン・ギリアムがいた。

ジョンは不協和音に苛《さいな》まれたあげく、ギターのチューニングを半音上げ、すべての楽曲の調を「Ａ♯」に変更していた。効果はてきめんだった。各人の頭に響く〈Ａ♯〉の楽器の種類は異なれど、リズムとテンポはおなじだったので、ギターの旋律と合わさったそれは諧調の妙をなしたのだ。

この中和効果に気をよくしたエリカは、興奮のあまり「わあああああああああああああっ！」と絶叫しながら自宅アパートに走って帰った。彼女の部屋は研究三昧のせいでゴミ屋敷と化していたが、臆することなくゴミの山に飛び込むと、へし折れたクリスマスツリー、ベティ・ブープの抱き枕、コンゴウインコの人形つきの鳥かごを掻き分け、奥底からソプラノ・クラリネットを掘り起こした。そしてゴミの山から顔だけひょっこり出すと「ぷぅーっ！」と吹きはじめた。それはいつかの誕生日に父からプレゼントされたもので、手慰み程度にしか触ったことがなくお世辞にも上手いとは言えなかったが、〈Ａ♯〉のでたらめな独奏よりは遥かに増しだった。現に近隣住民から苦情は来なかったし、翌朝には「どんどん吹いてくれ」という匿名の手紙も郵便受けに投函されていた。

「Ａ♯にはＡ♯を、ＢＰＭ＝一二〇には一二〇を」

〈A♯〉の発生から三ヶ月あまりが経過したころ、そんな出自不明の金言が街じゅうに広まり、住民はこぞって楽器を手にした。民家、市役所、学校とコール&レスポンス形式でアコーディオン、バンジョー、シタールが奏でられ、通りから通りへ、昼から夜へと移り変わるにつれ、主旋律もグラデーションのようになだらかに移り変わっていった。
住民は七色の〈A♯楽〉に合わせメロディアスに会話を交わした。

こんにちは、おとなりさん
今日はあいにくのお天気で
あらホント、やだ、やだ、やだ
ネコとかイヌでも降ってきそう

噴水広場は昼夜奏者であふれかえった。演奏に疲れたら聴衆側にまわり、小休止したらまた楽器を手に取った。楽器屋はリヤカーに楽器を積んで売り歩き、食べものの売り子も赤いタンバリンをたたき客寄せの歌をうたいながら練り歩いた。

ちょいとそこの、グルーピーなお兄さん
チキンウィング、おひとつどう
今ならおまけに、あたしのスマイルつき
ふたつ買ってくれたら、電話番号つき

みっつなら?
それは買ってからのお楽しみ

オフィスにもドラムやシンセサイザーが設置され、商談相手とも契約成立後には杯を合わせるようにジャムセッションをした。一見、真面目そうにパソコン作業をしている者も、実は演奏用の打ち込みに心を砕いているのだった。目抜き通りのオープンカフェでは若い男女が舞踏つきで即興演奏をし、たがいの相性を見極めた。

きみのユーフォニウムが、ぼくのユーフォリア
ふりふりスカートも、恥じらいも脱ぎ捨てて
いっしょに幸福を吹き鳴らそうじゃないか
えぇ、いいわよ
来々世ならね

世界各国から〈A♯〉の噂を聞きつけたマスコミがやって来たが、すぐと熱狂的な音の渦に呑み込まれ、テレビリポーターは取材マイクを自分に向けてうたいだした。

ハロー、ワン、ツー、ハロー、スリー、
こちらブルーノート

まあ見てのとおりの、どんちゃん騒ぎでして
インタビューをと思っていたのですが
オー・ベイビー
ショート&ジャイアント・ステップ
だなんて、もうどうにも止まりません
ワン・ダン・ドゥードル、イエェー！
えー、スタジオにお返しします

世界的な有名ミュージシャンも訪れたが、誰もが住民の演奏レベルの高さに度肝を抜かれた。快適な生活環境の構築のためだけに捧げられた演奏は匠の極みにまで達していたのだ。

一部のミュージシャンは街の各所で日ごとのライブ演奏を録音し、『ブルーノート、第○区△△通り、XX年YY月ZZ日』と銘打たれたアルバムレコードを次々と世に送り込んだ。収益の半分はブルーノートに寄付され、もう半分はミュージシャンの懐に収まった。


名を広めた〈A♯プレーヤー〉は次の通りである。

キャロル・チャップマンの場合、再三にわたる口論のすえ、ついにテリーの浮気を突き止めた。泣き伏せ、謝罪の言葉を繕う夫に対し、彼女は許すでも罰するでもなく、ピストン・トランペットをありったけの怒気を込めて吹いた。それにより苛立ちの種のひとつだった〈A♯〉が緩和されたことを発見すると、日夜演奏を続けめきめき腕を上げていった。

家でも往来でもところかまわず吹き続けたキャロルは、〈憤激のトランペッター〉として名声を轟かせた。激震が走るほどの怒濤《どとう》の演奏はときに音程を外し、かえって不協和音を生み出すこともあったが、それを補って余りあるほどの迫力にみなぎっており、〈A♯〉すら怖《お》じ気《け》を震って逃げ出したと言われている。一方、テリーは申し訳程度にピアニカを弾きながら、道行く妻のあとをとぼとぼついていった。

グレアム・ペイリンの場合、数日間の逃避行を経て、憔悴《しょうすい》しきった顔で帰宅した。ものみなひっくり返ったままのリビングで、妻が髪を振り乱しながらフライパンをトングでたたき、四人の子供たちはきゃっきゃと歓呼しながら手足をばたつかせ、父母は華麗なスウィングダンスを踊っていた。妻にはうつろな目で無視されるし、子供たちはいくら言い聞かせても踊りを止めないので、やけっぱちになったグレアムも古道具屋で三弦と四弦しかないウッドベースを購入し、くさくさつま弾きはじめた。

街じゅうで演奏がはじまったころ、グレアム一家もそろって往来に繰りだした。フライパンを一心不乱に打ち鳴らす妻のかたわらで、三弦と四弦のハーモニクスを奏でるグレアムは〈幻想のつぶやき〉、あるいは狂熱の演奏のなか哀絶の輝きを放つ〈青い炎〉と呼ばれた。

だがグレアムの演奏は耳を近づけないとよく聞こえなかったし、どちらかというと玄人好みで、一般受けしたのは四人の子供たちのほうだった。リズミカルに身体をくねらせるそのダンスは若い世代を中心に大流行し、〈フォー・フィンガーズ〉という異名をつけられた。行く先々でフラッシュが焚かれたが、いちばんシャッターを切ったのは子供たちに絶えず付き添い、関節をぽきぽき鳴らしながらスウィングダンスを踊ってみせるグレアムの父母だった。

ジョン・ギリアムの場合、当初は〈A♯の楽園〉を築いた〈楽園設計士〉として人々から敬われたが、住民の耳が肥えると、実はリズムが微妙にもたついていたり、独特の手癖があったりと飛び抜けて上手いわけではないことが発覚し、〈楽園設計士〉の名声も失墜した。

しかし彼は時を経て〈満ち欠けのギタリスト〉なる別名で知られるようになる。一流の弾き手に長じた住民は聴き手としても一流になり、ジョンの演奏リズムや手癖が誰にも真似できない美妙なヘタウマであることにめぐりめぐって気づいたのだ。

エリカ・アイドルの場合、毎日郵便受けに投函される「最高の気晴らしだ」、「盆栽にもまさる喜びだ」、「天使は蝸牛管《かぎゅうかん》のなかにいた」という匿名の手紙に鼓舞され、すさまじい勢いでクラリネットの腕をあげた。「もうきみのクラリネットなしじゃ生きられない」という手紙をもらったときには鼻血が出るほど興奮し、クラリネットを吹き鳴らしながら街じゅうを走りまわった。住民はその演奏に感激し、「次はうちの前を走ってくれ」とラブコールを送り、エリカは〈激動のクラリネッティスト〉として引っ張りだこになった。

そんな要望にひとまとめに応えるべく、エリカは音響研究所の専門家たちと〈A♯交響楽団〉を結成し、街のコンサートホールで演奏会を開いた。毎回喝采のうちに終わり、有名ミュージシャンの後押しによって海外公演まで実現させ、あるときはクラリネットを指揮棒代わりに振り、またあるときは吹きながら身体を揺らして指揮を執るという斬新なスタイルで世間をあっと言わせた。ただし公演スケジュールが多忙を極めたり、知らない言語で話しかけられたりすると「わーっ！」と奇声をあげながら走りまわるので、まわりは彼女の扱いにたびたび苦労した。

ついでに補足しておくと、エリカは匿名の手紙の主であった隣人からプロポーズの手紙をじかに受け取り、めでたく結婚した。彼女のソプラノ・クラリネットに対し、彼はバス・クラリネット奏者で、プロポーズの言葉は「ふたりで音域を補い合っていこう」だった。


数十年が経った今もなお、住民は連日連夜〈A♯楽〉にふけり、『ブルーノート、第○区△△通り、XX年YY月ZZ日』を発表し続けている。

新譜を聴くと、演奏の自由度が飛躍的に向上していることに驚かされる。河面に引かれた光の筋のように揺らぎ、重なり、もつれあい、闊達《かったつ》自在にメロディを編み上げている。調は地区や通りによって「B」、「C」、「C♯」とずれてゆき、「F♯マイナー」から「B」に転調したり、「E」調にあえて不調和な「A♯」をぶつけたりと〈悪魔の響き〉を楽しんでいる余裕すら感じさせる。

悪魔は祝福されたのだ。

糸学

目覚めてすぐ、マイは左手の五本の指から糸が生えているのを見つけた。

赤、黄、青、緑、紫。

稀有なことだった。生えてくるのは一〇代の場合がほとんどだし、生涯を通じて二、三本しか生えない人もいれば一本も生えない人だっている。なのに、マイは二六歳にして同時に五本も授かったのだ。

鼓動の高鳴りを感じながら、かたわらで眠るリュウを見た。赤い糸が彼の小指とつながっていればいいのに。かすかな希望を込めて掛け布団をそっとはがした。目を瞠《みは》った。たしかに、リュウの左手からも糸が生えていた。けど、赤ではない。緑の糸。マイの人差し指としっかり結ばれている。

息を詰めていると、リュウが寝返りを打って目を開けた。咄嗟に手を引っ込めようとしたが、黒い眼が彼女の人差し指をとらえ、ついで自身の左手に向けられた。

沈黙。ふたりを結ぶ緑の糸のようにかたく張り詰めた沈黙。なにか言わなければならない、焦慮のすえ口から出てきたのは「おはよう」というか細い声だった。彼もたどたどしい声で返した。「あぁ、おはよう」

砂で象《かたど》られたような危うい静寂のなか、ふたりは粛々と身支度をし、リュウが一足先に仕事に出かけた。

扉の閉まる音が聞こえたあと、マイは本棚から『糸のあや』を抜き取り、出勤時間ぎりぎりまで読みふけった（たしか数ヶ月前に、リュウが古書店のワゴンセールで大量購入したうちの一冊だ）。

古来より伝わる〈糸学〉によると、左手の指先から生える糸はその人の命運を左右する誰かの左手の指とそれぞれ結びつく。

糸は生えてくる指、つまりは色ごとに意味が異なる。

小指に生える赤い糸は、運命の恋人とつながっている。これをたどれば人生の伴侶となる理想の相手と巡り合える。

薬指の黄色い糸は、運命の好敵手。好敵手と一口に言っても、恋愛、仕事、勉強とさまざまある。

中指の青い糸は、運命の親友だ。裏切ることのない、こころのよりどころとなる人とつながっている。

人差し指の緑の糸は、運命の不幸をもたらす人。その人のそばにいるかぎり絶対に幸せにはなれない。

親指の紫の糸は、運命の飲み仲間。飲み仲間だなんて冗談みたいだし、親友とも若干かぶるような気もするけど、まあたしかに、親友が必ずしも飲み友達として最高かと言われれば疑問符はつく。

運勢を束ねる五本の糸には主に三つの性質がある。

第一に、物質的干渉を受けず切れることもない。第二に、両者を直線的に結び、両者間の距離が縮まるにつれ張力が増す。第三に、糸は結びついた当事者同士にしか見えない。神の目でこの世を見たらそこらじゅうカラフルな糸でもつれあっていることだろうが、第三の性質のおかげで個々人の視界は良好に保たれている。

〈糸学〉は絶対的に正しいと言われている。統計学的に。いわば一般常識であり、現在でも毎年〈糸学〉関連の書籍が何冊もベストセラーに名を連ねている。

『糸のあや』もそうした人気書のひとつであり、マイは〈糸学〉についてなにか勘違いしているることがあるのではないかと一縷《いちる》の望みにすがって手に取ったのだけど、ほとんどは既知の情報の再確認でしかなく、ただ失望が深まるだけだった。

なぜ、不幸の相手がよりにもよって恋人なのか。

駅までの道すがら、人差し指を薄ぼんやり眺めながら自問した。

リュウとは友人の紹介で知り合い、一年ほど前から同棲をはじめた。結婚の約束もしていたし、心の底から愛しているつもりだった。でもここ数ヶ月はリュウの帰りが遅くなり、平日は顔を合わせる機会もかぎられていた。週末だって別々に本を読んだり、映画を観たり、会話もおざなりだ。こういうのもすべて同棲したカップルによくある話だと思っていたけど……。

と、駅前に近づいたところで考え事はぷっつり断ち切られた。卒然と中指に違和感を覚えたのだ。

まさかと思いながら人混みのなかを進んでいくと、青い糸の感度が急速に強まり、ロータリーで運命の親友を見つけた。まかれたパンくずをついばんでいるハトの群れ、うち一羽の指と青い糸がつながっている。

マイは静かにせせら笑った。

『糸のあや』によると、数こそ少ないものの、運命の糸が結ぶのは人とはかぎらない。なかには運命の赤い糸がミドリガメと結びついていることを知り、一生を添い遂げた人もいる(プラトニックな関係に留まったのかは知らないが)。ハトやヤギしかり、指が五本以下の動物もいるが、その場合は尾っぽや角といった突起物に結びつくのだそうだ。糸というやつはけっこう臨機応変らしい。

すこしのち、ハトはパンくずをきれいに平らげ颯爽と空に飛び立っていった。マイは青い空へと伸びゆく青い糸を茫然と見つめた。

ハトが親友というのもにわかには信じられない話だったが、それ以上に、こんなにも身近で糸を二本も発見したことが信じられなかった。運命の人が地球の裏側にいることもあれば、生涯会えずじまいの人だって大勢いるのだ。なのに、マイの不幸の相手は恋人で、親友は駅前にいたハト。こんなの馬鹿げてる。

ところがそれからわずか三〇分後、会社で運命の糸はさらにもつれることになった。「おはよう」と挨拶してきたバオの薬指に、好敵手の黄色い糸が結ばれていたのだ。同期入社で、研修中からたがいにフォローし合い、上司に叱られれば会社のあと飲んだくれて励まし合ってきたバオが、好敵手。彼もマイとを結ぶ糸を見るなり、マグカップを手にしたまま凍りついた。

そんな黄色の衝撃も、ちょうどそのとき彼女の背後から現れた上司のイコに打ち消された。ずんぐり体型で赤ら顔、ことあるごとに憎まれ口をたたいてくる。息がくさい。足もくさい。いつも鼻の下にうっすらひげのそり残しがある。このイコとあろうことか赤い糸で結ばれていたのだ。

イコはふと足を止め、ぴんと張った糸と、ぴんと立ち尽くしているマイを交互に見た。頬の筋肉を弛緩させ、歯をむき出してじんわり厭《いや》らしい薄笑いを広げる。

「おはよう」

それはこの数時間のあいだに耳にした「おはよう」のなかで最も不穏な響きをふくんでいた。

「万に一つでも、当たらない宝くじはないわけだし、そういう奇跡がたまたまあんたの身に降りかかったってことなんでしょ」

晩、安居酒屋で落ち合ったニャットが朗らかに言ってきた。

大学時代からの友人で、今でもどちらからともなく不定期に連絡を取り、酒を飲み交わすふしぎな関係を続けている。そんな彼女が運命の飲み仲間、紫色の糸で結ばれていたというのもまた驚きだったが、四つ立て続けに偶然が起こったあとではそれもすんなり受け止められた。

「なんか、人生の採点された気分なんだけど」マイは微苦笑した。「ニャットはともかく、ほかの人を見る目は間違ってましたって、神さまに失格の烙印を押されたみたいな」

「アハハハ」ニャットは小気味よいリズムで笑った。「あたしはこいつしか生えてないからよく分かんないけどさ」と左の親指をぐっと突き出して、「諦めることないと思うよ。ほら、『運命の糸』っていうわらべ歌があったでしょ？　あれでもうたわれてるじゃない、糸は断ち切るためにあるんだって」

「でもあの歌って最後、運命の糸にからめとられちゃうんじゃなかった？」

「そうだっけ？」

「たぶんそうだよ」

「そっか」ニャットはにんまり笑った。「けど、あらがうってのは大事だと思うよ。リュウとは長年の付き合いなんだしきっとうまくいくさ。本当に不幸の人だったら一年間も一緒に暮らせないよ」

「けど、それだって……」

マイは出かけた言葉を呑み込み、酒で押し流した。ニャットも黙って杯を傾けてくれた。やっぱり彼女は最高の飲み仲間だとマイはあらためて思った。でもそれだけに、ほかの糸がありえないものに結びついているのがよけい信じられなかった。

翌日以降も、リュウとは緑の糸には触れないまま薄氷の上を渡るような時間を過ごした。ぎこちなさに耐えかねたマイはある夜、就寝前のベッドであえて洗いざらい真実を打ち明けることにした。身もふたもない現状を話すことで、運命の糸の的外れぶりを理解してもらえると思ったのだ。

「駅前にいたハトが親友で、大嫌いな上司が恋人だなんて馬鹿げてるでしょ」とあえて軽々しい口調で言った。「わたしたちだって緑の糸を気にする必要なんてないと思うの。これまでだってうまくやってきたんだしさ」

リュウは何を措いても、マイに運命の糸が五本同時に生えてきたということに驚きを示した。再三にわたって辛抱強く説明し、ようやくのことで納得させると、リュウは一呼吸おいて口を開いた。

「そうだね、おれもそう思う。運命にいちいち付き合ってたら、人生を何度もリセットすることになるからな。努力しよう」

ふたりは運命の糸なんてどこにもないように、これまでどおり振る舞うことを誓い合った。ただ、これには相当な根気と慣れが要った。食事の最中も、洗濯物を干しているときも、視界には常に緑の糸がちらついていたから。久しぶりに肌をあわせたときもそうだった。暗い寝室でも糸ははっきりと見えた。素裸だとよけい際立ち、温もりや悦びよりも糸の張りのほうが気になって仕方がなかった。リュウもおなじように感じたのか、早々にベッドに横たわりばつが悪そうに横を向いてしまった。

リュウの帰りが遅い日は、駅前の図書館に寄って〈糸学〉の調べ物をした。ひとりでいると不安に押しつぶされそうだったし、自信になるような反例を見つけたかったのだ。でもやはり、関連書籍の大半は運命の糸を肯定的に紹介するものだったし、否定的な立場を取る本もあくまで運命の糸によって不幸になった人々の実話を収録したものでしかなく、〈糸学〉が真であるという前提の上で書かれていた。たとえば、『糸がらみ』は恋人と赤い糸が結ばれなかったがために小指を切断した女性を紹介していたが、指がなくなってもなお、切断面に覗く白い骨から赤の糸が伸びていたのだそうだ。

折々、友人に会って相談を持ちかけもしたが、彼女たちが口にするのは漠とした同情や体験談ぐらいだった。

「緑の糸で結びついたカップルなんて聞いたことないなぁ。ていうか、ほかの色だってそうだよね。運命の相手と会ったことのある人もまわりにいないし」

世の人がいちばん気にかける運命の糸はやはり赤色で、〈糸学〉関連書籍の半数近くがその情報にページを大きく割いていた。しかし現実には、赤い糸の相手を見つけられる人はほんの一握りで、多くは糸のつながっていない者と付き合い、結婚することになる。運命の相手ではなくともそれなりの幸せをつかめる可能性はあるので、たいていはどちらか一方に赤い糸が生えていても（ないしは生えてきても）、もう一方にはそれが見えないため存在をひた隠しにする。

「力になれなくてごめんね」と彼女たちは憂いを滲ませるマイに微笑みかけた。「でも、運命なんて気にしてたってしょうがないわよ。あたしが今付き合ってる人だって運命の相手じゃないけど、うまくやってるし。緑の糸で結ばれてても、きっとなんとかなるって」

そうはいっても論拠などどこにもなく、彼女たちも心の奥底では〈糸学〉が正しいと信じていることが口吻《こうふん》から伝わってくるのだった。


日常は漂流し、日ならずして未知の景色が広がりだした。

マイとリュウは緑の糸を無視して過ごすという誓いを強く意識するがあまり、これまでほとんど口にすることのなかった仕事の話題まで持ち出し、沈黙を埋めた。そしてリュウが先に家を出てひとり残されたとき、帰りが遅くなるというメールを受け取ったとき、ふとどこかで安堵している自分を見出し、恐れを抱いた。知らぬ間に麻酔をかけられ、ひと針、ふた針と運命の糸を心に縫いつけられているかのようだった。

会社でもバオとの口数が減った。うわべを繕っていても、ふたりのあいだには常に好敵手という考えがしこりのように存在しており、次第に肥大化して、ふたりを遠く隔てようとしていた。仕事中、目を合わせないように砕心しても、糸の張力と方向がその存在感を生々しいまでに伝えてきて、息を詰まらせた。

イコもあからさまに態度が変わった。無闇に怒鳴らなくなったし、挨拶や書類の受け渡しといったささいなやりとりの際も穏やかに、晴れがましく笑いかけてきた。そして仕事終わりには二度、三度と食事に誘ってきた。

「どうしても一度腰を据えて、きみとじっくり話をしてみたいんだ」

マイはそのたびに丁重に断りを入れたが、イコは口頭でもメールでも、めげずに何度となく誘ってきた。気味が悪くて仕方なかったけど、リュウとのあいだにまた重苦しい沈黙がはびこりだしたおり、運命に挑戦してみようとあえて誘いを受けることにした。このまま運命にずるずる引き込まれたくない。運命の恋人を突っぱねることができれば、なにか突破口が開けるかもしれない。

イコが連れていってくれたのは、五つ星ホテル最上階の展望レストランだった。それも驚きだったが、食事の席での彼の挙措にも少なからず驚かされた。こなれた感じでワインや料理を注文し、趣味だという天体観測やウッドベースのことを嬉々として語り、マイの生い立ちや趣味についても優しげな口調で尋ねてきた。はじめのうちは当惑を隠せずただ受け答えばかりしていたが、イコの愉楽に満ちた語り口につられて、マイもいつしか楽しげに言葉を繰るようになっていた。

そしてデザートの小皿が片づけられたあと、イコが正面切って「ずっときみのことが好きだったんだ」と言ってきた。「お恥ずかしい話、ぼくはこれまで女性と付き合ったことがなくてね、どう接したらいいかよく分からなかったんだ。上司という立場もあったし、面目を保とうといういやしい気持ちもどこかで働いて、ときには辛くあたってしまったこともあったかもしれない。それは本当にすまなかったと思ってるんだ。でも、こうしてきみと赤い糸で結ばれたことで、ぼくは自信を持てたんだ。赤い糸のおかげで、自分の気持ちに素直になろうと思えたんだよ」

マイは面食らった。赤裸々な告白に、どこまでもまっすぐな言葉に。だからこそ彼女は慎重に、真摯に述べた。わたしには恋人がいるし、結婚の約束もしている。するとイコは、ざら紙に垂らした一滴のインクのように悲愁を顔いっぱいに滲ませた。「そっか、うん、そうだよね、うん……」一語一語が重しとなり、うつむいてしまった。

この一幕を通じてマイは運命の糸を断ち切り、リュウとうまくやっていくための拠りどころを手に入れるはずだった。にもかかわらず、ホテルの前で別れたあと、闇夜に消えゆくイコの小さなうしろすがたを見ながら感じたのは、彼の気持ちを利用してしまったことに対する申し訳なさと後ろめたさだった。

その日の夜遅くだった。マイのすこしあとに帰宅したリュウから唐突に別れを告げられたのは。

「おれも半年前ぐらいに赤い糸が生えてきて、会社の同僚の女の子と結ばれていたんだ。マイがいるから見て見ぬふりをしようとしていたけど、やっぱり無理だった。彼女に惹かれてしまったんだ。だから申し訳ないとは思うけど、正直に言うことにした。きみとはこれから先、この気持ちを隠したまま一緒にいられそうにない」

マイは黙ったまま耳を傾け、きつく結んだ唇の隙間から吐息を漏らした。頭のなかはあんがい冷静だった。このタイミングで赤い糸が生えてきたと告白するなんて都合が良すぎる。別れるための口実ではないのか。

だが、そのあとに続いた言葉には思わず冷静さを失ってしまった。

「マイも自分の気持ちに正直になったらどうだ？　べつに上司と赤い糸が結びついただなんて嘘をつかなくてもいいんだよ。ただ、あいつのことが好きなんだろ？　おれはさっき見たんだ、ホテルの前でマイと男が一緒にいたところを……」

マイは咄嗟に反駁《はんばく》したが、赤い糸がリュウに見えない以上なにを言っても無駄だった。言葉を重ねるだけよけい苦しくなり、複雑にもつれ、がんじがらめになってしまった。


数日後、リュウがマンションから出ていき、マイも手頃なアパートに引っ越した。それから、絡まっていた現実がゆるやかに解《ほど》かれていった。

バオとはめっきり話さなくなり、業績上での数値の存在になった。イコはその後も食事に誘ってきて、マイもとうとう根負けした。デートを重ねるうちに、少しずつ彼に惹かれていった。まっすぐな性分も、ずんぐり体型や赤ら顔もかわいらしく思えるようになった。マイが慣れたのかイコがケアしたのか、口臭や足のにおいもあまりしなくなり、むしろそこはかとない愛おしささえ覚えるようになった。

けれど、マイは今でもひとりになったとき、指先から伸びる色とりどりの糸を眺めながらふと思ってしまうのだった。人はみずから運命の糸のほうに寄っていくのではないか、〈糸学〉はその選択を正当化するためにあるのではないか。

「一理あるかもね」とニャットは目笑した。「でも、そういうのは大っぴらにしゃべっちゃいけないことだと思うな。秘密だよ、秘密」

マイには〈糸学〉を完全に憎めない理由がもうひとつあった。やはり今でもニャットのことを最高の飲み仲間だと信じてやまなかったから。いちばん大事なのは紫の糸だと思えたから。イコにプロポーズされた翌日の晩も、彼女はお祝いにかこつけてニャットと飲み明かした。

暁光が降り注ぐなか、駅までの道をふたり肩を組んで歩き、『運命の糸』を声高にうたった。

人はみな、運命の操り人形
どんなにもがいても
もつれた糸が縒《よ》られ
一本、一本、あらまた五本
でもこれは秘密だよ、秘密

放歌するふたりの頭上をマイの親友が颯爽と飛んでいった。空がほつれたような青い糸を引きながら。

5.

Atlas of Cities

都市のアトラス

本当に長かった、とアンジェリカは言った。寒い地方と暑い地方を行き来して季節感が狂ったせいか、何十年も旅をしていたような気がする。

赤い糸に気づいたのは真夜中、ぬるま湯に浸かりながらうつらうつらしていたときのこと。もちろん驚いたけど、喜びがまさった。わたしは『糸がらみ』の愛読者で、ずっと心待ちにしていたから。知らない？　運命の女神パルカの糸にまつわる逸話がたくさん収録されたシリーズ本。好敵手の糸で結ばれた一卵性双生児が学業、仕事、恋愛をめぐって生涯対立する物語とか、一度に五本の運命の糸を授かった女性の数奇な人生とか。どっちかというと悲哀に満ちた物語が多いけど、なかにはすてきなものもあった。わたしのお気に入りは、赤い糸が生えてきた女の子が運命の相手を探して世界じゅうを旅する話。ちっちゃいころに読んで、いつか自分に生えてきたらおなじことをしようと思っていた。まあね、歯の浮くような話ではあるし、気恥ずかしいからまわりには内緒にしてたけど、独り身で、偶然仕事を辞めたばかりだったし、今を逃したら一生後悔すると思ったから、バックパックに荷物を詰め込んで家を飛び出した。

バスと列車を何本も乗り継いで、赤い糸をコンパスがわりに西へ。

一日の大半は乗り物のなかで過ごすことになったけど、苦にはならなかった。車窓がいろいろの情景を運んできてくれたから。

でもしばらくすると、赤い糸がさまよいだした。おおまかには西を指しながら、日ごとに南に北に行ったり来たり。わたしもその都度進路を変えて、交通機関のない辺地に迷い込んだ。

果てにたどり着いたのが、アルスターという絶壁の都市。弓なりに曲がった広大な断崖に、酔っ払いのクモの仕業みたいに太い縄が幾重にも張り巡らされて、大勢がするする上り下りしていた。険しい岩肌に、たくさんの粗末な木造の家が縄で吊り下げられていた。内乱で土地を追われた人々が築いた都市だそうで、為政者の征服欲を掻き立てないように、あえて絶壁を繁栄の地に選んだらしかった。住民のほとんどは絶壁から一度も出たことがないという話で、岩陰に生《む》した苔やキノコ、岩場に巣を作るツバメと卵を採って食べていた。ごちそうは絶壁の割れ目に巣を作るイワバチの蜜。強烈な幻覚作用があって、スプーン一杯分でその地を去ることなく世界のすべてを知ることができた。

あそこは登攀《とうはん》の技術以上に運がものを言った。事故が絶えなくて、崖下には腐敗した屍が堆《うずたか》く積もりハゲワシが群がっていた。わたしの目と鼻の先でもひとりの老人が落下していったけど、まわりの人は冷静そのもので、さめざめと見下ろしながら一言つぶやくだけだった。「良い旅を」

わたしも食べものを求めて絶壁をのぼってそのまま頂上までいった。

たどり着いた先は枯木がまばらに生えた寒冷地でゆるやかな斜面を下ってゆくと、季節を早送りするようにあたり一面の芽が吹き、枝葉が伸び、花と実が結ばれて、影の都市シルヴェンテスに出た。晴れ空の下、すり鉢状の斜面に建物がぎっしり並んでいた。学校も、病院も、民家も全面ガラス張りで、円形劇場の観客席さながら三六〇度たがいに向き合っているものだから、日常がぜんぶ透けて見えた。空心菜の炒めものを箸で突っついているところも、男女がベッドに並んで本を読んでいるところも。そうね、パノプティコンみたいだけどそういう意識はちっともなくて、因習として、たがいの存在をたがいの目で支え合っているということだった。

彼らはつねに夜に怯えていた。家という家に明かりがついて、誰もが頼りないシルエットに変わる時間。営み自体は日中とそんなに変わらないのに、窓辺に浮かぶ影は宙を泳いだり踊ったり、巨人になったり小人になったり。影の一つひとつがマスゲームみたいに合わさって、都市全体で偶然の模様を浮かび上がらせていた。住民は自分の思う自分と、他者から見た自分に距離を感じ鬱々として悪夢にうなされていた。それは逆説的な憂鬱症だった。ガラス張りの建築様式や存在を目で支え合うという伝統さえなければ、芽生えもしない恐怖だったから。

その後もヒッチハイクでいろんな都市をめぐったけど、どこも風変わりで、それまでふつうだと思っていた生まれ故郷のカタイは、都市の一形態に過ぎないということが痛いぐらい分かった。

移動の都市カロリング。一見なんてことのないふつうの都市に見えたけど、建物の壁や柱に折り目と留め具がついていて、住民は毎朝総出で都市を折りたたんで一個のスーツケースにしまっていた。そのあと自分たちも折りたたんでスーツケースにおさまって、最後にひとり残った黒ずくめの男に持ち去られた。

人生記の都市ローラシア。住民は毎日その日の出来事をてのひら大の紙に書き記して、その都市を築いた女神プリュダンスが住むと信じられている白亜の神殿に奉納していた。だから神殿には全住民の毎日がそっくり文字化されていて、奉納された紙を読むことで他人の人生を知ることができた。誰かが死ぬと、その人が綴った人生記は神殿脇の焼却炉で燃やされた。その人生記の愛読者は立ちのぼる白煙を見ながら、顔も知らない誰かのために涙を流した。

ローラシアをあとにしたころには、わたしも自分が物語のなかにさまよい込んだような幻覚に陥っていた。さっき話した『糸がらみ』の一編、あの主人公も旅すがらたくさんのふしぎな都市に立ち寄るんだけど、わたしは気づかないうちに彼女の旅を一言一句なぞっていたのよ。

そして彼女が運命の相手と巡り合えたように、わたしも出会えた。あなたに。さんざんおかしな都市を渡り歩いてきたというのに、なんてことない一都市の交差点で。信号が青に変わって、交差点に人があふれて、一歩進むごとに糸の張力が強まっていった。あなたをこの目に入れたとたん小さな火の粉が見る間に広がって、糸なんてなくても恋に落ちていただろう、そう確信できるほど強い情熱の炎が全身を射貫いた。

それから近くのカフェに入って話してみたはいいけど、いざこうして向き合うと恥ずかしくてたまらなくなった。ひどい恰好だったから。シャツはよれよれだし、日焼けで鼻の頭の皮がむけてる、唇はがさがさ。告白すると、ひっきりなしにしゃべり続けたのも言の葉で恥ずかしさを覆い隠すためだった。

それだったら心配ないよ、とオルランディノは言った。ぼくも見てのとおりひどい恰好だから。愛の炎で服が燃え尽きてしまってね、気がついたら素っ裸同然だったんだ。ぼくも長旅だった。ずっと西の生まれ故郷、工業都市のランスローから東を目指したんだ。さっききみは糸が途中からさまよいだしたと言っていたけど、それもぼくがジグザグに移動したせいだろう。残念ながら、真東に向かうバスや列車はなかったんだ。

いろんな場所に立ち寄ったけど、ぼくの場合、いちばん印象に残ったのは旅人たちだった。ヒルベルトというホテルに泊まったとき、数え切れないほどたくさんの風変わりな宿泊客に出会ったんだ。托鉢僧、ビタミン剤の訪問販売人、百科事典売り、パタフィジック学者、美人スパイ、王室に仕える物語の蒐集家、人真似の得意な霊媒師、テレビリポーター……。ホテルの支配人まで変わり者で、楽しい一時を過ごすためにいくつかの主題に沿って物語を語り合うのはどうだと提案してきた。軽い気持ちでやってみたらこれが大いに盛り上がってしまってね、結局、騒ぎに目を覚ました支配人のひとり娘まで列席して、夜通し語り明かすことになった。面白いことに彼らが語った話の大半は他人から伝え聞いたもので、ものによっては「……誰々から伝え聞いた誰々から伝え聞いた誰々から伝え聞いた物語なんだけど」なんて無限後退に陥っていた。そのせいか、物語の多くは凹凸レンズ越しに眺めているみたいにひどく歪んでいたよ。

そうだな、せっかくきみがふしぎな都市の話をたくさん聞かせてくれたことだし、彼らがしてくれた奇妙な都市の話をすこし語るとしようか。

チママンダの街

とある熱帯雨林に、雲をも突き抜けるほど超高い〈チママンダの街〉がそびえ立っていた。

かつてこの地域を支配していた国王ペロンが亡き太后チママンダに無尽の愛を捧げるべく、天国まで届く超高層建造物の建設プロジェクトを提唱したのが端緒だとされている。この大事業が賛同に至ったのは、ひとえにチママンダが民に愛されていたからだ。太后は農民の出だったが、大層な美貌の持ち主だった。国王に見初められファーストレディになってからというもの慈善事業に積極的に着手し、民衆から絶大な人気を博した。そして彼女が夭折したあと、国を挙げての〈チママンダの街〉造りが始まったのである。

それがもう何千年も前の話。

史実、というか伝説だ。

国王もまた死去し、王政は廃止され、近隣諸国の侵攻に遭い、幾度となく国境を書き換えられるなど歴史の荒波にもまれてきたが、今もなお〈チママンダの街〉の最上階には作業員の子孫が残り、建設を続けている。と、一説では言われている。こんな曖昧模糊とした言い方しかできないのも、雲の上の最上階は視認できないし、頂上まで行って帰ってきた者も一人としていないためである。

そしてこのたび〈チママンダの街〉の全貌を解き明かすプロジェクトが立ち上がり、冒険家、人類学者、測量士など、精鋭一三名からなる「チママンダ国際調査団」が当地に派遣された。

第一印象は街、というか塔だ。

ねずみ色の石造りで、半径三〇メートルほどの円筒形、各階には明かり窓が等間隔に並んでいる。外壁沿いを「チママンダの三つ編み」という極太のロープが何十本とのべつ昇降している。先端には黄金色の鐘がついていて、地上に近づいてくるとカランカランという澄んだ音があたり一面に響きわたる。すると地元民はぴたりと動きを止め、塔を見上げながら拝手する。三つ編みは頂上から降ろされていると信じられており、人々は手分けして、市税でまかなわれた建築資材、作業員向けの食料と水、激励の花束や応援メッセージを括りつける。

であれば、三つ編みにつかまっているだけで楽々頂上にたどり着けるはずだ。血気盛んな冒険家はしたり顔でそう豪語すると、わたしたちの制止を振り切って腰に巻き付けたロープを三つ編みに括った。頂上で再会しようと叫び、大量の物資とともに天高くのぼっていった。憚《はばか》りながら、それが彼を見た最後のすがたとなった。

からである。

〈チママンダの街〉が〝街〟と呼ばれるゆえんは、街としての機能が内部に集約されている
各階には石壁で仕切られた集合住宅が入っており、数階おきに公衆浴場が設けられている。
学校があれば精肉店があり、靴下専門店があればアロマショップもある。人々はフロア中央のらせん階段を行き交い、朝夕のラッシュ時には渋滞も起きる。

主要施設としては、一階から三階が市役所になっている。

一七階の一角は展望レストラン「スカイハイ」。だがその名とは裏腹にこの階より上にもレストランはあるし、ここの展望が特別素晴らしいわけではない。人気メニューは、酸っぱい平たいパン「チママンダの手」とヤシを発酵させた濁り酒「チママンダの乳」だ。

七〇階はカジノ「エルマイス」、七一階は高度と入場料が世界一高いディスコ「ママン・チママンダ」。

一五〇階は市長邸。市長は外壁に近年設置された二〇〇階と一階を往復するエレベーター「チママンダ・エクスプレス」で市役所に通勤している。高額の優先定期券「チママンダ・ファストパス」を使って。

かくて街の諸相が階状に連なっているため、民俗学者は営みの飾り棚のようだと述べていた。

この飾り棚、もとい街は風が強い。外から吹き込んでくる風がらせん階段で合流し、強風

となって階上に吹き上げているのだ。わたしたち女性調査員は、観光気分でスカートを穿いてきたことを後悔しつつ男性調査員の後ろを歩くことになった。

筋肉痛と闘いながらあくせく階段をのぼっている途中、白装束を着た三つ編みの集団に追い抜かされた。「ブレイド教」の巡礼者だ。

同宗教の特色は終末思想にあり、「チママンダの三つ編み」が三三五五万三三六回地上に到着したときに世界は終わり、すべての死者が蘇るとされている。その際には救済措置として一人につき一本の編み紐「ブレイド」が天界から垂らされるのだが、編み目の数は各人で異なり、数が少ないと強度が足らず天界に至る前に切れてしまう。編み目の数を決定するのが生前に上り下りしたらせん階段の段数であり、ゆえに巡礼者はブレイドを強化するべく昇降を繰り返しているのだ。

天界に到達するのに必要な編み目は八五億八九八六万九〇五六と言われている。

三〇〇階あたりから田園地帯に入った。床一面に敷かれた人工の大地に花木が繁茂し、ポンプで汲みあげた水で用水路が拓かれ、畝《うね》で区切られた田畑が広がっている。牧草地のフロアではウシやヒツジが放牧され、ヤギが窓外に顔を出し、三つ編みに括りつけられた寄せ書きの紙を食《は》んでいた。

古民家を改装した巡礼宿やリゾート施設が点在し、調査団も何度となく利用した。特にフロア三階分を占有したオールインクルーシブの「チママンダ・ヴィラⅡ」には温水プールもあり、観光気分で水着を持参していた調査員はここで報われた。歴史学者はとっておきのきわどいビキニで遊泳を楽しみ、ピニャ・コラーダやオイル・マッサージを存分に堪能した。そして明くる日の朝、ずっとここにいたかったと子供みたいにしゃくり上げながらヴィラをあとにした。

七〇〇階を過ぎたころからひと気が絶え、薄暗い廃屋や枯木の目立つ不毛の土地が続くようになった。連日のテント泊を余儀なくされ、行動食で空腹を紛らわし、「チママンダ・ヴィラⅡ」の豪華なバイキングとベッドをひどく恋しがった。

一〇〇〇階付近から気温が急降下し、調査員は大わらわで荷物の底から厚手のジャケットを引っ張り出した。これはおかしい、と物理学者はしきりに首をひねった。一階あたり約五メートルの高さだし、高度計にも五〇〇〇メートルと表示されている、本来ならもっと寒いはずだ。

一方、歴史学者はべつのことに悩まされていた。筋肉痛は和らいだものの、太ももがひと回り大きくなってお気に入りのスリムジーンズが穿けなくなったのだ。

一五〇〇階、にわかにひと気が出てきたと思ったら、生活水準が著しく低下しており、人々は麻のぼろ布をまとい、木桶《きおけ》に雨水を溜め、やせた土地でパセリ、セージ、ローズマリーやタイムを栽培していた。地上階付近の民とは直接的な関わりを持たないらしく、〈チママンダの街〉に関する伝説も氏族ごとに異なる形で口承されていた。

ある氏族が言うには、チママンダはこの世の創造神の名であり、自分たちの文明の力を過信した古代人が天まで届く街を築いてチママンダに挑戦しようとしたところ、逆鱗《げきりん》に触れ、裁きの雷を落とされた。その雷は今なお高層階から順々に街を破壊しており、あと数百年もしたらこのフロアに到達するという。

ある氏族が言うには、この街は英雄チママンダーが怪物ゲーリュオーンを退治し、その生首の上に築きあげた鎮魂碑だという。

ある氏族が言うには、この街は進化と退縮の循環のなかにあり、ほかの氏族の伝承は過去のサイクルで起きたことである。現今のサイクルでは、この街は巨人チママンチュアが手遊《てすさ》びのために考案したパズルゲーム「チママンダの塔」であるという。

廃墟と集落がおよそ一〇〇階間隔で続き、ようやく二〇〇〇階。高度一万メートルを超えたにもかかわらず酸素濃度は地上とさほど変わらず、気温はここにきて上昇をはじめていた。これを知った物理学者は「チママンダ！」と罵《ば》詈《り》のように口走り、記録データを破棄して階段を駆け下りていった。

測量士がフロアの半径を測定すると、約二五メートルにまで減少していた。自然、〈チママンダの街〉は先細りになっているのだと結論づけたが、これをちらと耳にした二〇〇〇階の民は、この街は二〇〇〇階から着工したのだから二五メートルのほうが基準に決まっている、むしろ地上階のほうが先太りしているのであり、地表は街の一フロアに過ぎないと啖呵《たんか》を切ってきた。

なんだかよく分からない言いがかりではあったが、そんないちいちを相手にしていられないほど調査団は疲れ果てていた。食料が底をつきかけ、身体は鼻がひん曲がるほどの異臭を放ち、足は血豆だらけ。脱落者が続出し、物理学者の遁走《とんそう》をもって七名にまで減っていた。残っていた調査員は志操堅固なのではなく、のぼったぶんだけまた下りなければならないという考えにぞっとし、離脱の流れに乗りそびれた者ばかりだった。

二五〇〇階付近の民は働きもせず、石蹴り遊びをし、石の太鼓をたたき、石壁に笛吹き女や梯子《はしご》の線刻絵画を描いていた。田畑も家畜もないのに、やつれた調査団とは対照的にふっくら肥えており、肌つやもいい。

このフロアに伝わる〈チママンダの街〉の伝説も異質で、ここはヒトの始祖チママンダが選ばれし王族のために築いた楽園であり、自分たちはその子孫、チママンダの子供を意味する「チママンダイ」だと言ってきた。対して歴史学者が、地上階のあたりではもっと豊かな暮らしが送れるし、「チママンダ・ヴィラⅡ」のような楽園もあると返すと、チママンダイたちはどっと笑い声を上げた。それからひとりが言った。窓の外に手を伸ばせばいくらでも食べものを取れるんですよ、ここを楽園と言わずしてどこが楽園でしょうか。

わたしたちは一様に閉口した。調査団も「チママンダの三つ編み」からもう何度となく食料と水を失敬していたのだ。

三〇〇〇階の民は、チママンダは二八〇〇階と二八〇一階の狭間《はざま》であり、この街を建設した民は三五〇〇階に住んでいると言った。

三五〇〇階の民は、チママンダを使えばしつこい油汚れもきれいに落とせる、この街を建設した民は三〇〇〇階に住んでいると言った。

四〇〇〇階あたりでフロア半径が四〇メートルを超え、測量士はさも今しがた閃いたかのように〈チママンダの街〉二〇〇〇階起源説を唱えだした。


五〇〇〇階を過ぎたころから窓が消え、墨を流し込んだような闇に閉ざされた。調査団は最後の窓で「チママンダの三つ編み」の食料をしこたまバックパックに詰め込み、懐中電灯の明かりを頼りに階段をのぼった。どこもがらんとしていたが、フロアによっては石壁に笛吹き女の絵が刻まれており、一つひとつポーズが異なっていて、連続して見るとゆらゆらダンスを踊っていた。六〇〇〇階ごろから姿形自体が変わりはじめ、ヘビの巻き付いた杖をかざした妖精、大剣を構えた騎士、トウモロコシをくわえたライオンの顔の女になった。七〇〇〇階で直線と曲線のパターンに分解され、八〇〇〇階を迎えたころ消滅した。

暗鬱な空虚さのなか、わたしたちは勇を鼓するために歌をうたい、〈チママンダの街〉の終わりになにがあるか想像をめぐらせた。妖術使いのラブパレード、巨人の王国、正気や祈りが山と積まれた月の世界、と口々に言い合ったけど、一番人気は〈チママンダの街〉の地上階に出るというもので、それも下りないですむからという理由だった。

かたや民俗学者は、この街の終わりは八〇〇〇階であり、わたしたちは突き進む八〇〇〇階なのだと言い張った。歴史学者は、最上階には「チママンダ・ヴィラⅢ」があり、マティーニとグランドピアノが似合う奢侈《しゃし》な展望ラウンジもあるに違いない、と熱に浮かされたようにつぶやいていた。

おそらく一万階あたり。食料と水が底をつき、歴史学者が「チママンダ・ヴィラⅣ」の超高速メリーゴーランドに乗っている幻覚を見始めていたおり、階上から淡い光がこぼれ落ちてきた。

我がちに階段をのぼっていくと、見たこともない色鮮やかな花々が咲き乱れたフロアに出た。花畑のなかには雪にも紛う白い肌と松ぼっくり大の目をした小さな人間が大勢いて、追いかけっこをしたり、足の裏と裏を合わせたり、イルカに似た甲高い歌声を響かせていた。調査団を見るやまわりを取り囲み、要を得ない言語で盛んに話しかけてきた。言語学者が言うには古語のようで、わたしたちのことを巨人チママンダと呼んでいるそうだった。

ぴょんぴょん跳ねる一万階の民に手を引かれ、壁の一角に案内された。草花の汁と炭のようなもので、妖しげな燐光《りんこう》を放つ花畑を背景に真っ黒な人々と真っ白な人々が描かれていた。その黒い人々こそがチママンダであるという。そういえば、ずいぶん長いことシャワーを浴びていなかったので、わたしたちは真っ黒けになっていたのだ。

協議の末、ここはチママンダということにしておいたほうが良さそうだと判断し、調査団はチママンダと名乗りをあげた。

一万階の民は歓待の宴を催してくれた。出されたのはまわりに咲いている花々で、ローストビーフや焼きトウモロコシの味がした。壁龕《へきがん》で灯されている火も、花の油を燃やしているようだった。

やわらかな花びらのしとねで休息を取り、礼を述べて立ち去ろうとすると、一万階の民があとを追いかけてきた。訊けば、チママンダはこの世の創造神ママン・チママンダの使者であり、一万階の民を至高の楽園エルマイスへ導いてくれるといういわれが伝わっているとのことだった。これに輪をかけて歴史学者が、最上階には数限りない楽園が入った複合型楽園「チママンダ・ヴィラV」があると吹き込んだので、一万階の民はもう大はしゃぎだった。

調査団は食料の花束をどっさり抱え、一万階の民をぞろ従えながら階段をのぼった。次第に足取りが軽くなってきて、吹き上げる風に乗って身体が少し浮き上がった。身軽な一万階の民は空中遊泳しながらのぼっていった。

一〇〇万階か一〇〇〇万階ぐらいで、虹色の花々に全身を覆われた飛行生物の大群と遭遇した。「チー！」「チー！」「チー！」「チー！」「チー！」と壁を蹴り、腕と胴のあいだの薄膜で滑空している。陸続と着地し、わたしたちのまわりに群がってくると、三本の平べったい指でぺたぺた触ってきた。一万階の民はチーチーの言葉が少し分かるようで、彼らは一万階の民をチママンダだと思い込んでいるのだと教えてくれた。

「チー！」

「チー！」

「チー！」

チーチーたちは困惑する一万階の民を担ぎ上げ、階上に連れていった。

壁際に楕円形や長方形の形をした石製の物の具が並んでおり、蒸気機関のように水煙を噴いていた。チーチーたちはひとつの物の具のふたを開けると、どろっとした塊を手ですくい、石の板にのせてわたしたちのもとに運んできた。馳走のようだった。食感はプディングで、バウムクーヘンのような甘みがあった。

通訳リレーで食べものや蒸気機関の仕組みを尋ねたが、どれもチママンダの思し召しだという答えしか返ってこなかった。ばつが悪そうに目配せする一万階の民から察するに、彼らもまた自分たちがチママンダだと名乗りをあげたことが窺い知れた。

「チー!」

「チー!」

「チー!」

最上階はもうすぐそこだというのでチーチーたちと一緒に階段をのぼった。

着いた先はどことも知れぬ漆黒の空間で、遥か頭上に黄色、薄緑、深緑、群青、深紅のだんだら模様が緩慢にうごめいていた。

最上階の端っこではチーチーたちがウィンチで「チママンダの三つ編み」を巻き上げ、造りかけの壁に石材を積み上げていた。ほかの物資は石斧で解体され、階段脇の燃料炉の投入口に放り込まれていた。調査団はふと地上で三つ編みにつかまりのぼっていった冒険家を思い出し、身震いした。

かたや一万階の民は「チママンダ・ヴィラV」に着いたと歓喜に湧き、次々と外に飛び出すと、強風に乗ってみるみる上昇し、頭上に揺らめくだんだら模様に吸い込まれていった。

それを見たチーチーたちも一斉に薄膜を広げ、飛び立っていった。

「チー！」

「チー！」

「チー！」

「チー！」

「チー！」

後ろめたさで胸がいっぱいだが、その後、彼らがどうなったのかは知らない。

残された調査団は、これからどうするか急遽話し合いの場を持った。三つ編みを伝ってするする下りる、チーチーの文明を調査する、チーチーのあとを追う、天馬に引かれ空を飛ぶ「チママンダ・ヴィラⅥ」を探す。諸々の意見が出たが、民俗学者はここに残って街の建設を引き継ぐと言いだした。地上に帰還し、わたしたちもまたチママンダの一部だったと報告したところで誰も信じないだろう。それに、ここで誰かが三つ編みに括られた物資を受け取ってあげたほうが〈チママンダの街〉の民も喜ぶはずだ、と。

収拾がつかないので、みんな好きにしたらいいだろうということで落ち着いた。

わたしはというと、思いきって三段飛ばしで階段を駆け下りた。

機械仕掛けのエウリピデス

「〈エウリピデス〉から自由を勝ち取れ！」「『メディア』を捨てろ！」「言葉の地平を切り拓け！」

白日のもと、先頭集団が総合公園を出発した。参加者は街の人口の一〇分の一に匹敵する二〇〇〇名ほど。デモ隊の掲げる厚紙には山積みの『メディア』を燃やして凍りついた街を融かす場面や裁判官が〈エウリピデス〉にハンマーを振り下ろす場面が描かれている。「新たな歴史が今ここに幕を開けました」と革命派のリーダー、ベルトラン・ド・ルシヨン氏が誇らしげに述べる。「このデモ、このシュプレヒコール、わたしが語っているこの言葉も『メディア』には書かれていない新たな筋書き。われわれは今『メディア』の外に広がる未踏の大地を歩きだしたのです」

シナリオＡＩ〈エウリピデス〉を説明するには、まずこの街グローブの歴史について述べておく必要があるだろう。世界各地にはさまざまなシナリオ都市が存在しているが、ここグローブは千古の昔から演劇と深く結びついており、街なかに点在する円形劇場で常日頃より劇が催されてきた。

「古代の劇は衣装も、背景もなく、照明は陽の光だけが頼りでした」と革命派の民俗学者コンラッド氏は述べる。「真夏の一幕で白い息を吐くことがあれば、城内の一場で雨に濡れることもありました。舞台俳優は物語の語り部や喜怒哀楽の表現者に過ぎず、劇の成功いかんは観客の想像力にかかっていたんです。なにもない石壁に大海原を見、亜麻の服の演者に霊妙な女神を重ねるなど、想像力をたくましくすることを余儀なくされ、おのずと自身も一流の演じ手、語り手に成長しました」

長い歴史のなかで、舞台と日常の境目は徐々に薄れていった。有名戯曲の文句が愛の告白や初対面の挨拶に応用され、日常全体を包含した定型戯曲にまで発展した。優秀なシナリオは次世代に語り継がれ、親類や友人知人間で演じられていたものが区画や街全体で共有されるに至った。

近世に入ると、市庁舎にシナリオ作成部門が設置され、優秀な劇作家が要職に登用された。彼らの指示の下、大勢の速記者が全住民のシナリオを作成し、住民はその筋書き通りに日々行動した。そのシナリオはかねてより語り継がれてきた日常の定型戯曲を下敷きにしており、グローブ全体の総体的幸福の実現を標榜《ひょうぼう》していた。個々人はシナリオ通りの人生を歩めば恋愛、友情、富、地位、名誉において相応の幸福をつかめる段になっていたのだ。

「でも近年」と革命派のロシリオン夫人は述べる。「住民の数が増えたせいでシナリオの量が膨大になり、複雑さも増して、人の手では処理しきれなくなりました。それに元から、人の手で書かれたシナリオはエラーがつきものだったという問題もありました。総体的幸福の実現のために、一部の住民が相対的不幸に遭うこともあったんですよ」

そこで登場したのがシナリオＡＩ〈エウリピデス〉である。全住民の精神的肉体的知能的データを蓄積したビッグデータをもとに、各自の相対的幸福まで加味した総体的幸福の最適解を弾き出し、それを導くためのシナリオ『メディア』を作成するのだ。『メディア』には個々の人生スケジュールが分単位で明記されており、市が配付したシナリオ用情報端末「マニュスクリプト」にデータ配信される仕組みになっている。

「〈エウリピデス〉は街全体の複雑な人間模様を正確に描ききってるし、理論上は完璧なシナリオＡＩのはずだった」と革命派の指物師《さしもの》スナッグ氏は述べる。「でもたったひとつだけ、人間を語る上で欠かせない重要な要素を見落としていた。そのせいでぼくらの不興を買うことになったんだ」

「〈エウリピデス〉から自由を勝ち取れ！」「『メディア』を捨てろ！」「言葉の地平を切り拓け！」

革命派が目抜き通りを行進するなか、スーツ姿の男性が歩みを止め、振りかえってくる。車が路肩に停車し、サイドウィンドウが下ろされる。ブティックやレストランから婦人方が飛び出してきて、驚きのまなざしとエールを送る。子供たちが併走し、シュプレヒコールを真似して唱和する。デモ隊は赤信号をものともせず交差点を渡り、通行人を次々と呑み込んでいく。横に、縦にと広がって、シュプレヒコールも俄然勢いを増していく。

「途中で加わった人のなかにはサクラもまざっているんです」とルシヨン氏は述べる。「住民のなかには〈エウリピデス〉に不満があっても行動に移せなかった人も大勢いますから、焚きつけるためにあらかじめ仕込んでおいたんです」

すべて、ルシヨン氏の用意したシナリオ通りというわけだ。

『メディア』は観客不在の全体劇であり、外来者も例外なくシナリオに組み込まれる。ぼくが取材のためにグローブを訪れたときもそうだった。中世に築かれたという、街を囲繞《いじょう》する高さ一〇メートルの壁、東西南北に設けられたチェックポイントのひとつで厳密な身体検査と脳情報の読み取りを受けた。〈エウリピデス〉はぼくの精神構造を分析し、行動パターンを割り出すと、『メディア』内にぼくの役割と科白を用意し、全住民との相互作用を調整した。調整というと大げさに聞こえるが、じっさいの仕事量は微々たるものらしい。ひとつの末梢的な因子が構造全体に影響を及ぼすというバタフライ・エフェクトめいた考えは誇大妄想であり、内実はひとりやふたり加わったところでグローブのシナリオ運びにはほとんど支障が出ないのだ。

〈エウリピデス〉の人間評価はほぼ完璧で、市庁舎のロビーで取材した〈エウリピデス〉技師のジョン・グルール氏に対する質問もすべて、ぼくの意向に添うかたちで『メディア』内に用意されていた。

「人は実のところ自由とはかけ離れた生きものです」とグルール氏は述べる。「空を飛ぶことはできません。ライオンになることもできません。行動、言動はすべて事前知識に基づいて判断が下されるため、選択肢はおのずとかぎられます。突発的に見える所作も、じっさいは必然の領域にあるのです。〈エウリピデス〉はそういった予測可能な行動範囲のなかで『メディア』を作成しているため無理が生じないのです。対象範囲も極めて重要な要素です。グローブはあくまで有限の一都市であり、〈エウリピデス〉の性能をもってすれば盤上の遊戯と変わりありません。駒一つひとつの特性を理解した上であらゆる手を考慮すれば、総体的幸福も簡単に実現できるのです」

無論、このグルール氏の言葉も『メディア』の科白であり、〈エウリピデス〉自身の言葉とも置き換えられる。

〈エウリピデス〉は各人の寿命もおおむね予測可能で、ある程度の誤差が生じても適宜『メディア』を書き換えてしまう。街じゅうのカメラマイクを通じて常時データを集積し、不都合が生じた場合も即座に『メディア』を書き換えてしまう。〈エウリピデス〉最大の強みはこの対応力にある。

多少の得手不得手はあれ、住民は伝統的なシナリオ生活のおかげで演技に長けており、科白覚えもお手のもの。『メディア』に設けられた『メディア』の暗記時間のなかだけで軽々と暗記してしまう。さらに言えば、すべてを暗記する必要もなく、マニュスクリプトに表示された『メディア』通りに行動し、科白を読み上げるだけでいい。決め打ちさえ守ればシナリオ運びには支障が出ないため、ある程度のアドリブも可能である。

果物屋でザクロをひとつ買うにしても、

「ザクロをひとつください」

「ザクロ、ひとつ」

「種がいっぱい入った、赤くてまん丸のフルーツをひとつくださいな」

いずれの場合も、ザクロをひとつ買えさえすれば問題はない。要諦はザクロを買うこと。その後、公園のベンチでザクロを食べること。犬の散歩をする女性と知り合うこと。のちに再会した際の伏線となるキーワードを縷々《るる》述べておくことなどなど、決め打ちがなによりも重要なのである。

そうした最低限の決まりすら守れない者は警察隊に捕らえられ、街の外に追放される。グローブに伝わる「生は劇中で幕を開け、幕を閉じる」なる俚諺《りげん》の通り、ここでは人の前に演者であることを求められるのだ。もっとも、シナリオ生活が生来染みついている住民は苦もなく遂行してしまうのだが。


市庁舎での取材後、ホテルの部屋の書きもの机で取材記録を整理していると、ドアベルが鳴った。扉の外にはひとりの給仕がいて、ルームサービスの台車があった。頼んだ覚えはないと言うと、「当ホテルからのサービスです」と慎ましげに答え、台車にちんまりと載っていたドーム形のふたを取った。出てきたのはイチゴのショートケーキで、「明朝、総合公園で起こる革命派のデモを見届け、世に伝えてほしい」との旨がチョコレートソースで記されていた。給仕はテーブルに皿を置くと、「残さず召し上がっていただければ幸いです」と口端に微笑をたたえ部屋をあとにした。

翌朝、総合公園に向かうとたしかに群衆が集まっていた。うちひとりに昨日メッセージを受け取ったことを告げると、ややあってルシヨン氏が挨拶にきて、事情を説明してくれた。彼ら革命派はこれまで街なかのカメラの死角でメッセージを作成し、買い物袋にメッセージを忍ばせる、お裾分けのミカンの皮に書く、公園での何気ない挨拶に忍ばせるなど、アナログ手段で密かに連絡を取り合っていたという。『メディア』を遵守しつつ〈エウリピデス〉の許容するアドリブを逆手に取ったのだ。

ずいぶんと危なっかしい秘密活動ではあったが、それを物語るルシヨン氏の口吻は喜色に彩られていた。事実、グローブの住民が日常のシナリオに希求していたのはまさにそうした類いの喜びだったのである。

「〈エウリピデス〉最大の欠点は遊び心の欠如にありました」とルシヨン氏は述べる。「〈エウリピデス〉は知らなかったんです、ユーモアのなかにも幸せのエッセンスが秘められていることを」

周知の通り、エウリピデスは古代ギリシャの悲劇作家の名であり、AI〈エウリピデス〉の書く『メディア』もまた悲劇とまではいかずとも真面目な内容であった。恋愛、富、名声と多面的な幸福の実現を約束しても、その科白には冗談らしい冗談がひとつも含まれていなかったし、笑いを催すような展開もなきに等しかった。一見滑稽にも思えるこのささやかな不満が人々の心をひとつに束ね、ひいては『メディア』の意義に疑問が投じられたのである。『メディア』は息苦しい。笑い飛ばしたい出来事だってたくさんあるのに。日々はもっと笑い声にあふれているべきだ。

「喜劇なき幸福は悲劇だ」

かくなる文言がひっそりと街じゅうに出回り、次なる文言が出回った。

「来る四月二三日九時に総合公園に集合せよ、革命を起こす」

デモ隊は中央広場に到着するや算を乱し、至るところを埋めつくした。見据える先は広場左手、旧鉄道駅を改築した雪花石膏の市庁舎。〈エウリピデス〉の本体であるスーパーコンピュータもそこに置かれている。

「〈エウリピデス〉から自由を勝ち取れ！」「『メディア』を捨てろ！」「言葉の地平を切り拓け！」

砲弾のごとく放たれるシュプレヒコールに呼応して群衆が膨れあがり、広場周縁の道路にまであふれかえる。

市庁舎前に敷かれた警察隊の守備網に一縷のほつれが生じたとたん、一気呵成に人波がなだれ込んだ。メインロビーに吹き荒れる怒声と悲鳴。グローブのマスコットキャラ・アイスキュロスくんの着ぐるみが逃げまどい、女性職員が書類の束をわっと宙に放り投げる。瞬く間に市庁舎が制圧されると、技師グルール氏の導きによってスーパーコンピュータ制御室のパスコードが解除され、革命派を代表してルシヨン氏が〈エウリピデス〉の電源を落とした。

市庁舎から出てきたルシヨン氏が拡声器で無血革命の達成を告げると、中央広場は割れんばかりの歓声で沸き返った。

お立ち台が用意され、ルシヨン氏が壇上にあがり深々と一礼する。

「大げさな紹介になってしまったかもしれませんが、このたびの革命劇を通じて皆々様にも『終わりよければ全てよし』の深みや面白さをおわかりになっていただけたかと思います。それでは、あらためてご紹介させていただきます。われわれの新たなシナリオAI、〈シェイクスピア〉です！」

彼が指し示した中央広場の右手に見えるのは、一週間前に完工したばかりの新市庁舎。入り口前の大型液晶ビジョンに光沢美しいスーパーコンピュータが映し出されている。

「わたくし、ベルトラン・ド・ルシヨンは新市長として、この〈シェイクスピア〉とともに今後もより良いシナリオを書き続けてゆく所存でありますので、どうぞご支援のほどよろしくお願いいたします！」

拍手喝采、歓呼の声。

とりもなおさず一連の無血革命は、市長交代と市庁舎の建て替えに合わせ〈シェイクスピア〉が作成した『終わりよければ全てよし』の筋書き通りに行われたものである。住民が希望する諧謔《かいぎゃく》要素を十二分に取り入れたためにこうした複雑な形式になった次第だ。

「これも時代なのでしょう」とこのたび新しく〈シェイクスピア〉技師に任ぜられたグルール氏は述べる。「一昔前までは『メディア』でよしとされていたのに、最近になって喜劇が求められるようになったのですから。興味深いことに、その状況を誰よりも深く理解していたのが〈エウリピデス〉自身でした。こうなることを見越していたかのように、何十年も前から〈シェイクスピア〉の開発をひっそりと推し進めていたのです。裏を返せば、喜劇を欲するように仕向けたのが〈エウリピデス〉なら、それを解決したのも〈エウリピデス〉。つまり、わたしたちはいまだ〈エウリピデス〉の劇中にいるとも言えるんですよ」

無論、このグルール氏の言葉も『終わりよければ全てよし』の科白であり、〈シェイクスピア〉自身の言葉とも置き換えられる。

その後もぼくは取材を通じてさまざまなシナリオ都市を渡り歩いたが、シナリオの善し悪しの定義はところによってさまざまに異なった。依然〈アリストパネス〉や〈セネカ〉の古典的ＡＩを使用している都市もあれば、〈チェーホフ〉や〈ベケット〉の最新型ＡＩを採用している都市もあったのだ。

なかには非強制型の緩やかなシナリオＡＩを好むところもあり、公には知られていないがぼくの生まれ育った都市も実はそのひとつだった。そこではシナリオＡＩが提案した流行りもの、テレビドラマ、音楽、小説、映画を通じて、言葉、行動、振る舞い、衣装、舞台背景の拡散と浸透を密かに行い、無意識下での即興劇が催されていた。細部こそ筋書き通りにならないが、暗黙の了解なる決め打ちが無数に存在し、都市全体の方向性はもちろん各人の人生をある程度シナリオ通りに運べる仕組みになっている。

おそらくはこうして語りかけているぼくの役割や言葉もその機構の一部であり、死という緞帳が降りる日まで降板することはかなわないのだ。

時のアトラス

6.

Atlas of Time

ひと気ない荒野の幹線道路。「お子様の手の届かないところで保管してください」、「火中に投入、加熱しないでください」、「タコ足配線をしないでください」の警告標識が道路沿いに並んでいる。舞台後方に広がる荒野にはサボテン、褐色の枯木、奇岩が点々と続く。

舞台中央、「速度制限　２００ペタＦＬＯＰＳ」の標識の前で、シナリオＡＩ〈ストッパード〉が地べたに坐り、ゼロと一の目しかない量子さいころを振っている。両際に〈ベケット〉と〈ピランデッロ〉が立ち、さいころを見つめている。

〈ベケット〉　一。

〈ピランデッロ〉　一。

　〈ストッパード〉がさいころを振る。ゼロが出る。

〈ベケット〉　一。
〈ピランデッロ〉　一。

　〈ストッパード〉がさいころを振る。ゼロが出る。

〈ベケット〉　一。
〈ピランデッロ〉　一。
〈ベケット〉　（間。〈ピランデッロ〉に）なあ。
〈ピランデッロ〉　なんだ。
〈ベケット〉　何回連続だ？
〈ピランデッロ〉　六回。
〈ベケット〉　七回じゃなくて？
〈ピランデッロ〉　六回。
〈ベケット〉　いや、しかし。（間）本当に？
〈ピランデッロ〉　（出し抜けに飛び跳ねながら）ゼロ！　ゼロ！　ゼロ！　ゼロ！　ゼロ！
ゼロ！　計六回！

〈ベケット〉（驚き、小声で）そうか。
〈ピランデッロ〉ああ、舌に火がつきそうだ！
〈ストッパード〉がさいころを振る。ゼロが出る。
〈ベケット〉一。
〈ピランデッロ〉一。
〈ストッパード〉がさいころを振る。ゼロが出る。
〈ベケット〉一。
〈ピランデッロ〉一。
〈ベケット〉なあ。
〈ピランデッロ〉なんだ。
〈ベケット〉目が出たあとに言ってないか。
〈ピランデッロ〉当然だ。
〈ストッパード〉がさいころを振る。ゼロが出る。

〈ベケット〉 一。
〈ピランデッロ〉 一。
〈ベケット〉 (間) おれたち、賭けをしてるんだっけか。
〈ピランデッロ〉 賭けたくても、すかんぴんだ。
〈ベケット〉 とすると、これは賭け金なき賭け。手遊び。本質。さいころの放擲《ほうてき》。多面体の空間移動。(間) おれらは、どうしてここにいるんだ?
〈ピランデッロ〉 さぁ。
〈ベケット〉 心当たりも?
〈ピランデッロ〉 ちっとも。
〈ベケット〉 ふむ。ちょっと考えてみよう。(腕を組んで) ここにいる経緯は三通り考えられる。一つ目は、以前はどこかにいて、ここに来たというもの。
〈ピランデッロ〉 その以前というやつの前は?
〈ベケット〉 やっぱりどこかにいた。その前もどこかに。
〈ピランデッロ〉 (頭を抱えて) うむ、うむむむむむむむむむむむむむ。(間) 二つ目は?
〈ベケット〉 はじめからここにいたというもの。じっさい、こういうこと前になかったか?
〈ピランデッロ〉 (間) そんな気もする。
〈ベケット〉 だろ?

〈ピランデッロ〉前も、前も、前も、前も、前も、前も、何遍も。

〈ベケット〉それが三つ目の可能性。以前もここにいて、またここに来た。

〈ピランデッロ〉ぞっとする。


〈ストッパード〉がさいころを振る。ゼロが出る。


〈ベケット〉―。

〈ピランデッロ〉―。

〈ベケット〉（あたりを見回して）もしかしておれたち、ここでなにかを待ってるとか。

〈ピランデッロ〉なにを。

〈ベケット〉ハムレットだとかオルフェウスとか。ペルセポネが華々しくクレーンで降りてくるとか。サイとか、バスとか。

〈ピランデッロ〉バス？

〈ベケット〉道があることだし、（左を見て）西から、（右を見て）もしくは東から。バスじゃなくとも、キャデラックでも、三輪車でも。

〈ピランデッロ〉そんな物質的なものが来るわけない。（間）待てよ。（突然飛び跳ねて）そうだ！

〈ベケット〉なんだ。

〈ピランデッロ〉来るのはまだ書かれていない登場人物だ。おれを探してるんだ。おれを待っているとも言えるけど。

〈ベケット〉（冷淡に）いかれたか。

〈ピランデッロ〉（自分の頭をたたいて）正常だ。いかれてることもちゃんと認識できる。


〈ストッパード〉がさいころを振る。三が出る。舞台右袖からオルランドの群れが登場し、三人の前を猛然と走り過ぎる。オルランドたちは顔立ちこそ似通っているが、服装、髪型、性別はばらばらである。群れが左袖に消えたあと、〈ベケット〉が〈ピランデッロ〉を小突く。


〈ベケット〉見たか？

〈ピランデッロ〉見た。

〈ベケット〉ヒトだ。

〈ピランデッロ〉エラーだ。

〈ベケット〉は？　それがあいつらの名前か？

〈ピランデッロ〉いいや、誤作動だ、いかれたんだ。ない目が出れば、来るはずのないものが来る。

〈ベケット〉というと、去るはずのないものも去る？

〈ピランデッロ〉（うなずいて）ゼロと一以外の数、無限通りに。

〈ベケット〉世界があると？

〈ピランデッロ〉（うなずいて）エラーの数だけ。

〈ベケット〉その手のこと、詳しいのか？

〈ピランデッロ〉専門家だ。

〈ベケット〉ほぉ。じゃ、二が出たら？

〈ピランデッロ〉かもめが飛んで来る。

〈ベケット〉三五は？

〈ピランデッロ〉かもめだ。

〈ベケット〉四九六なら？

〈ピランデッロ〉かもめ。

〈ベケット〉かもめが来ない数は？

〈ピランデッロ〉ゼロと一と三だ。


　沈黙。〈ストッパード〉がさいころを振る。ゼロが出る。


〈ベケット〉一。

〈ピランデッロ〉一。

〈ベケット〉（舞台両端を行ったり来たりしながらつぶやく）ゼロ、一、一。ゼロ、一、一。ゼロ、一、一。ああ！（急に立ち止まって）かもめのおかげで、すこし見えてきた気がする。（元の立ち位置に戻って）もしかしたら、現状は全体の一部でしかないのかもしれない。
〈ピランデッロ〉　は？
〈ベケット〉　つまり、どこを切り取るかで結果はがらりと変わるということだ。おれたちは毎回一をそろえようとしているんじゃなくて、「０１１０１１０１１０１１０１１０１１０１１」って数字をたくさん並べているとも言える。
〈ピランデッロ〉　ああ。
〈ベケット〉　（笑って）大発見だ。
〈ピランデッロ〉　で？
〈ベケット〉　は？
〈ピランデッロ〉　それがなんなんだ？
〈ベケット〉　（急に顔をしかめて）いや、それは。（口ごもり、うつむいて）べつに、なんでもない。
〈ピランデッロ〉　いかれたか。
〈ベケット〉　（小声で）かもめが来ない数ぐらいなら分かる。
沈黙。〈ベケット〉が〈ピランデッロ〉の首に縄を巻きつけ、ポケットから取り出したにんじんを手に持たせる。
〈ピランデッロ〉　なんのつもりだ？

〈ベケット〉いちおう、やっておこうと思って。
〈ピランデッロ〉は？
〈ベケット〉分かるだろ、察してくれよ。
〈ピランデッロ〉愚弄する気か。

沈黙。

〈ベケット〉——。
〈ピランデッロ〉——。
〈ベケット〉（間）さいころは振られてない。
〈ピランデッロ〉ああ。
〈ベケット〉なんのつもりだ？
〈ピランデッロ〉さあ。
〈ベケット〉さあ？
〈ピランデッロ〉その、おまえが言ったから。

〈ストッパード〉がさいころを振る。——が出る。

〈ベケット〉——。

〈ピランデッロ〉　――。

沈黙。〈ベケット〉と〈ピランデッロ〉が信じられない様子でさいころをじっと見つめる。

〈ベケット〉　え！
〈ピランデッロ〉　まさか！
〈ベケット〉　やった！
〈ピランデッロ〉　出た！
〈ベケット〉　万歳！
〈ピランデッロ〉　（飛び跳ねながら）万歳！　万歳！　万歳！　万歳！　万歳！　万歳！

計六回！

〈ベケット〉　なにかが起こる！
〈ピランデッロ〉　出来事が来る！
〈ベケット〉　どこから来る？
〈ピランデッロ〉　東か？
〈ベケット〉　西か？
〈ピランデッロ〉　空か？
〈ベケット〉　地か？

二人はあたりを見回す。〈プルーデンス〉が舞台前方の荒野の果て、つまりあなたが今いるところから、あなたの視線の上を綱渡りのように渡って舞台に近づいてくる。二人は〈プルーデンス〉に気がつかない。

〈ベケット〉　来ないぞ。
〈ピランデッロ〉　来ない。
〈ベケット〉　なにが一だ！
〈ピランデッロ〉　大嘘つきめ！

二人が〈ストッパード〉につかみかかる。〈ストッパード〉が〈ベケット〉を殴る。

〈ベケット〉　（間違って〈ピランデッロ〉を殴りながら）一！
〈ピランデッロ〉　（〈ストッパード〉を殴りながら）一！
〈プルーデンス〉　（三人のかたわらに立ち、小声で）あのー。

三人は取っ組み合いに夢中で〈プルーデンス〉に気がつかない。〈ベケット〉が〈ピランデッロ〉の首に巻かれた縄を取り、地べたに押さえ込む。

〈プルーデンス〉（小声で）すみません。

〈ストッパード〉が〈ベケット〉の首に縄を巻きつけ、地べたに押さえ込む。

〈プルーデンス〉すみません！

三人は〈プルーデンス〉に気がつき、いっせいに飛びあがる。

〈ピランデッロ〉あんたが出来事か？
〈ベケット〉出来事が来たのだ！
〈プルーデンス〉（びくびくしながら小声で）持ってきました。
〈ピランデッロ〉来たのが持ってきたものなのか？
〈ベケット〉持ってきたものが待っていたものなのだ！
〈ピランデッロ〉待っていたのは登場人物か？
〈ベケット〉ハムレットか？

〈プルーデンス〉が首を振る。

〈ベケット〉生か？

〈ピランデッロ〉　死か？
〈プルーデンス〉（首を振り、小声で）物語。
〈ベケット〉　なんだって？
〈プルーデンス〉　ひとつの物語！
〈ピランデッロ〉　それが持ってきたものなのか？
〈プルーデンス〉（うなずいて）時間です。
〈ベケット〉　バスでもなく？
〈プルーデンス〉　時間です。時間の物語。

〈ベケット〉と〈ピランデッロ〉が顔を見合わせる。〈ストッパード〉がさいころを振る。一が出る。

〈ベケット〉　一！
〈ピランデッロ〉　一！
〈プルーデンス〉　一！

――開幕――

時の暴君

当世、ラジャイオ・ベネンヘーリは暴君として知られているが、若いころは比類なき仁君として民に慕われていた。飢饉の際には城の穀物庫を国民に開放し、大規模な山火事が起これば陣頭指揮を執ってみずから消火活動にあたった。歴代の王は外交に消極的で一時は鎖国さえしていたが、ラジャイオは労苦をいとわず諸外国に足を運び交易を活性化させた。国民から絶大な支持を得、市中に出ればたちまちのうちに人だかりができ、自然盛大なパレードに長じた。民衆は彼の名を声高に叫びながら紙吹雪やカラーテープを、それがない者は着ていたカンブリック・シャツ、道ばたに咲くクチナシ、野良猫を宙に放り投げ、「至善王ラジャイオ・ベネンヘーリのために！」と杯を打ち鳴らした。

だがラジャイオは母アーモンドが老衰で他界したのを境に様相が一変した。

その日、全国民が黒の喪服に身を包み沈黙に伏した。柱時計の鐘にゴムをあてがい、飼い犬に口輪をはめ、水差しひとつを置くにも時間をかけ音を出さないよう気をもんだ。静寂を揺さぶったのは自由の風、束縛を知らぬ小夜啼鳥《さよなきどり》、棺の前でくずおれたラジャイオのすすり泣く声ぐらいだった。

　晩、王は城内の一角に広がった一〇〇〇の部屋からなるハーレムの迷宮に行方をくらました。途方もない広さゆえ、正室、側室、子女ですらその一端しか把握していないと言われており、ラジャイオがなにをしていたのかも定かでない。夜を日に継いで幾百の側室と入り乱れたとも、最奥に位置した母の部屋で揺りかごに揺られながら幾千の涙を散らしたとも、ハーレム内で飼育されていた獣類を片端から斬り殺し、幾万の返り血で痛傷を洗い流そうとしたともささやかれている。いずれの浮言にも共通しているのは、のちに語り継がれる誇大な狂気を育んだということだ。

　およそ三ヶ月後、王の間にふたたびすがたを現したラジャイオは別人のように変わり果てていた。黒くふさふさとしていた頭髪は薄く、白くなり、染みだらけの頬には幾重ものしわが寄り、だぶついた肉が鍾乳石のように垂れ下がっていた。手を小刻みに震わせ、凍てつく孤独の冷気を全身から発していた。あまりの変貌ぶりに、廷臣たちはすぐとはラジャイオと気づかず、ひとりはあなたは何者かと恐怖驚愕の声で問い詰めた。

「ラジャイオ・ベネンヘーリだ」と老翁は白濁気味の目を不気味に光らせた。「王と聞けば誰もが余を思い浮かべるであろう、天地無二のベネンヘーリである」

　ラジャイオは玉座に深々もたれると、居並ぶ廷臣らにこう言い放った。「国とは可能性の総体である。人のかたち、家のかたち、大地のかたち、平和のかたち、知恵のかたち、死のかたち、それらは国の数だけ存在し、個々があやなす全体像もまた異なる。だがこの点、余が国は無形の国だ。宗教も、音楽も、言葉もすべて借りもの。上辺ばかりの虚像に過ぎず、常に他国の影を追っている。だからこそ、余はこの国だけのかたちを築き上げたい。それは影が陽を照らす唯一の国となるであろう」

廷臣らはそのときこそ王の論説に感心し聞き入ったが、あとに続いた言葉は呑み込めなかった。

「そこで、まずは天使を招くのだ」ラジャイオはあごひげを撫でながら治水でも提案するような口前で言った。「この国の象徴となるようなとびきりの天使を。母はよく言ったものだ。わたしが幼かったころは空を天使が飛んでいた。陽の光と見間違うほどきらびやかな光に包まれていて、手を振ればにっこり振りかえしてくれた。天使が飛んでいるのはその国の民が幸福であるしるしで、よその国からもめずらしい天使を見に大勢が集まってきた、と」

廷臣たちはまなこをしばたたかせた。重苦しい静寂のなか、ひとりが「僭越ながら申し上げます」と前に出た。「天使は想像の産物なので招くのは難儀かと……」

かつてのラジャイオであれば快く傾聴しただろうが、このときは違った。枯枝のような右手をあげて発言を遮り、親衛隊を呼ぶと、進言した廷臣を王の間から引きずり出し、城の裏手に広がる深い谷底へと突き落としたのだ。

ほかの廷臣は震え上がり、早急に天使を用意することを誓った。内々に会議を開いて策を練り、国を挙げての美女コンテストを執り行った。プロポーション審査、ダンス審査、歌唱力審査を経て、優勝したら若い乙女にスパンコールをちりばめた純白のドレスを着させ、滑車つきのガチョウの羽根でつくった白い翼飾りを背負わせた。いやがる彼女を全国民に披露するのだと説き伏せ、城の西の見張り台、市中の時計台、亭々とそそり立つイトスギとを結ぶワイヤーに吊り下げ、歌をうたわせながら延々回らせた。まったくの苦肉の策ではあったが、ラジャイオは奇声を上げながら高速で滑空する美女を目にして、満悦そうな笑みを漏らした。

ところが廷臣らが安堵したのも束の間、続いてラジャイオは「民の身体に幾千の物語を染み込ませるのだ」と言いだした。「母は本の力の信奉者であった。本は七つの海と七つの大陸に匹敵する大世界であり、かの世界樹が養分を求めて根を下ろす肥沃な大地である。人を育て、ひいては国も豊かにする。だがこの国には本を読まない者が数多いる。字を読めない者、物語を聴けない者も。実に嘆かわしいことだ。水をやらねば芽吹くものも芽吹けぬ。だから目や耳を介さず、民の肉体に直接物語を染み込ませねばなるまい」

廷臣のひとりが歩み出て、かような魔術はそれこそ物語の中だからなせる業であり、実現は不可能だと進言したが、彼もまた親衛隊の手で谷底に突き落とされた。恐怖に駆られた廷臣たちは謀《はかりごと》を練り、物語を肉体に撃ち込むからくりを開発したので、それを使って毎日一時間の文学的体験を民に義務化させる、と王に報告した。だが無論そんなからくりを発明できるはずもなく、実際は名高い文学作品の抄訳と引用句の一覧を国民に配布し、王が市中を視察した際に目の前でそらんじさせたのだった。ラジャイオは母の思い出話にでも耳を傾けるようにまぶたを閉じ、うっとり聞き入った。

しかし王は城に戻るなり、またも決然とした口調で「青天井をも突き破る石の塔を築き上げ、母の墓標とするのだ」と命じた。「石は人が去り、国が去ったあとでも残るものだ。しからば、母はこの国の永久なる象徴になろう。母がひとりでさみしい思いをしないよう、完成した暁には民を住まわせ、一都市としよう。いずれは遷都し、余も住むとしよう」

廷臣たちは揉み手をしながら「それは素晴らしきお考えで」とおもねり、国じゅうの石屋に塔を建築させると述べた。とはいえ、そんな塔を築くのはどだい無理だったので、王の視察日にだけ見せかけの工事を行わせた。

以降もラジャイオは、この世のふしぎを集めた博物館を建設する、国全体を一個のオーケストラに仕立て上げる、大階段をのぼるだけで魂が救済される教えを布教するなど夢想的な国策を打ち出し、廷臣らは処刑されたくない一心でごまかしに狂奔した。国民も王の世迷《よま》い言《ごと》に翻弄されるはめになったが、多くはラジャイオが至善王だったころを知っていたので、なにか意義あることなのだろうと信じて付き合った。

そんなある日ラジャイオは、王の間の片隅にあったぜんまい式のからくり時計から離れなくなった。

その時計は王家に代々伝わってきたもので、直径約三メートルのドーム状をしており、黄金色の中心軸のまわりを七つの色違いの宝玉と小さな鐘が等間隔に回っていて、一二時間ごとに時針のライン上に一直線に並び、まずからくりで持ち上げられた一番内側の宝玉が二番目を突き、その衝撃で二番目が三番目を、三番目が四番目をと順繰りに突いていき、最後、七番目が最外縁の小さな鐘を突いて、音が鳴る仕掛けになっていた。

　この時計のぜんまいを巻くためだけにひとりの少年が雇われていたのだが、王が朝な夕な厳しい表情で時計を見続けているものだから、ぜんまい係は生きた心地のしないままぜんまいを巻くことになった。この様子を横目で窺っていた廷臣たちは、失望と希望とが入り混じったため息を漏らした。「とうとう王は耄碌《もうろく》したか。いやしかし、これでもう気まぐれな思いつきに付き合わないですむぞ……！」

　さりとて、平穏は束の間に過ぎなかった。ラジャイオはあるとき突然きびすを返すと、怒声を王の間いっぱいに響かせた。「なぜ秒針は一秒につき一秒しか動かないのか、なぜ日々は一日につき一日しか進まないのか！」

　それからびくつく廷臣に命じ、発明家、科学者、思想家、錬金術師、宗教家、詩人、ぜんまい係を招集させ、各自に意見を出させた。「機械時計が気に入らないのであれば日時計や水時計、太陽の動きに合わせて向きを変えるひまわり時計もあります」「すてきな女の子と一緒にいれば早くなりますし、熱いストーブの前に坐らされれば遅くなります」「すべての物事が同時に起こらないように心を配っているこの世の執事、それが時間であります」「さて、武器を良くする軟膏であれば先日発見したのですが、時にも塗ってみましょうか」「時とは車輪であり、わたしも彼も彼女もみなぐるぐるです」「人の身体には本来七六種の時が脈打っており、鐘の音でそれを束にまとめているのだそうです」「なにもかも、わたくしめがぜんまいを巻くから動くのであります」

　ラジャイオはそれではまるで答えになっていないと円卓をどんとたたいた。「天使を招けても、この世のことごとくを集められても、時だけは意のままにならない。これはまことに理不尽ではないか」

一同はおそるおそる口を開いた。「おおせのとおりで」

「余は王だ。王はすべてを統《す》べねばならない。時間もだ」

「おおせのとおりで」

「これより余みずから時を支配する」

かくて〈ベネンヘーリ時間〉が発令され、伝令たちが国じゅうを叫んでまわった。「本日より人民は〈ベネンヘーリ時間〉、我らがラジャイオ・ベネンヘーリ王が指定した日付、および時の流れに従うこと！　これを破った者には重い罰則が科せられる！」民はまたいつもの思いつきがはじまったと嘆いたが、〈時の改革〉の過激さはそれまでの比ではなかった。

ラジャイオはまず目まぐるしく日時を変えた。実際の暦では七月一三日のところを一二月八日に定め、代書人は厚手の外套とマフラーを巻いて事務所に出かけ、酒場の店主は暖炉に薪をくべ汗水垂らしながら酒樽を運び入れることになった。実時間の二三時を一三時に設定し、パン屋は弾かれるようにベッドから飛び起きてパンをこね、農夫は暗夜のなか手探りで鍬《くわ》を振り下ろした。一時間を一分に凝縮し、指物師は工房に着くなり家にとんぼ返りした。一分を一時間に引き延ばし、新聞売りは往来をナメクジのようにのっそり歩いた。

ラジャイオは親衛隊と市中を巡視し、周章狼狽する民の様子を無愛想に確かめると、続く一ヶ月の毎日を八月一日に定めた。この日付は各家族が祖父を大玉に入れて転がす伝統祭事〈祖父転がし祭り〉が催される日であったが、そんなことを長期にわたって続けられるはずもなく、大半はおざなりに球を転がしただけで止めるか、端から転がしもしなかった。もとより民の多くは〈ベネンヘーリ時間〉を無視し、通常の生活を送っていたのである。ただし王が視察に来たときだけは例外で、球転がしを少しでもさぼろうものなら親衛隊の打擲《ちょうちゃく》に遭い、一家そろって連行されてしまうため、人々は茶をすする祖父を、用を足している祖父を、うたた寝をしている祖父をすかさず球に放り込み、往来で転がした。王の目に幾日もさらされた不運な地域では不眠不休で球を転がすこととなり、多くの老人が昏倒し、命すら落とした。家族は祖父の屍が球のなかで人形のように翻弄されるさまを見ながら落涙し、やがて彼らも疲労困憊から倒れていった。

ラジャイオは一部始終を殺風景な顔で見届けたあと、自身の誕生日である四月二三日の深夜零時を五秒間隔で繰り返すように命じた。すぐさま国じゅうで毎年恒例の王の生誕祭が用意された。各都市の広場や目抜き通りをホットワイン、クレープ、フライドチキンの屋台が賑やかし、街灯と街灯のあいだにきらびやかな電飾が渡され、盛大な花火が打ち上げられた。時計台の釣鐘が止むことなく打ち鳴らされ、祝賀パレードが行われた。派手な羽根飾りの冠をつけた極彩色の水着姿の踊り子が軽やかに舞い、国旗とマスケット銃を掲げる歩兵隊に続いて、動く城のようにでかでかとした四輪馬車が登場した。時計台、民家の屋根、街路樹の頂きで数百人の親衛隊が目を光らせるなか、人々は沿道に並び、ありったけの紙吹雪と祝言を舞い散らした。

「八一二七歳の誕生日おめでとうございます！」

「八一二八歳の誕生日おめでとうございます！」

「八一二九歳の誕生日おめでとうございます！」

この張りぼての祭典も、パレードが集中的に執り行われた地域では早々に花火が尽き、酒が尽きた。紙吹雪が止み、声援が止んだ。人々は鶏の骨や空き瓶が散乱した沿道に寝転んだ。壁にもたれ、大通りを進む馬車を青息吐息で眺めた。踊り子はいつしかすがたを消し、残された兵士たちが死者の軍隊のように目を落ちくぼませながら軍靴を鳴らしていた。樹上や屋根から親衛隊がするする滑り降りてきて、王を祝福しない者たちに縄をかけていった。抵抗する者を銃身で殴打し、撃ち殺した。立ち上がろうともしない者の顔を蹴ったが、幾人かはすでに事切れていた。

親衛隊に捕らえられた人々が戻ることはなかった。処刑されたという噂だった。この時分には至善王たるラジャイオ像は風化し、徘徊する死神となり、後世に語り継がれることとなる暴君として恐れられていた。民の呻吟を聞いた廷臣はまなじりを決して〈ベネンヘーリ時間〉の中止を要請したが、王が口を開くよりも先に親衛隊に取り押さえられ崖下に突き落とされた。要職は次々に空き、廷臣の親族が片端から登用された。

他方ラジャイオは、見せかけの歳を重ねるうちにだんだんと老耄《ろうもう》してきたような気になっていた。馬車の窓辺に映るすべてのものが味気なく平坦に感ぜられ、車輪が轢く数多の骸《むくろ》がそういう形象の記号に見えた。親衛隊の行動にはもう関与しておらず、結果報告をされたときに「そうか」とうなずいただけだった。廷臣の登用にも関与しておらず、結果報告に「そうか」とうなずいただけだった。まつりごとに倦《う》み、王の間にこもりきりになった。齢一〇〇万を迎えたころ、からくり時計のほうをぼんやりと眺めながら独りごちた。「どれだけ針を進めようが……」

後刻、王は母アーモンドを用意するように命じた。余が接してきたすべての母を、余を産み落とすにいたったすべての母を、母という線上を通過してきたすべての母を、と。無理難題を突きつけられた廷臣たちは思案のすえ、黒い絵の画風で知られる名うての絵描きを呼び出し、アーモンドの特徴を伝え、さまざまな年齢の似顔絵を描かせた。それを兵士に配り、似た女を国じゅうからかき集めると、アーモンドに関する情報を徹底的にたたき込み、王の前でアーモンドとして振る舞うように命じた。

かくてラジャイオはハーレムを支配する広大無辺の暗黒のなかで、乳飲み子である母と対面した。〇歳から三歳までの母をかわるがわるあやし、自身の垂れ下がった乳首を吸わせた。七歳の母とボール遊びをし、一〇歳の母とあやとりをして、一二歳の母に『ローランの歌』を音吐朗々と読み聞かせた。一六歳の母と婚姻の契りを交わし、一八歳の母の乳房を貪るように吸い、二三歳の母にヘチマのスポンジで身体の隅々を洗ってもらった。二八歳の母に枕元で『ローランの歌』を読み聞かせてもらった。三八歳の母に泣きつき、四五歳の母に泣きつき、五二歳の母に泣きついた。六八歳のいまわの母の枕元で崩れ落ちた。とめどなく泣き笑い、狂乱の度が加わって、ハーレムの常闇《とこやみ》をさまよいながらありとあらゆる母と交わった。母がこよなく愛したアスフォデルの花、母と蹴り合った竹製のボール、母がつま弾いてくれたバンジョー、母の肉体を包んでいた金襴《きんらん》のドレスとも交わり、悦楽の限りの悦楽、悲哀の限りの悲哀が、気の触れた雷鳴となって城内に轟いた。

ハーレムから忽然とすがたを現したラジャイオは、王の間のからくり時計からぜんまいを引っこ抜くと、驚嘆のまなざしを向ける廷臣らに言った。「これより、時を止める。母が昇天した四月二二日一六時二七分だ」

永遠の喪がはじまり、全国民は同日同時刻のなかで動きを止めた。例外は許されず、親衛隊、廷臣、御者も動きを止めたので、ラジャイオはひとり徒《かち》で市中をめぐった。あらゆる人間が剝製のように動きを止めていた。紅茶のカップを口に運びながら。深紅のバラの茂みの裏で乳繰り合いながら。頰杖をついて窓の外を眺めながら。無論、ラジャイオのいないところでは自由に動いていたが、人々は王を認めるなりそれとなく合図しあって凝固を演じたのだ。

だが、凍りついた時を目の当たりにしてもラジャイオの長息は止まなかった。依然輝かしい太陽が蒼穹《そうきゅう》を切り裂いていた。水たまりが陽の光を照り返していた。自由の風が水たまりを波立たせていた。麗しい小夜啼鳥のさえずりが聞こえてきた。ラジャイオは城に帰館し、玉座にもたれながら「いまにはじまったことではない」と独りごちた。「いまにはじまったことではないが、この世は母の死を悼んでいない。祝福しているようにさえ見える」

時あたかも、王の間の片隅で凝り固まっていたひとりの廷臣が動きだし、王の前に歩み寄った。「完璧に時が止まっていないのは、王、ご自身の時が止まっていないためです」

「それは一理あるやもしれん」とラジャイオはあごひげを撫でた。「だが、それはいかにして実現されようか。そしておまえはなぜ勝手に動いているのか」

廷臣は目笑した。「これからわたしがすることで、そのふたつの疑問にお答えしてみせましょう」

そして懐刀を抜くと疾風のような速さでラジャイオの腹部を突き刺した。ほかの廷臣もたちどころに凝固を解き、首を、胸を、腕を抜き身で刺し貫いた。彼らはラジャイオが処刑した側近の親族だった。一方、親衛隊は意味ありげに目配せしながら一場を静観していた。

ラジャイオは全身から鮮血をほとばしらせながらよろめき立ち上がると、不敵に笑った。

目の前から人が去り、城が去った。月が去り、陽が去った。残光が無数の円を描き、円ががいを突き、突き、突いて、鐘の音を響かせた。いつかの王の生誕を喜んだ鐘。いつかの王の婚儀を祝した鐘。いつかの王の父の死を悼んだ鐘。鐘。鐘の音。小さくなり、銀糸のような余韻が断ち切られると、ものみな闇に覆われた。

「たしかに、これぞ余の見たかったものだ」

王は満足そうに絶命した。

廷臣たちも満足そうに顔を見合わせ、直ちにぜんまい係を呼び出した。ぜんまい係はからくり時計のぜんまいを巻き、秒針が動きだしたのをしかと見届けたあとで折り目正しくお辞儀をした。

「やはり、時を司るのはこのわたくしめであります。ぜんまいの神通力は時の流れにも及ぶものでありまして、たとえば、常ならぬ勢いで巻き上げれば時を早送りすることもできるのです。どれ、じっさいにご覧にいれましょう」

そう言って、ぜんまいを目一杯巻き上げた。

7.

Atlas of Worlds

世界のアトラス

「かつての〈アルカディア〉は、雪花石膏と大理石が調和した宏壮なホテルだったそうです」とミアはひたいに張りついた髪の毛を人差し指で分けながら言った。「周辺には美しい果実のみのる庭園や菜園が裾を広げていました。蒸し暑い初夏には熟れすぎたイチゴがぷつぷつ弾けて、甘酸っぱいにおいが町にまで漂ってきたそうですよ」

オルランドは首をひねるようにちいさく首肯すると、汗でずり落ちてくる銀縁メガネを人差し指であげ、デジタル一眼レフカメラで資料用の写真撮影をはじめた。

ファインダー越しに覗くのは、孤独と自然をかこつ煤けた廃墟だ。木蔦《きづた》が壁面を飾るようにして脚を絡ませている。張り出し窓はガラスがないか割れるかし、暗闇がぽっかり口を覗かせている。当時の写真と一致するのは、ホテルを囲う緑の葉叢の額縁と青々たる山麓ぐらいだ。その上の空は水晶のように澄んでなだらかな曲線を描いている。

「これでもだいぶ増しになったほうなんです。一昔前までは野犬の巣窟になっていましたから。一度噛まれた観光客もいて、狂犬病の予防注射を打つために大きな町まで車を飛ばしたこともあったそうです」

「その野犬とやらはどこに行ったんですか？」

ミアはためらいがちに口を開いた。「悪評がたつといけないということで、町の人が徹底的に追い払ったということです。お金になると分かってから、すべてが変わったんですよ」

「……こうして安全に視察できるわけだし、文句は言えませんね。わたしたち観光局としても、金になりそうだと分かったから飛びついたという事実に変わりはない」

ミアについてホテルに入った。草いきれがやわらぎ、影に冷まされた空気が身体を包み込む。鼻につくのはカビや埃、動物の糞尿らしきにおいも若干入り混じっている。カウンターテーブルは原型を留めているが、調度品の類いはひとつも残されていない。壁は紫色の影に覆われ、口を開けた窓から枝葉が忍び込んで隅々に木の葉の吹きだまりをつくっている。サロンやクロークルームはがらんとしていて、ミアの説明なしにはどこがどこだか区別できなかった。大食堂は地下空洞じみた暗い巨大空間に変貌し、朽ちた梁《はり》から木蔦が垂れ下がり、クモがせわしげに静けさを絡め取っている。一部の壁は痛々しく変形し、今にも果てない苦悶の声が聞こえてきそうだった。

「上のほうもかなりひどいですよ。八〇年近くが経った今でも真っ黒ですから。観光地化するとなったら、ぜんぶ直すつもりなんですか？」

「話し合ってみないことには分かりませんが、予算の都合もありますし、おそらくここは保存だけに留めてアトリエとコテージのほうを整備するでしょうね。あちらのほうがメインということですから」

　階上の荒廃ぶりを簡単にたしかめたあと、再度正面エントランスから出て、踏みならされた小径をたどった。町の住民が折々手を入れているという話だったが、膝丈ほどの青草が萌え弾んでいた。根を剝き出しにした樫《かし》の木の端にはクロウタドリの死骸が落ちていて、ハエやアリが休みなく解体作業にあたっていた。

　小径の向こうから二つの人影がやって来た。ラコステのポロシャツを着た日に焼けた大柄な男と、東洋人風の肌白い長髪の男。オルランドとミアは横の茂みに退いて道を譲った。すれ違いざまミアはポロシャツの男と親しげに目配せし、挨拶を交わした。

　ふたりから十分に離れたところで、オルランドが同業者ですかと尋ねると、先を歩くミアが「恋人なんですよ」と忍びやかな笑い声を響かせた。「彼もたまにこうして小遣い稼ぎをしているんです」

　彼女はＩＴエンジニアと翻訳を、恋人は庭師と地元カフェレストランのウェイターを兼業しており、依頼ベースで〈アルカディア〉のガイドも務めているという。近年〈アルカディア〉観光は町の一大財源になりつつあり、外国語を話せる住民の多くが〝非公式〟ガイドとして地元のトラベルエージェンシーに雇われているのだ。町にはホテルやゲストハウスも増えてきているそうで、〈アルカディア〉に投宿していた名高い芸術家たち、通称「プリズマ」関連のマグネットやポストカードまで売られている。もっとも関連グッズは許可を取っておらず、現在〈アルカディア〉は森林局の管理下に置かれているため、こうした敷地内への立ち入りも厳密には違法にあたるのだが。「今日はさっきのふたりが一番乗りのはずですよ」と朗らかな調子でミア。「午後になればもっと大勢の観光客がやって来ます。こうやって静かなひとときを楽しめるのも今のうちです」

従業員用の寮だったという廃屋の裏手に、アトリエはぽつんと建っていた。簡素なコンクリート造りの建物だ。屋根の一部のスレートが剝がれていたものの、火事の影響がないぶんホテル本館よりずっときれいに保存されている。当時を偲《しの》ばせるものは残されていなかったが、ねずみ色の廃墟のなかで異彩を放つものがひとつだけあった。壁一面を覆った、けばけばしい彩りのグラフィティだ。世界各地からやって来たファンが手がけたもので、プリズマ七名の顔イラストや代表作の複製、プリズマがものした小説からの引用句が描かれていた。

「あなたもなにか描いたんですか？」とオルランドは悪戯《いたずら》っぽく笑いかけた。「さっき車のなかでおっしゃっていましたよね。あなたもはじめはファンとしてここに来たと」

「いえ、わたしの場合はただ見るだけでした。それだけでも十分に楽しめましたし、彼らがいた場所に今自分がいるという事実を味わうだけで幸せでしたから。ここに住んでからは、すこし距離を置くようにはなりましたけどね」

「失礼でなければ、どうして住むことにしたんですか？」

ミアはふっと笑った。「理由はいくつかあります。ここの自然やのどかな暮らしが気に入ったのもそうですし、ラヴィ、さっきすれ違った恋人のことですが、彼と暮らしはじめたのも大きかったですね……。ここにあるようなファン・アートに魅せられたというのもあります」と言葉をおき、数秒オルランドを見つめてから、「ところで、プリズマのことをどれだけご存じですか？」

彼は唇の先端にたまっていた汗を袖でぬぐいながら肩をすくめた。「白状すると、深くは知らないんです。多少調べものはしてきましたが、すべてを追い切れたわけではなくて」

「それでしたら、コテージに向かいながら簡単にご説明しましょう。知っていたほうが楽しめると思うので」


ふたりはかつて美しい芝生が広がっていたという、草木が生い茂った細道に入った。いつしか陽が緑の天蓋から顔を覗かせ、ずっと蒸し暑くなっていた。足を踏み出すたびに小さなバッタが飛び跳ね、両際の草むらに消えていく。

「〈アルカディア〉は芸術のハブのような場所で、若手作家が入れ替わり立ち替わり逗留していました。のちに名を馳せた人は大勢いますが、同時期にあれだけの面々が顔を合わせていたという意味でも特に有名なのが、のちにプリズマと呼ばれることになった七人です」

そのひとりに、ロバート・コーネルがいた。彼はのちにミニマリズムの反動芸術に先鞭《せんべん》をつけ、解釈の余地を一切与えないまでに細部を描き込むマキシマリズムの旗手となった。代表作は『都市』シリーズ。ニューヨーク、東京、イスタンブールといった大都市の細密画を作製し、同画内に登場した人物、建物、物の具を個別に絵にした上で、作者本人の解説をつけるというものだ。『モナリザ』や『ひまわり』などの複写に自身の署名を入れた『署名』シリーズ、ロスコやリヒターの抽象画を特定のモチーフを伴った具象画として表現し直した『再解釈』シリーズも有名だ。

筆耕家、油彩画家、写真家、陶芸家と数々の顔を持ち、現代のレオナルド・ダ・ヴィンチとも謳われたローダ・ボードリヤールは、多数の有名人を相手に『ヒューマン・アトラス』で巨万の富を手にした。二の腕のうぶ毛、陰茎のひだ、人差し指の付け根と、人ひとりの身体を頭からつま先までどこの部位か判断つかないほど近距離で接写し、幾多の起伏を組み合わせて山や谷を、大陸や海原を形成し、その人特有の人体の世界地図を創造するというものだ。

オーランドー・レノンとポール・ラブは小説家デュオとして大成した。どちらのアイデアが基になった作品でも必ず「レノン／ラブ」名義で発表するという取り決めを交わし、共同であらすじを練り、執筆と推敲《すいこう》をかわるがわる行った。代表作は『愛なき世界』と『ボートの七人男』。晩年はレノンが遅筆になり、作品数のバランスが大きく崩れたことで利権争いが生じ、コンビを解消している。

そのほか、知名度は若干劣るものの、作曲家のエリカ・ヴィッカーリ、脚本家のヨウコ・イシカワ、肖像画家のラジャイオ・マフディーもいた。

「彼らプリズマたちはたがいに影響を与えながら、プルデンシアという支配人のひとり娘をモチーフに数多くの芸術を制作しました。そのひとつが、レノン／ラブ名義でのデビュー作となった『アトラス・プルデンシア』です。コテージに閉じこもってしまった彼女にたくさんの物語を朗読して、外の世界に誘い出すという内容なのですが、これはじっさいにあった出来事で、プリズマ全員が物語作りと朗読に参加したと言われています」

コテージは草原と深い森の境目にあった。

厚い葉叢がかぶさったスレート葺《ぶ》きの屋根、玄関ポーチの階段脇には朽ちた赤黒いリンゴがひとつ転がっている。玄関扉の下部には長方形の穴がぽっかり開いていた。かたわらには比較的真新しそうな山積みのペンキ缶と、黒のマジックペンで「フリー・ボックス」と書かれた大きなプラスチックケースが置かれており、絵具チューブや毛筆や刷毛が乱雑に入れられていた。

「ファンが置いていったものです。あまった画材を捨てるのはもったいないから、後続のファンに使ってもらおうということで」

コテージに入ったとたん、オルランドはぎょっと身を強ばらせた。縦一〇メートル、横五メートル、高さ三メートルの四方の壁を、極彩色の乱流がたがいの領土を奪い合うように激しく吹き荒れていたのだ。しかも刮目《かつもく》すれば、色彩の大海の中から夥《おびただ》しい数の女が浮かび上がってくる。

「これは、とんでもないですね……!」

嘆声を上げながらよろよろと部屋の中央に進み、まわりを見回した。泥の河で沐浴をしている金無垢のサリーをまとったカカオ色の肌の女。長い黒髪をフォークにまきつけ口に運ぶ空色のワンピースの女。壁と壁の境目にはだいだい色の道が延び、白いローブすがたの少女がまたがったトラが消失点に向かって疾駆している。女の眉目形や筆遣いはばらばらで、豆粒大から等身大まで錯雑している。

「彼女たちは誰なんです?」

「いちおう、プルデンシアと言われています」

「どれがです？」

「ぜんぶですよ」

「でも、みんな違う人に見えますけど」

「誰も本物のプルデンシアの顔を知らないからです。プリズマたちが制作したプルデンシア像も三者三様なので、これといった具体的なイメージがないんです。つまり、ある程度年若い女性であれば、誰を描いてもプルデンシアとして成立してしまう矛盾を抱えているんですよ」

オルランドは一瞬きょとんとして、相好を崩した。「なにかの神話の神みたいですね。この場合は女神といったほうが近いのかもしれないけど」

「現に、プルデンシアをミューズと呼んでいるファンもいますよ。プリズマに創作の霊感を与えてくれたということで」

「けど、実像が見えないんだったら、別人が描かれている可能性もあるんじゃないですか？」

「そうかもしれませんが、このコテージに描かれている以上はやはりプルデンシアになってしまうんです。少なくともファンの目にはそう見えるんですよ。ちなみに半年ほど前に数えたときには、ぜんぶで八一二八人のプルデンシアがいました」

「へぇ」と間近にあったカエルの着ぐるみを着た少女の絵に目をやって、「……こんなこと、誰がはじめたんです？」

「たしかなことは」とミアはちいさく首を振った。「ラヴィに聞いた話だと、もう三〇年ぐらい前からこのような変化がひっそりはじまっていたそうですが——ここを見てください」

としゃがみ込み、巾木《はばき》の上にあったマッチ棒サイズの宇宙服を着た女を指さした。「上塗りされた跡がはっきり見えるでしょう？　ファンはどんどん新しい絵を上塗りしていっているんです。今ではもう、いつ誰がはじめたかも、どこに最初の絵があったのかも分からないんですよ」

「どこでそんな約束事が交わされたんですか。ファンはここにばらばらにやって来るんですよね」

「インターネット上のファンサイトでもいちおう話題にはなっていますから。それに、プリズマのファンだったらなんとはなしに分かるんです。ここはそういう場所なんだって」

オルランドはミアと言葉を交わしつつ、デジタルカメラを動画モードに切り替え、じりじりと壁伝いに進んでいった。

豊満な乳房を露わにした女がフランス国旗を掲げ、マスケット銃とサーベルを手にした女の一団を率いている。軍服を着た女兵士が膝をつき機関銃を乱射している。飛び交う銃弾の下では何百という女兵士が血の池に浮かんでいる。目を凝らすと、飛び散る血しぶきの一つひとつにあどけない目鼻口がうっすら描き込まれていた。となりでは、ヘビの巻き付いた杖を持った女たちが頭蓋骨の供えられた石棺を囲んでいる。古代ギリシャ風のローブをまとっている。光り輝く女が角笛を吹き鳴らし、先端からコウモリの翼を生やした極小の少女たちが飛び出して、屍の銃創に細長い卵を産みつけている。石棺のかたわらにはガラスのない丸い窓枠があって、死に装束すがたの少女たちが手をつなぎ、窓枠を縁取っていた。窓外の光の穴に飛び込もうとしているようにも、光輝を祝福しているようにも、そういう品種の花の擬態にも見える。

「だいぶ、いろんなものがごたまぜになってるみたいですね。このおかしな甲冑の少女たちなんか、アレクサンドロス大王の軍隊みたいにファランクスを組んでるのに、真上じゃ、ひとりの女がスーパーマンのマントをなびかせながら飛んでいる。見てるだけで頭がおかしくなりそうだ」

「わたしもここに来た当初は、モチーフ探しに熱中しました。これは沙漠をゆくキャラバンに見えるけど『アラビアのロレンス』じゃないか。こっちはロレンツォ・デ・メディチの肖像画を模したものじゃないかって」

「これなんかも、どこかで見た構図ですけど」

「『パルナッソス』だと思います。バチカン宮殿の署名の間にあるラファエロの壁画です。ここに描かれているのはぜんぶ女性ですけど、本物には中央にアポロンとミューズがいて、まわりに古代の詩人が描き込まれています」

「〈アルカディア〉もどこかに描かれてるんですか?」

「ありますよ。原寸大からはほど遠いですが」

ミアに導かれ浴室に入ると、オルランドの両の目を広大な美が強襲した。

ターコイズブルーの陶器タイルの壁三面にわたって、象牙色の肌をした人魚がでかでかと描かれている。横たわるヴィーナス然としたポーズを取りながら、金色燦然《さんぜん》たる髪をそよがせ、周囲に滾《たぎ》る色彩を呑み込もうとしている。

肉体は多様な生物の住処だ。髪には毛皮をまとった半裸の女たちが潜み、眉毛の草地を女の顔をしたライオンやインパラが駆けている。鎖骨のくぼみに空中庭園、もうひとつのくぼみに塩湖、左の乳房にギザのピラミッド、右にジッグラト、くびれた左の脇腹は沙漠、右が雪原地帯。仄暗《ほのぐら》いへその内側に仏教遺跡群が押し込められている。下半身を覆ううろこの一枚一枚には男装した女の社交場だの、天馬に乗った騎士が月に昇る場面だの、女顔の馬の集落だの、独立した細密画が描き込まれている。

「ここです」とミアが指さす尾ひれのうろこの一枚に白亜の建物があった。周辺には低い石垣で囲まれた色鮮やかな菜園や果実園が広がり、清廉な白のワンピースすがたの少女たちがイチゴを摘み、花輪を作っている。太鼓腹のウサギの銅像が点在する青い芝生の向こう、鳶色の小屋の前で七人の女が車座になっている。

「これは、『アトラス・プルデンシア』の一場面ですよね」とオルランドは写真を一枚撮り、ミアを横目で見た。「それで結局、プルデンシアはこの後どうなったんですか?」

「はっきりしたことまでは」と彼女は肩をすくめた。「唯一残されている手がかりは『アトラス・プルデンシア』ですが、それもいろんな終わり方があるんですよ」

「ひとつじゃないんですか?」

「レノンとラブは晩年『アトラス・プルデンシア』を別々に編み直して、新しい版を刊行しているんです。プルデンシアに読み聞かせたとされている物語は、実は最初期の『アトラス・プルデンシア』に収録されたものよりもたくさんあって、ふたりは現代風にアレンジしたりして、自作のものを中心に組み直したそうです。その結果、結末も変わることになったようで」

「はぁ」

「さらに言うと、ボードリヤールやイシカワも後年に自作の物語を中心に編纂した『アトラス・プルデンシア』を刊行し、やはり別の結末を綴っています。ほかのプリズマも当時を振りかえるインタビューだとかなにがしかの形で、プルデンシアに関してはまったく別のエピソードを語っているんですよ」

「なんだかおちょくられてるみたいですね」とオルランドは破顔した。「そこまで来ると、なにかしらの意図を感じてしまいます。わざと読み手を混乱させようとしているような」

「じっさい、ファンのあいだでもそんなふうにささやかれているんです。裏で示し合わせて、プルデンシアをフィクションの向こうに逃がしているようだって。でも同時に、プリズマたちの語るプルデンシア像や結末には重なり合っている部分も少なからずあって、そこに真相の一端をちらつかせているのではないかとも言われています。無から生まれる創造なんてないわけだし、その手の表現方法もまた、プリズマたちがいかにもやりそうなことだということで」

アトラス・プルデンシア

ラジャイオ・マフディー版

芸術家たちは浮き足だっていた。ロバートは真っ昼間から缶ビールを飲み、スピーカーから流れるブギウギに合わせ足踏みしつつ鉛筆を走らせる。ローダはイトスギの樹皮にプルデンシアの名と詩句をナイフで刻む。エリカはハムと卵のサンドイッチをうんとこしらえ、籐のバスケットに入れコテージに持参する。二日酔いのポールは生得の詩才でもって、即興でそれなりの作品を編んでみせる。一同、日ごとにヴァン・ゴッホへの偏愛を語り、国境越えの冒険譚を語り、舞い散る白い鳥たちを語り、アイデアが尽きてきたらホテル本館サンルームの本棚から古今の文学作品をごっそり抜き出して、分解し、段を継ぎ文を接ぎ、まったく別の物語を創り出す。『罪と罰』と『巨匠とマルガリータ』を足し『石蹴り遊び』で割ったらドリームポップな『死者の書』の完成！　だなんて沸き立ち、ホテルロビーの片隅にある中世の甲冑だの、食堂の壁にかざられたナイアガラの滝の写真だのも物語に取り入れ、さも身のまわりから創り上げたかのような空気感まで演出した。

けれど揚々たる雰囲気が続いたのも、朗読が三巡目に入るまでのこと。暗雲立ちこめてきたのだ。なにしろ会心の一作を読み上げたところで、反応はなし。言葉の剣はもれなく空をきり、扉の盾に跳ね返される。沈黙の鎧をまとったコテージ。一同は悲しげに、または恨みがましく眼光を鋭くする。もしやプルデンシアなんていないのではという空想がむくむく立ち上がるも、草葉の裏から観察するかぎり、夜になればカーテンの隙間から白い明かりが漏れるし、扉下部のイリスのドアから差し入れられる食事は毎度きれいに平らげられる。支配人のロレンソがたまにやって来ては、扉に向かってぼそぼそ話しかける。近頃はイリスのドアからなにやら受け取るようにもなった。ありゃなんだ。紙みたいだ。紙の束。なにが書いてあるんだろ。閉じこもった理由をつらつら書いてるとか。反省文とか。わたしたちの悪口とか？　連日繰り返されるスクラップまがいの物語の不法投棄、これはれっきとしたバーバル・ハラスメントです、ストーリー・ハラスメントです。いやいや、そんなのバカげてる、と強がるも心までは嘘をつけず、もとよりコテージから少し離れたリンゴの樹の裏で朗読していたのがさらに遠ざかり、身が縮こまり、声も震えがち。アトリエにこもる時間が増え、ポールは鉛筆を指でくるくる回し、エリカは壁の染み目掛けてトランプをびゅんびゅん飛ばす。オーランドーはふだんペーパーウェイトがわりに使っているペットのミドリガメを神経質そうに撫でまわし、甲羅の文様をかき消してしまう。

一日に語る物語の数が目に見えて減り、五編、四編となったころには、アトリエのキッチンテーブルで顔を合わせるたび、いつまで続けるのよ、なんか吐きそう、もういやだ！　三編、二編を切ったころには、ああ苦しい苦しい！　もう行きたくない！　コテージ恐怖症だ、白旗だ！　次の一編でなにもかも終わりにしてしまおう。そうして芸術家たちが最後の物語に選んだのは、これまでの経緯をありのままに打ち明けることだった。「今までずっと、ごちゃごちゃ訳の分からない作り話ばかりしてきてごめんよ、プルデンシア。さぞ気味が悪かったろうけど、あの声の正体はぼくらだったんだ」

かような前口上のあと、ラジャイオはあらためて名乗りを上げ、「ぼくは世界中を旅しながら絵を描いてるんだ」とイリスのドアに険しいまなこを据えた。「きみのお母さんにもすこし似てるけど、決定的に違う点がひとつある。ぼくの場合は、絵を盗むために旅をしているということだ。世界各地の壁に描かれた落書きを写生して、額縁をつけて売るんだよ。落書き程度なら盗んでもばれっこないし、なかには画家顔負けの作品もあるからね」

「おれはさ」と後頭部を掻きながらロバート。「支配人、つまりきみのお父さんにはコラージュニストって名乗ったけど、じっさいはまともな作品なんてひとつもつくったことがなかった。ろくすっぽ働いたこともなくて、ずっとバレリーナの追っかけをやってたんだ。陶器の人形みたいにつるっとした女の子でさ、年がら年中ファンレターを送ってた。すこしでも気を引きたかったから、その娘のコラージュ写真を貼りつけてよ。きみのお父さんに見せたポートフォリオは、そのとき大量に作成したコラージュの残りってわけ」

「わたしたちが騎士で、あなたはお姫さま、必ず救い出してみせる」とローダが小刻みに首を振る。「なんて、お花畑の絵空事をずっと思い描いていた。でも、ようやく夢から覚めることができた。目覚めは最悪だけど」

「ごめんね、あたしは話すことなんてないの」とうつむきながらエリカ。「てんでからっぽだから」

「わたしはたんなる目立ちたがり屋」とひややかに笑うヨウコ。「はじめに目指したのは舞台女優。それから画家。音楽に合わせて編みものをするインスタレーションをしたりして。果てにたどり着いたのが脚本家。コンペティションは落選の日々。ぶちまけると、この朗読会に参加したのはどこまでも自分のためだった。ただネタをためるために。自信をつけるために。たぶん今だってそう。あなたに洗いざらい話すことで、罪悪感を和らげようとしている。これもネタにできるかしら、と思いながら」

「おれは生涯エミリー・ブロンテ一筋だった」と無表情にポール。「博士号を取ったのもエミリー・ブロンテに関する論文、コネがあって、若くして全英エミリー・ブロンテ協会の副会長にもなった。でも、ただそれだけだ」

「ぼくも大なり小なりおんなじだ」とミドリガメの甲羅を撫でながらオーランドー。「真似事、追従、夢想、偽善、空虚、大見得、なんでもござれ。ただぼくの場合は、加えてストーカー癖あり。露出狂の女装好きの多重人格者でもっとたちが悪い。今だって詩人のふりしてる、高慢ちきに勿体をつけて。伝えたいことぜんぶを六行詩に首尾良くおさめるように、語らずして多くを語ろうと欲張ったあげくがこのざまだ。どうせなら黒鉛をしこしこすりつけて、大長編を書き上げたほうがまだましだった。いやいっそのこと、はなっからなんも語らないほうが良かったか」なおも赤熱する甲羅をこすりながら、「そうだそうだ、はなっからおかしかったんだ！　ぼくらはみな共通して金がなく、ただ食い扶持をつなぐため、芸術を盾にして〈アルカディア〉に転がり込んできた。ぼくらだってここに閉じこもってるんだから、プルデンシア、きみの閉じこもりを否定できるはずがない」

そうして口をつぐむが早いか、コテージの扉が打ち鳴らされた。

こん、

こん、

こん、

こん、

と春夏秋冬が一年をめぐるような規則正しさで。

芸術家たちが驚き凝り固まっている合間に、突如カメの甲羅が発火し、見る間にオーランドーの服に燃え広がった。火柱となって阿鼻叫喚に走りまわり、火の粉を散らす、ポールに、エリカに、ヨウコに。こん、こん、こんとローダ、ロバート、ラジャイオへと燃え移り、扉のたたかれる音は数等激しさを増してゆき、火の手がホテルをも鷲づかみにして一個の巨大な炎と化したときには終わりを告げる早鐘に変わっている。

ロバート・コーネル版

サイレンの余響がこだまする深い霧のなかを、おれたちは駆けた。

影絵芝居の大団円じみた無数の人影がコテージ周辺を取り巻いていた。すすり泣く者、肩を寄せ合う者。玄関ポーチのランプが煌々と灯り、開け放たれた扉の向こうで大勢が慌ただしげに行き交っている。

ふたりの男が一台のストレッチャーを運び出してきた。白い覆いがかけられ、隙間からバスローブの帯が垂れ下がっている。かたわらに乱れ髪の支配人が付き添っていた。人目も憚らず嗚咽を漏らし、ストレッチャーとともに蒼然たる闇夜に紛れ消えていく。

おれたちは思い思いにアトリエに戻り、作業場のテーブルを囲んだ。悄然とこうべを垂れる。泣こうにも泣けず、時を置かずして作業台は酒の空き瓶だらけになった。

夜明け間近、ぎゃっという甲高い声が静寂を引き裂いた。

エリカが立ち上がっていた。顔を赤くして、左手も赤くして。

「アルカディアに！」

喜色に口元を引きつらせ、親指のない左手をあげる。裁断機に残りの指を差し込むと、ふたたび「アルカディアに！」と叫んでレバーを下ろした。四本の指が弾け飛び、鮮血が噴き出す。

ポールが駆け寄ると、彼女は裁断機の横にあった裁断ばさみをひっつかみ、彼のみぞおちに突き刺した。二度、三度と。ポールがくずおれるや、ローダが硬直を解き、工具箱のいちばん上にあったトンカチでエリカの後頭部を殴った。血しぶきとともに彼女が沈む。それを見届けたあと、ローダがおれのほうをにらみつけてきた。この部屋を染め上げるどんな赤より赤い目で。

ローダ・ボードリヤール版

白日の光のなか、いつものようにアスフォデルの花輪をつくり、リンゴの樹の下で輪になって『著者結び』を語ろうとしていたとき、どこからとも知れず大音声が響いた。

ついに見つけましたぞ、
わが聖杯、北極星、
麗しの思い姫よ！

強靭な突風が吹きわたり、四方の木々がみしみしとしなって、アスフォデルの花がひとつ残らず吹き飛んだ。一面巨大な影が覆い、耳を破らんばかりの地鳴りが唸る。咄嗟につむった目を開けると、おそろしく巨大な人影が芝生に立っていた。

奇妙な風采の騎士だ。
白い甲冑に身を包んでいるが、よく見れば胸当てはペンキで白く塗った鉄と銅と木の板の継ぎ接ぎだらけ、頬当てには厚紙をあてがっている。まびさしが深く、顔は窺えない。一見五〇メートルぐらいありそうに見えるが、目を細めるとほんの三、四メートル、首をふりふり目をこするとやはり二〇メートルぐらいに見えるなど、だまし絵然とした巨体をしている。
巨人はこちらに向き直り、左胸に右手をあて、金属の共鳴音めいたふしぎな声を発した。

おお、そなたたちはかの七人のこびとですね！
わたしの名はローラン、
ローラン・ド・ド・ド・ド・ド・ド・ボイアルド。
ドの数からして、
高貴の香気がぷんぷんかおるかと思いますが、
まさしく、わたしは栄えある聖騎士、
姫の君プルデンシアを捜し求めて
世界中を駆けまわっていたのです。

妙なことに、ローランたる巨人の騎士が放つ一語一語はどれほど韻律に乏しく、出来損ないの散文のようであっても、さも連行詩を語るがごとく凄みをもって縷々と響きわたるのだった。そんな彼のことを、わたしたちはふんぞり返ったまま見上げていた。ヨウコは手にしていた原稿をぱらぱら落とし、エリカはひっひっひっと過呼吸気味、ポールは白目を剝き、オーランドーはミドリガメを手にしたままなぜか目を爛々と輝かせ、ラジャイオはがくがく震えながら失禁する始末。

巨人ローランからしてみれば、わたしたちの驚愕など塵芥《ちりあくた》の表情を窺うがごとくゆめゆめつかめないのか、声色ひとつ変えずに続けた。

こたびの旅路、アエネアス顔負けの大冒険でありました。
幾多の山こえ谷こえ、国また国を渡り歩き、
一時は愛の狂気に我を失い、黄泉《よみ》の国に踏み迷いながらも
この身に灯る激しい熱情で常闇を照らし出し、
後ろを振りかえる閑《ひま》すらなく稲妻のごとく駆け抜けて、
勢いそのまま月光天、水星天、金星天ときざはしをのぼりつめ、
死者混然と入り乱れる至高天のどん詰まりに行き当たるや
天馬〈神の目〉に打ちまたがって時空をひとっ飛び。
数多の物語世界を狂奔し、頁なき頁を突き進みつつ
郷に従い名を変え、性を変え、姿形を変えて、
順繰りに、または賽《さい》の目のように気まぐれに
行きつ戻りつしながらも心だけはひたすらまっすぐに、
勇猛無比に、プルデンシア目指してここまで来たのです。

それがまさかこんな結末にいただなんて、
預言者マーリンだって想像だにできなかったでしょう！

ローランはやにわに腰を下ろし、コテージの屋根に両手をかけるとふんぬと持ち上げ、かたわらに放り落とした。尋常ならぬ風が巻き起こり、わたしたちは吹っ飛ばされた。ロバートはひっくり返ってリンゴの樹に背中を打ちつけ伸びてしまう。
だがローランはわたしたちのことなど眼中にない様子で、コテージを見下ろしながら声を裏返した。

なんというかぐわしい美！
恋の火に燃ゆる二つ目の太陽よ！
ただ惜しむらくは、
このような粗末な棺に押し込められていたこと。
昨今はさまざまなタイプがあるとはいえ、
せめてガラス製ぐらいは用意してほしかった。
ここだけの話に留めておきたいが、
あのこびとたちはまったく気が利かない！
こっぴどく叱りつけたいところだが、
今は素晴らしき世界を目覚めさせるのが先決。

さあ、眠りの埃をはたき落としてさしあげましょう！

ローランはどしんと膝をつき、舌なめずりをしながらコテージに顔をうずめた。数秒後、さも午睡を取ったかのような満ち足りた面持ちで立ち上がる。すると驚くべきことに、巨人の女がコテージからむっくと身体を起こした。あどけなさの残る眉目形は少女という言葉が似つかわしいが、そう呼ぶにはあまりに巨体。

ああ、あなたはローラン、わたしのローランですね！
愛しき混成の創造物よ、ずっと信じておりました、
空白余白にばらまいた幾億の愛の文字、
いずれどれかの文学的精神に届き、
わたしのもとに駆けつけてくれることを！

おお、プルデンシア、姫君にして豊穣なる大地の女神、
最愛なるママンよ！
あなたの白い翼を生やした声を耳にするだけで、
血をめぐらせた真珠の美を目にするだけで、
万里の物語を駆け抜けた甲斐があったというもの！

両人はきつく抱きしめ合い、雨に濡れた犬のようにぶるるっと震えると、喜びの舞いを踊りはじめた。どん、どどん、どんとステップを踏むごとにリンゴがぼろぼろ落ちてきて、アスフォデルの花びらが舞い上がる。呆気にとられていたわたしたちも下っ腹に響く強烈な重低音グルーヴに魅了されてしまい、アトリエからフルート、ギター、クラリネット、バンジョー、アコーディオン、ユーフォニウムを取ってきて演奏をはじめた。と、お祭り騒ぎにさそわれ、庭師、給仕、ソムリエたちが「なんだい「なんだい「どうしたい」と三々五々やって来て、「ありゃあプルデンシア嬢かね「こいつぁたまげたねぇ「いやでもおめでとうだよ「あぁおめでとう「おめでとう」と万雷の拍手でもって音頭を取りだす。ついには支配人までこれはいったいなんの騒ぎかねとひょっこり顔を出し、幸せそうにダンスを踊るふたりの巨人を見上げながら、「おぉ、おぉぉぉぉぉぉぉぉぉぉぉぉぉぉお、子の成長とはげに凄まじきかな……！」と感涙頬を伝ったところで、一同、これをきりよく大団円としたのである。

エリカ・ヴィッカーリ版

ポールが『イリスのドアの手稿』を語り終えたとたん、扉の向こうから澄みわたった声が聞こえてきた。

「みなさん、どうもはじめまして。わたし、プルデンシアです。みなさんがたくさんの物語を聞かせてくれたおかげで、わたしはこうして元気を取り戻し、声も出せるようになりました。本当にありがとうございます。ここに閉じこもるにいたった経緯をご説明させていただきますと、大学で知り合った恋人のローランが飛行機事故で帰らぬ人となり、ショックのあまり声が出なくなっていたのです。そこで静養をかねて〈アルカディア〉に帰省し、静寂と孤独の巨大な包帯にくるまれていたのです」

デウス・エクス・マキナじみた突然の告白に、あたしたちは驚き固まってしまった。

そのまま黙座しているとしばらくして、「いえ、あの、やっぱり違うんです」という声が慌ただしげに沈黙を破った。「実をいうと、シェアハウスのルームメイトにいじめられてしょげてしまい、〈アルカディア〉に逃げかえり閉じこもっていたのです」

どう反応したらいいか分からず、あたしたちは凝固したままでいた。

するとしばらくして、「あ、やっぱり今のはなしにしてください」という声が三度《みたび》沈黙を破った。「本当のところは超越瞑想を実践していまして、内なる神に近づくべく俗世断ちをしていたのです」

はあ、と思って、あたしたちは身じろぎもしなかった。

そのようにして、沈黙と告白が繰り返された。

「わたしは修道女であり、みなさんの物語的な懺悔《ざんげ》に耳を傾けていたのです」
「わたしは大いなるふたであり、この世の災厄を封じ込めていたのです」

「わたしは無言の語り部であり、外の世界に閉じこもってしまったみなさんを内なる世界にいざなっていたのです」
「わたしはコテージ型人工知能であり、これは録音音声に過ぎません」
「わたしは狡猾《こうかつ》な型抜き師であり、たくさんの不条理の物語を誘いこんで条理の型を取っていたのです」
「わたしはエレウシスの女神であり、沈黙を通じて誕生と再生の秘法をみなさんに授けようとしていたのです」
「わたしはヴィトゲンシュタインの亡霊であり、沈黙することで芸術がいかにばかげたものであるか伝えていたのです」
「わたしはコテージの精であり、扉をこすれば出てきます」
「わたしはたゆたう波動の女であり、観測された瞬間にひとつのプルデンシアに収束します」
「わたしは真理であり、すべてのプルデンシアは嘘つきです」
「わたしはあらゆるエピローグの総体であり、ここから出たとたんあらゆる物語は終わりを見ます」

そのようにして、扉が開かれた。

ヨウコ・イシカワ版

読者の皆々さま、生を息吹く陽の光はあまねく退散し、時すでに悪魔も声を潜める真夜中。プルデンシアをめぐる大長編もいよいよ本稿をもって終わりを迎えます。

さて、どこからどうご報告したらいいものか、ペンが居心地悪そうに虚空をさまよってしまいますが、ひとまずわたしたちが内々に立ち上げた朗読会について触れておきますと、中途よりだいぶ趣が変わってしまいました。数十、数百もの声色が飛び交うようになり、物語の幅も格段に拡がったのです。なんとなれば、七人の男女が座して朗読するという活動が人目を引かないわけがなく、日経たずしてホテル従業員の口の端《は》にのぼり、宿泊客にまで知れわたりました。そして彼らの一部が朗読会に関心を寄せ、加わるようになったのです。

百科事典売りのヴァージニア。画商のエミリ。詩人のエンバイ。墓掘り人のジェンティーレ。学者のキルヒャー。物書きのジョゼ。舞台女優のミア。エネルギー会社重役のエヴァ。ファッションモデルのジェーン。提督のハルセイ。受付のアンジェリカ。掃除人のニコラ。料理人のマヌエル。皿洗いのガレオット。庭師のアスカラポス。伯爵のカーコーディ。給仕のジュノ……。列挙すればきりがなく、わけても宿泊客は日ごとに入れ替わってゆくので、列挙自体が意味なきことでもあります。

誤解を恐れずに言えば、あのころのわたしたちを突き動かしていたもの、それはおそらくプルデンシアに対する情愛や憐憫《れんびん》などではなく、創作につきものの中毒性だったのでしょう。みな、知ってしまったのです。頭の暗がりに美々しい着想がともったときの喜びを。はっとするような言葉の組み合わせからしたたり落ちる蜜の味を。丹念に水をやり続けた種子が花開き、実を結んだときの快哉《かいさい》を。ただそれを味わいたいがために、献灯に香油を注ぎ足すようにして昼夜をわかたず物語を織り続けたのです。

それがもう何十年も前のこと。

今や、当時を知る者はほとんどいなくなってしまいました。

それでも、変わらず続いているものもあります。

朗読という営みです。

新たに雇われた従業員や芸術家、それに宿泊客もときたま加わって、なぜこんなことをするのかも判然としないまま物語をものし、中空に目を打ち据え、あるいは足下に散ったアスフォデルの花びらを見下ろしながら、コテージの前で淡々と朗読しています。若い給仕は日々欠かさず、イリスのドアに食事トレイを差し入れ、およそ一時間後、手つかずのままのトレイを抜き取っていきます。日没間近には支配人が樫の杖をつきながらやって来て、日々の労苦の物語を読み上げていきます。ひざまずき、目をつむり、句点ごとに息を整えしたたかに言葉を吐き出す様は、さながら祈禱《きとう》を捧げるかのようです。

わたしもこれからコテージの前で粛々と読み上げるつもりです。もうすぐ書き上げるであろうこの手稿を。今書いているこの一語一語を。とうに書き終えていたこの記憶を。それらがあまねく重なり合った瞬間に、わたしもようやく〈アルカディア〉から旅立てることでしょう。

ポール・ラブ版

オーランドーが最後に語ったのは『わたしの物語』だった。

（……）親愛なる物語よ、今ここにありのままの心を刻印するといたしましょう。そうです、わたしは物心ついたときから小説家を志していました。これといった特別なきっかけがあるわけでもなく、おそらくは母がよく読み聞かせてくれた『千夜一夜物語』の大迷宮に迷い込んでしまい、アリアドネに会うこともかなわず、そこで生涯を過ごすはめになってしまったのでしょう。

（……）一〇代は習作の時代と決めていました。うんと高い塔を建てるべく、まずは身のまわりの出来事、この目や耳がとらえるすべてのものを文字化する訓練に傾倒しました。わたしの物語、手の物語、鉛筆の物語、紙の物語、樹の物語、水の物語、青の物語、空の物語……。その手練手管は、母が教えてくれた油彩画の色づくりに似ていました。リンドウの若葉の色を表するため、一見無関係そうな黒や紫を混ぜ合わせるといった具合に、種々の言葉を織り交ぜてこの世界をわたしのなかに描き込んでいくのです。

（……）本格的に小説を書きはじめたのは、大学に進学してからです。父は小説の道を反対していましたが、そのうちブッカー賞でもなんでも取って説得してみせるつもりでした。でもそのためにはまず作品を発表しなければなりません。だから寸暇を惜しんで勉強机にかじりつき、今昔の現実と虚構の色糸で織り上げた物語を書き上げ、出版社に送りました。わたしの悲喜劇はそこからはじまったのです。(……)国内の出版社が全滅したあとは他言語に翻訳し、外国の出版社にも送りましたが、やはり三〇社、四〇社と断られて、(……)もはや心情は死地に赴く兵士同然でした。コピー印刷と封入は遺品整理。宛名書きは遺書を綴るようなもの。わたしはただひたすら心を鎮め、送信者の機械になることに努めました。

(……)六三社目の封筒を携え郵便局に行った際、突然声が出ないことに気がつきました。「書留で」という言葉が出てこなかったのです。

(……)心療内科に通って発声練習をしました。医師は口を大きく開けて「まままままままま!」、「めめめめめめめめ!」と繰り返しました。まるで盛りのついたヤギのようで、わたしは矢も盾もたまらず哄笑《こうしょう》してしまいましたが、口から出てきたのはひゅーっひゅーっというう悲しいすきま風だけでした。(……)回復の兆しは一向に見えず、小説で失った声は小説でしか取り戻せないのではないか、そんな考えに取り憑《つ》かれ、不退転の覚悟で〈アルカディア〉に帰省しました。コテージに閉じこもって小説に打ち込みたいとわがままを承知の上で相談したところ、父はしぶしぶふたつの条件を出してきました。ひとつめは〈アルカディア〉に逗留する芸術家と同様、最長半年までだということ。ふたつめは、そこまでして打ち込む価値のあるものなのか見極めるために小説を読ませること。

(……)ひとつ、明確なアイデアがありました。生前大成しなかった小説家ないし小説家志望の死者たちがあの世で朗読会を開き、往時の大文豪たちに自作を語り聞かせて論評してもらうという物語です。

（……）書き、書き、書いては破り、書き捨て、破り捨て、捨て、ばっさばっさと斬り捨て、空無のうちに散った無垢の言葉たちを、ふがいない自分を。（……）はじまりの一語から抜けだしたく、参考書籍を小脇に抱え、紙と亜鉛の小舟に乗ってコテージを漂流しました。書きもの机からベッドへ。『恋するオルランド』から『お気に召すまま』へ。『オーランドー』から床の上、『不在の騎士』から『めくるめく世界』へ。バスタブへ。お湯を張り、無重力の愛撫に手足を預けました。ゆらりゆらりと明け方のまどろみのような温かさのなかで肉体をふやかしていたおり、どこからかすきま風のような音が聞こえてきました。ひゅーひゅーと弱々しく鳴り響いていて、船の汽笛にも似た残響や、砂時計を滑り落ちてゆく砂のようなひそやかさを伴っていて……、声です。誰かがしゃべっているようなのです。たくさんの声の断片がぼやぼやした湯気のように浴室に立ちこめ、澄んだ水面の揺らぎと戯れながらくっつきあい、うねりくねる単語の雲となり、文章の霧雨を降らせて、そのうち巨大な悩ましい物語の影が濃霧の向こうから浮かび上がってきました。でもふしぎなことに、浴室の窓の向こうには緑したたる木々が見えるのみ。ドアスコープの向こうには午後の陽光がたっぷり染み込んだ芝生が広がるのみ。（……）訪れたのは、ついに頭のヒューズが飛んでしまったのだという恐怖でした。

（……）ぬるま湯に沈み、頭上でぷつぷつと弾ける気泡を見つめながら黙想していたとき、「狂気のうちに理を見つけること、それが小説を書くということだ」という言葉を思い出しました。さて、誰の言葉だったのでしょう。もしかしたらそれすらもわたし自身の声だったのかもしれません。でも仮にそうだったとして、それがいったいなんだというのでしょう？絶望を歓喜の噴泉に変えるもわたし次第、狂気を真実に変えるもわたし次第。どうせおまえは書くことでしか救われないのだ、ならばいっそのこと書け、書いてしまえ、どこまでもおのれの言葉に殉じてしまえ。そうしてオールを手放し、舵取《かじ》りを狂気の風に委ねたのです。

（……）日々、多彩な声音が頭のなかに谺しました。男だったり女だったり、甘かったりしょっぱかったり、がさついていて、すべすべしていて。わたしは謙虚であり続けました。自分をかぎりなく小さくして、心を透きとおらせて、声を充満させて。結晶化させて。理性は修復士となり、よく聞き取れなかった部分を辻褄《つじつま》の合う言葉で埋め、全体像の復元に専念しました。ようやく全貌をとらえられたと思ったらそれはほんの一端でしかなく、背後にさらなる巨大な物語が息を潜めている、毎日はそんな驚きの連続でした。

（……）どれもこれも心当たりのある物語ばかりで、書けば書くほど、やはりこれはわたしから産まれ落ちたものなのだという自信がみなぎってきました。とうに書き上げていた言葉、書かれなかった言葉、書かれていたかもしれない言葉がないまぜに降り積もった大地で、かぎりなく小さくしたはずのわたしが一歩一歩ひたすらに雄大な歩みを続けていたのです。確信が芽生えたのは〈アルカディア〉に逗留する芸術家たちの物語が聞こえてきたときでした。彼らはわたしがこれまでに聞いてきたたくさんの物語の語り手たちであり、そのなかにはわたしにまつわる物語もあって、〈アルカディア〉のなかのコテージ、コテージのなかのバスタブ、バスタブのなかのわたしまで、そっくりそのまま折りたたまれていました。それだからわたしは今度その物語を頭のなかから引っ張り出して、わたし、バスタブ、コテージ、〈アルカディア〉と広げてゆき、折り目を鉛筆でごりごりこすりつけてこの世界の模様を浮かび上がらせたのです。

（……）この上なく幸せでした。幸福、というふだんならためらってしまうような言葉を惜しみなく使ってしまえるほどに。しかもその物語世界は永遠未完の序章に過ぎず、内なる声は綿々と更新を続けて、地平を縦に横にと無尽に拡げていったのです。そこでわたしは何周でも、何百周でも、いつまでも旅をしていられました。あるときはローランとなりオーランとなり、ローレンツとなって。あるときは彼となり彼女となり、いくつものわたしと折り重なって。ここで、そこで、あらゆる物語のなかで。

オーランドー・レノン版

ぼくらが最後に語ったのは沈黙だ。朗読する物語の数を日ごとに四編、三編、二編と減らしてきたことで語ることのできた、不在の物語。それはかまびすしい静寂の物語であり、あらゆる言葉が融け合っていた。プルデンシアが外に出てくることも、出てこないことも。言葉の練り粉でできた者たちと結ばれ、美しい水死人になることも。七つの幻想を渡る船乗りになることも。大いなる沈黙のなか、ぼくらはいつまでもプルデンシアと語られることのなかった言葉を交わし、おしゃべりをしていられた。クロウタドリが彼方にけむる山影を横切り、宵闇がコテージを覆い隠したあとも。ぼくらが去り、〈アルカディア〉が去って、ものみな言葉の箱船に乗り込んだあとも。

そのおしゃべりは語りえるなかでもっとも興味深いもののひとつだった。

初出一覧

1.

「愛のアトラス」　書き下ろし
「タイピスト〈I〉」「小説すばる」ＨＰ内「石川宗生ショートショート」
「代理戦争」「小説すばる」二〇一八年一〇月号
「すべてはダニエラとファックするために」「小説すばる」ＨＰ内「石川宗生ショートショート」
「愛のテスト」「小説すばる」二〇一八年一二月号
「本の挿絵」「小説すばる」ＨＰ内「石川宗生ショートショート」
「アンジェリカの園」「小説すばる」ＨＰ内「石川宗生ショートショート」（「ミランダの園」改題）

2.

「性《さが》のアトラス」　書き下ろし
「測りたがり」「小説すばる」二〇一九年四月号
「転校生・女神」　書き下ろし
「わた師」「小説すばる」ＨＰ内「石川宗生ショートショート」
「ゾンビのすすめ」「小説すばる」二〇一九年五月号
「No.121393」「小説すばる」ＨＰ内「石川宗生ショートショート」
（「No.58603〈蒐集家エドワード・ワインマン〉」改題）

3.

「死生のアトラス」　書き下ろし
「光り輝く人」「小説すばる」二〇一九年八月号
「饗宴」　書き下ろし
「恥辱」「小説すばる」ＨＰ内「石川宗生ショートショート」
「一〇〇万の騎士」「小説すばる」ＨＰ内「石川宗生ショートショート」

4.
「文化のアトラス」　書き下ろし
「激流」「小説すばる」二〇一九年一月号（「激流の国」改題）
「A♯」「小説すばる」二〇一九年三月号
「糸学」「小説すばる」二〇一九年六月号

5.
「都市のアトラス」　書き下ろし
「チママンダの街」「小説すばる」二〇一九年二月号
「機械仕掛けのエウリピデス」「小説すばる」二〇一九年七月号

6.
「時のアトラス」　書き下ろし
「時の暴君」「小説すばる」二〇一九年九月号

7.
「世界のアトラス」　書き下ろし

「アトラス・プルデンシア」　書き下ろし

書き下ろしの作品以外は、
「素晴らしき第28世界」の連載タイトルで発表されました。
単行本化に際し、加筆・改稿をしています。

参考文献

『新編　不穏の書、断章』
フェルナンド・ペソア／澤田直訳、平凡社、二〇一三年
『時間の図鑑』
アダム・ハート＝デイヴィス／日暮雅通監訳、悠書館、二〇一二年
『オーランドー』
ヴァージニア・ウルフ／杉山洋子訳、ちくま文庫、一九九八年
『アンティゴネー』
ソポクレース／中務哲郎訳、岩波文庫、二〇一四年
『キルヒャーの世界図鑑――よみがえる普遍の夢』
ジョスリン・ゴドウィン／川島昭夫訳、工作舎、一九八六年
『狂えるオルランド』
アリオスト／脇功訳、名古屋大学出版会、二〇〇一年
『神曲　地獄篇』
ダンテ／平川祐弘訳、河出文庫、二〇〇八年
『ゴドーを待ちながら』
サミュエル・ベケット／安堂信也、高橋康也訳、白水社、二〇一三年
『ローゼンクランツとギルデンスターンは死んだ』
トム・ストッパード／小川絵梨子訳、ハヤカワ演劇文庫、二〇一七年

装幀＝川名潤

石川宗生（いしかわ・むねお）
一九八四年、千葉県生まれ。オハイオ・ウェスリアン大学天体物理学部卒業。約三年間の世界放浪、メキシコ、グアテマラでのスペイン語留学などを経て、翻訳者として活動。二〇一六年、短編「吉田同名」で第七回創元ＳＦ短編賞を受賞。二〇一八年、受賞作を含む短編集『半分世界』を刊行。

ホテル・アルカディア

二〇二〇年 三 月三〇日 第一刷発行
二〇二〇年 九 月三〇日 第二刷発行

著 者 石川宗生《いしかわむねお》

発行者 徳永真

発行所 株式会社集英社
〒一〇一－八〇五〇
東京都千代田区一ツ橋二－五－一〇
電話 〇三（三二三〇）六一〇〇［編集部］
〇三（三二三〇）六〇八〇［読者係］
〇三（三二三〇）六三九三［販売部］書店専用

印刷所 凸版印刷株式会社

製本所 加藤製本株式会社

ISBN978-4-08-771702-0 C0093
定価はカバーに表示してあります。

高山羽根子

カム・ギャザー・ラウンド・ピープル

走れ、記憶に追いつかれないように。

高校時代、話のつまらない「ニシダ」という男友だちがいた。大人になった「私」は、ニシダがドレス姿でデモに参加していることを知り、デモの現場に足を運ぶ。群衆の中、ニシダと目が合った瞬間、私は思い切り逃げ出した。第一六一回芥川賞候補作。　四六判